中澤伸弘著

徳川時代後期出雲歌壇と國學

国学研究叢書

錦正社

徳川時代後期出雲歌壇と國學

謹み畏みて本書を故森田康之助大人の御霊に捧げ奉る

徳川時代後期出雲歌壇と國學　目次

はじめに

本書は徳川時代の中期に興つた国学がその後全国に伝播して行く中で、出雲地方についてはどうであつたかを考察したものである。一概に国学と言つたところでその示す範囲は広く、ここでは千家俊信によつて将来された国学の内、歌学びを視点として考へたのである。千家俊信が本居宣長の門に入り出雲に国学がもたらされたことは今や周知のことであるが、その国学がそれ以来出雲の地でどのやうに展開したかについては研究されたものは皆無であつた。そこで本書ではその変遷について幾つかの資料を用ゐてその解明に心掛けたつもりである。以下本書の概要を記しておく。

第一章は千家俊信を中心として記した。まず千家俊信以前の出雲歌壇のあらましを述べ、ついで俊信による国学の導入により出雲に新たなる学問が興隆したことを記した。俊信の本居宣長への入門については既に先学が説かれてゐるのでここでは述べない。また俊信は『出雲國風土記』の研究を進めその校本を刊行したが、ついで「出雲國造神賀詞」の載る延喜式の『祝詞』を校合して刊行する目標があつたやうである。その事を架蔵の『延喜式祝詞古訓』（俊信著、未刊）の紹介旁々考察してみた。

第二章は千家尊孫を中心として、尊孫の撰になる『類題八雲集』の刊行とその意味するところについて記した。俊信の教へを受けた尊孫は、その中から歌学びに力を入れ、天保の初年から鶴山社中を結成して、門弟に歌道を奨励した。その結果出雲に歌道が根付き、その地域の歌人の歌を集めた『類題八雲集』を刊行した。この書はこのやうなある地域の歌人だけの類題歌集としては早期のものである。また出雲にどのやうな歌人がゐたか、そして全国の歌人達からどのやうに評価されてゐたかの一端を纏めた。さらに出雲で編まれた歌集歌書についても触れてみた。これらのことから出雲に於いてかなり積極的に歌学びが行はれてゐたことが解る。資料として『類題八雲集作者姓名録』を挙げた。

第三章は千家尊孫の子である尊澄について記した。千家尊澄は父尊孫の教へを受け、俊信門下の岩政信比古からも学んだ、また本居内遠にもつき国学の研究は深化した。その著書は多方面に亘りかなりの量に及んでゐる。ここではその書名を挙げ解る限りの解説を施し、尊澄の学問的興味が那辺にあるかを考察した。又尊澄をめぐる人々や書物の刊行に関与したことなどを述べた。

第四章は北島国造家の上官であり更に学師となつた富永芳久について富永家の資料を使はせていただきその動向を記した。富永芳久は出雲国人としては早くに本居内遠の門人になつた人物であり、この期の出雲国学を考へる折りに重要な位置にゐるのである。また芳久は出雲関係の著作を出版してゐるがその経緯を板元の大坂の河内屋からの書簡を通して考察した。そこからは出雲国学と歌に関する著作をかなり積極的に刊行しようとする態度が伺はれる。板元との交流は河内屋に止まらず、紀州の阪本屋、京の恵比須屋に及んでゐる。その証左をあげた。

第五章は出雲以外の地方の国学者から見た出雲国学や歌壇について記した。国学が全国に広まつた以上出雲だけでそのことを論じても意味はない。そこで千家尊孫の門下の歌人である、松江藩士の森爲泰を取り上げ、爲泰と交流のあつた三河の国学者村上忠順への書翰(愛知県村上斎氏蔵)を通して考察を試みた。爲泰は『出雲歌集』の編纂にあたり、遠く三河の忠順のもとへその助力を求め、また忠順も快く応じたやうである。さらに爲泰の雑記から若山の長澤伴雄、西田惟恒との関係についても触れてみた。このやうに遠く離れた人々との歌学びや国学研究を通じての研鑽、情報交換はなほ盛んであつたこととおもはれる。紀州本居家の当主豊穎と富永芳久との交流を示す豊穎の書翰群は遠く離れた地に於いても通信教育が可能であつたことを示してゐよう。その一端としてここにとりあげた。

以上本書は出雲歌壇と国学を主題にして纏めてみたが、資料の関係上偏りがある点は否めない。それでも従来あまり知られてゐなかつた、徳川時代後期の出雲大社を中心とする歌壇と国学の研究に新しい視点を見出したものと言へまいか。なほ和歌そのものについての考察をはじめとして平田国学についても触れるべきであるが、紙数の都合でやむをえず触れなかつた。各原稿の初出は別に記したが、その殆どが島根県の『大社町史』の調査による資料に基づいてゐる。

なほ本書名に西洋的歴史観区分による「近世」と言ふ語を敢へて用ゐず、「徳川時代」と言ふ語を使用した意図をお酌み取り頂きたい。なほ引用の資料等は出来るだけ原文のままとし、適宜句読点や濁点を付した。

第一章　出雲和歌史と千家俊信

一、出雲の和歌と国学の導入

八雲立つ出雲の国は、『古事記』によると日本最古の和歌発祥の地と言はれる。出雲の和歌史は神代以来の悠久の歴史を有することになる。その地の徳川時代の和歌の歴史を述べる前に、先はその「和歌」に日本の心を見出した国学と言はれる学問について述べておく。

和歌には悠久の歴史があるが、その和歌に日本の心を見たのが国学と言ふ学問であり、徳川時代は多くの国民が和歌に親しんだ時代であつたと言つても過言ではなからう。この時代は儒教が官学とされ、謂はば儒教一辺倒の時代であり、仏教は日本化して国民に深く浸透してをりまた寺請制度により寺院に籍があつたやうなものであつた。国学と言ふ学問はこの時代に儒教の伝来、また仏教の渡来する以前の日本の人々がどのやうな考へを持つてゐたかを究めようとして興つた学問であつた。その為には我が国の古典とも言はれる書物をその研究対象としたのである。「国学」と言ふ名称は後に名付けられたものであつて当時は専ら「古学」と言はれた。また「和学」「倭学」「皇国学」「皇学」「本教」

などとも称された。国学の研究対象は広く我が国の古代の研究の全てに亘ると言つても過言ではない。今日言ふところの和歌国文文法、国史律令、思想、神祇、有識故実など様々である。その中で国学はまづ和歌と言ふところから始まつたのであつた。

この和歌の革新、謂はばその文芸復興に国学の発祥があつたのである。和歌は我が国独自の文芸でありながら、平安時代の中頃から貴族の独占物となり、歌の詠み方や歌風に流派が生じ、また、歌を詠む為の様々な決まりが、口伝として伝へられると言つた状況となつた。この当時に於いても天皇、公卿、大名などの階級の人々の和歌はこの伝統を継いだままであつた。かう言つた当時の所謂二条派の歌学や、古今伝授と言ふ伝統の中の和歌に、新しい息吹を起こさうとしたのであつた。そしてこれが庶民の側からなされたことはまことに意義深い文芸に対する復古の精神であつたと言へよう。

そして伝授や口伝に縛られないで歌を詠む事を主張した下河邊長流や戸田茂睡などが早い時代に出て、この革新を訴へた。このやうに歌を素直に詠むことが我が国の古典和歌への自由な研究を活発にしたのでありそこから古人の考へを知るには古歌や古典を読み、解釈することが重要とされ、またそのためにも和歌を詠む事が重要視されたのであつた。国学思想の深化は歌文の研究の進展と相俟つてゐたのである。古代を知るには最古の現存歌集たる『万葉集』を重視した契沖は、初期国学の金字塔とも言へる『万葉代匠記』を著はし、ために国学の始祖と崇められるに至り、後に賀茂真淵出て『万葉考』を著し、また古風の歌の奨励があり、更にまたその教へを受けた本居宣長は万葉風を尊ぶ一方で『新古今集』によつた歌風を重要視したのである。宣長の樹立した鈴屋の詠風とはこの二つにあつたといへる。その一方で宣長と同じ頃に京に小澤蘆庵が出、「ただごと歌」を主張した。「ただごと」とは素朴に歌を詠むと言ふことで『新古今』のうたの技巧を尊ぶ歌風よりも、素朴に思つたことを詠じた古今調を尊んだのであつた。この教へは後に香川景樹に継がれ、「桂園派」と呼ばれる歌風となり、幕末期にはかなり広範囲で行はれた。ただ本書が扱ふ天保期以降に於いては、公卿などの堂上派を別として、平賀元義などの少数の万葉調の歌人は存在したものの、桂園派や鈴屋派、江戸派と言つた流派による厳密な区分はなく、加納諸平によつて「天保調」と称される程にそれぞれの感性によつて歌は詠まれ、批評され、高められてきたのであつて、この期の歌人の詠風は甲乙つけがたいものであつた。出雲における歌壇史も二条派、鈴屋派、天保調の三種の変遷を如実に受けてゐるのである。

出雲の文芸を考へる上には神話に代表される出雲地方と出雲大社、わけても千家北島両国造家の存在が挙げられる。国造家は、神話に記す所の天穂日命の裔孫に当たり、神代の昔から出雲大社に奉仕して来たと伝へる古い家柄である。ここに所謂国学(文芸)が如何に根付き伝播していつたかが重要な点である。

中世の代表文芸は連歌であり、両国造家でも近世初頭に連歌が盛んに行なはれた様で、その記録も残されてゐる。(1) 文芸が根付く下地は既にあつた訳である。出雲大社を杵築大社とも言ふ様に、その鎮座の地を「杵築」と総称してゐる。この杵築を中心とした杵築文学がかなり早くに形成されたのである。

ところで徳川時代の出雲歌人の嚆矢に誰を置くかであるが、出雲の歌壇歌人について述べたものとして原青波の『出雲歌道史』(昭和十五年刊)があげられる。本書は神代から昭和に至る出雲地方の和歌史が記されてゐて、時代により記述の精粗がある点は否めないが、出雲歌人として日御碕の日置風水(生年未詳)をこの時代の最初に挙げてゐる。風水は出雲大社上官の島家二十一代倫重の次男で名を彦雄と言ひ後に日御碕神社に養子に入つた。和歌の師匠は不明であるが、和歌・連歌・俳諧に秀でた。全国を漫遊しては多くの人に交はつたと言ふ。その一方で橘家神道の橘三喜の門人でもあつた。(2) また中期には釣月が出雲の歌風の樹立に影響を与へた。元禄の頃まで全国に亘つて和歌は二条派の歌風が専らであつたと云ひ、それを相承した釣月はこの地に来て和歌の教授をしたのである。

元禄十五年に出雲大社への奉納歌集として『清地草』と言ふ歌集が刊行された。隣国米子の竹内時安斎延が願主となり編輯したもので、歌数千四十八首で歌人は大社を初め松江、広瀬、及び全国に亘つてゐる。巻頭には国造宗敏の「年内立春」の歌を据ゑ、大社では上官家をはじめ十八人の歌人の名が見え、これらの人々に影響を与へた釣月は「武州産釈釣月」の名で記されてゐる。このことは既に元禄の時代にこの地方に教養として和歌を嗜む知識人が存在した事を示してゐる。

斯様に出雲には古典に親しむと言つた土壌が徐々に形成されてゐた所へ、千家俊信によつて、所謂本居国学がもたらされ、新たな文芸へと発展して行つたのである。江戸期に興つた国学は本居宣長によつて大成され、その家塾鈴屋に学んだ人々により全国にこの鈴屋の国学が伝播したのであつた。千家俊信は寛政四年、二十九歳の折に伊勢松坂の鈴屋を訪ひ、宣長の門人になつたのであり、この事が出雲に国学が根付く第一歩の大きな出来事であつた。俊信の宣長入門については既に多くの先学が述べてゐる。(3)

千家俊信《としざね》は明和元年第七十五代国造千家俊勝の三男、次期国造俊秀の弟として生まれた。若くより学問に志し、西依成斎に就き垂加神道を学びそれを大社の教学とする一方で国学にも志した。寛政三年遠州の内山眞龍が『出雲風土記解』を大社に奉納したことを契機に翌年眞龍を訪ひ門に加はり、また内山眞龍の勧めによつて本居宣長の門に入つた。ここからでも分かるやうに鈴屋入門の動機は古代出雲の地誌である『出雲國風土記』の文献学的研究にあり、内山眞龍の『出雲國風土記』に基づいて後に『訂正出雲風土記』(開板印行は文化三年　本居大平の端文)を書いた。俊信は鈴屋に学ぶとともに、後に郷里杵築に帰り私塾を開いて多くの門弟に国学を伝授した。しかし新しい学問である国学は出雲大社の地でもさうたやすく受け入れられなかつたので、宣長は心配して書状を出してゐる。出雲の地への国学の伝播と定着は俊信の唯ならぬ努力と、それを支へる宣長の励ましがあつたからに他ならない。凡そ教育と言ふものが文化の伝承と言ふ事にあるとするならば、俊信は宣長の教学を更に発展させ、出雲といふ天離る鄙の地に一つの学統を根付かせた大きな功績があつたと言へる。六十八歳で天保二年に帰幽する迄、更に多くの門人を育成したであらう事は明らかである。俊信は宣長を師と頼み、また宣長も俊信を「格別の神迹」の人と尊んだのである。俊信は宣長最晩年の寛政十三年の上京に出雲から師の元に駆けつけ、宣長は俊信の為に「神賀詞」を講義したと言ふ。宣長はこの年の秋に帰幽するが、生前俊信が宣長から受けた書簡は三十三通にのぼる。俊信は松坂の鈴屋に学ぶことは三度であつたが、後は斯様に書簡をもつての通信教育であつた。宣長歿後の俊信は宣長より拝受した古事記傳執筆の時の筆三本を御神体として自分の屋敷内に祠を建て、宣長の学の恩恵に深く感謝した。

その後千家俊信の教へた国学は、杵築を中心として山陰地方に新たな学問として根づいていつた。既に『梅舎授業門人姓名録』には二百二十四人の多くを数へてゐる。この数は寛政十二年から文化十三年頃までの約十六年間のものである。それらの人々は出雲地方は当然の事ながら、阿州、防州、安芸、駿河などと言つた遠方の人々の名も見える。また天保二年に帰幽するまでの間にも、『梅舎授業門人姓名録』に未記載の門人が多く居た事であり、その例として俊信亡きあとのその年の八月に営まれた百日祭に献詠された歌集『梅の下かげ』(「神道学」一一三号翻刻)には、その和歌四十八首中、門人録に見えない人名は三十九人を数へることができる。後の大社歌壇を率ゐる千家尊孫、尊澄の父子はここに名を見出せる。また天保四年五月の三年祭献詠歌集には富永芳久など四人、十七年祭献詠には中言林、白石元重、吉川景明など、後の大社歌壇を担つた人々十六名が新たに見出せるのである。俊信亡きあとは、俊信の兄俊秀国造の孫である尊孫によつてその歌学の方面の学統は継がれていくが、一方では俊信の直門である中村守臣、その子守手、また同じく直門である岩政信比古らが、その教学を伝へていつたのであり、それは千家尊澄やその子尊福に伝はるのであつた。

ところで、宣長の学問が俊信を通していかに杵築に根づいたかを示す資料として「毎朝拝神式」（富永虎佳家蔵）と題する祝詞綴りがある。それには次の様な識語がある。

右の件の一巻は神風の伊勢の国ときはなる松坂の鈴の屋の大人の日に〳〵皇神達を拝み給ふ式なりと、稲掛の大平より己に伝へけり、そをかくは写し置ぬ

寛政七年十月晦日　　梅の舎のあるし出雲宿禰俊信

上のくたりは平岡秀業がりもてり、しかるを大人の大御筆にや、はたちちのみの父のうつせしか、などかたりけるをかりえてかたはらの人にうつさしめき、時は天保二年九月廿五日の日かくいふは千歳の舎あるし出雲宿禰尊澄

此巻はさくすゝの鈴の屋大人のあからひく朝ことに神等を拝み奉り給ひし式なり、さるをやことなき御方の御もとにうつしもたせ給へるを、平岡秀業ぬしのいとねんごろにこひておこせられたるなん、いみじううれしく思ふあまりに筆のついでにうつしおきぬる

天保四年九月十二日　　菊垣内のあるし源芳久

宣長が毎朝、内外宮をはじめ出雲の大神などを拝んだ祝詞を、松坂に滞在中の千家俊信が本居（稲掛）

大平より写し取り、それを出雲の平岡秀業が持つてゐた。俊信の自筆か秀業の父の筆かはつきりしないが、尊澄はそれを天保二年九月に写した。俊信はこの年の五月に帰幽してゐるので、尊澄の心には俊信への追慕の情が深かつたことであらう。それを更に大社の神職の富永芳久が天保四年に写したのである。後述するが芳久の本居内遠入門には、早くからこの様な鈴屋への学統の思ひがあつた事がわかるし、平岡家をはじめ杵築の人々がこの宣長の祝詞を写してゐた意義は大きいものがあらう。また岩政信比古の文政末・天保初期の雑記である『遊雲視聴録目録』(4)に「鈴屋大人毎朝神拝式」と見え、信比古も同様なものに目を通してゐたことがわかる。この様にして国学はこの地に根づいていつたのである。

さて時代が下がり安政六年に刊行された『國學人物志』(初篇)は、当時「国学者」として名高い人物を全国から故人、現存構はず列ねたものであり、地域的に偏りも有るが、その出雲国の項目には「俊信　大社　千家清主」以下計八十八名の名が挙がつてゐる。この数は全国で七番目、山陰山陽地方に於ては一番多く、如何に多くの人に国学が受け入れられてゐたかを示してゐるものと言へよう。俊信は教育とともに自ら研究に励み、幾多の著述を残してゐる。文化三年に上梓された『訂正出雲風土記』の奥付には「梅之舎大人著述書目」(5)が付されてをり、訂正出雲風土記以下、計十八種の著書名が記されてゐる。この中には公刊されなかつたものもあらうが、草稿などを含めると更なる量になるであらう。(6)

註

（1）寛文元年九月に行なはれた「御祈禱連歌」には、千家尊光、北嶋恒孝等の名が見える（千家克雄刊『出雲大社御祈禱連歌』昭和五十一年による）。また、千家国造家に『連歌発句三代集』（千家克雄刊、昭和五十年翻刻）があり、尊之、尊孫、尊澄の連歌が記されてゐる。

（2）元禄の頃には浅見絅斎に学んだ熊谷常斎が杵築へ里帰りし、ここに垂加神道の教学が出雲に広まる事となつた。正徳三年には千家正延が跡部良顕に入門し、享保には千家智通が玉木正英に神道誓文を提出し、何れも垂加の門流に加はつてゐる。後述する千家俊信は若林強斎門の西依成斎について垂加神道を学んだのであつた。

（3）千家俊信の鈴屋入門に就いては既に幾つかの論考が発表されてゐる。千家尊宣「本居宣長と千家俊信」芸林二ノ五、西田長男「千家俊信の鈴屋入門」神道史学四巻、平田俊春「千家俊信と本居宣長」『千家尊宣先生還暦記念神道論文集』、森田康之助「出雲国造家の伝統と学問」『出雲學論攷』。

（4）『遊雲視聴録』は『岩政信比古著作集』二巻所収。俊信の門人として著名な人物に、千家尊孫、島重老、重胤、平岡雅足、富永芳久、岩政信比古、中臣典膳などがゐる。

（5）梅之舎大人著述書目には次の著書名がある。「訂正出雲風土記二冊　同伝十冊　出雲式社考二冊　延喜式祝詞訓点一冊　出雲名寄草一冊　梅之舎漫筆　伊勢物語梅之舎抄　百人一首梅之舎抄　伯耆国粟嶋考一冊　八雲の道芝一冊　玉のみすまる二冊　神代紀正訓二冊　梅之舎問答書　神道三箇条一冊　短冊板乃考一冊　火守社乃伝一冊　幽顕考一冊　正誤大和詞一冊」の十八点である。

（6）なほ他に「梅之舎三箇条」、「皇学口授伝」、「国引の図」などの著述が雑誌「神道学」に翻刻されてゐる。また『國書総目録』補訂版には、他に天穂日命考／阿波国杉之小山之記／古訓祝詞／日本文学伝来考／道能八千種が挙げられてゐる。

二、千家俊信『延喜式祝詞古訓』について

㈠はじめに

出雲大社の千家国造家から出た千家俊信は、寛政四年に本居宣長の門に加はつた。宣長は俊信を「格別の神迹」[(1)]の出雲縁りの人物として遇し、たびたびの俊信の問ひに丁重に返事を認めてゐる。俊信の著として名高いものは出雲國風土記を校訂し、古訓をつけた。『訂正出雲風土記』である。俊信は宣長の門に入つてから、この風土記の校訂に志し、宣長の意見をも聞いて、寛政九年に校合を終へた。刊行は宣長の歿後の文化三年となつたが、出雲國風土記の校合の後、俊信は延喜式祝詞の訓附きの書を上梓する事に意を注いだ様である。延喜式祝詞全篇に亘つて、仮名の附されたものは当時

は賀茂眞淵の『祝詞考』しかなかつたのである。大社の社家の血をひく俊信にとつて、出雲國風土記の次は、出雲国造の神賀詞の載る、延喜式祝詞の訓に思ひ至つたのは、当然の事であつたと言へる。俊信は『古訓祝詞』と題した本書を浄書したのち、板元を大坂の河内屋喜兵衛(北久太郎町五丁目)として、出板願を文化四年五月に届出てゐる。『訂正出雲風土記』を刊行した翌年であつた。このことは九月廿七日に出板許可となつたが、どうしたものか遂に刊行されずに今日に至つてしまつた。(2)

いま私の手許に『延喜式祝詞古訓』と題する写本がある。これは俊信が出板を計画したものの写しである。(3)当時既に世に行なはれてゐた賀茂眞淵『祝詞考』の訓とはまた別の自らの考へで附した訓が施されてゐる事に注目できる。鈴木重胤の『延喜式祝詞講義』や、平田鐵胤の『祝詞正訓』がまだ書かれる以前に、俊信が訓を附した事は、祝詞研究史上に於ても特筆すべき事であらうと思はれる。本稿は架蔵本の紹介も兼ねて、俊信が祝詞に訓を附すに至つた思ひを考へてみたく思ふのである。

(二)

架蔵の『延喜式祝詞古訓』は仮綴大本一冊、写本で、文久元年五月に大社の社家、田中清年の子公年が写したものである。(4)序文一丁、本文四十二丁で、序文は田中清年が次の様に記してゐる。

此書は延喜式の祝詞にていにしへより訓はた仮字つけ出し人もかれこれとあめれどこゝかしこよ

みたがへ、仮字たがへるところ多かめるを吾梅の舎大人伊勢の國に旅ゐし頃あやまれるを昔時仮字いにしへよみにかへして　梓にゑり玉はむとみやこ人何かしにあとらひ玉ひしかば字うるはしくかきいでゝすでに世にひろめ玉はむも何ゆゑにかたゞにうちおき玉ひてとし月経たりきさるを友人中臣正蔭許にひめもたるを乞て嫡公年十日ばかりがほどにうつしてなむ此中の殊すぐれたる大祓祝詞のもれたるをおもふにかの祝詞は加茂翁本居大人註訳ありてあげつらひをも櫻木に彫て世にひろまりたればこの書を求てみるべきなりと此一冊にはもれたりとなむおぼゆる　はた訓仮字にたがへるところしあらば見直し玉ふべき人をまつのみ

清年

この序文によると梅舎千家俊信は祝詞の訓の間違ひを宣長の許に質し、先にも述べた通り出板の段取りまでついてゐたのだが、何故か叶はずにうちすぎ、同じく大社の神職である中臣正蔭（典膳）が秘藏してゐたものを、写したのだと言ふ。書中大祓詞が漏れてゐるとあるが、本書には「六月晦日大祓十二月准之」と題があつてその冒頭部分一行「集侍親王聞食」が記され次の丁に鎮火祭の一行目「高天原爾」に飛ぶので、本来あつたものの、こゝに落丁があつた事と思はれる。それは中臣正蔭（典膳）所持本にも既に落丁があつた事と推察されるので、殊更に『祝詞考』や『大祓詞後釋』があるために除いたものとは考へにくいものである。何れにしろ俊信の思ひは、当時のこの祝詞の訓や仮字遣ひの誤りに飽き足りず、それを正す事にあつたと言へる。

また中臣正蔭の所持してゐた本は、俊信の直筆のものの様である。それを写した公年の筆は、かな

り丁重に俊信の筆跡に眞似て書かれてゐるのである。正蔭は俊信の門下である。俊信が逝いた天保二年には二十八歳だつたので、それ以前にこの書物を俊信から譲り受けたか、または帰幽の後に何らかの事情で入手したことと思はれる。その正蔭も、田中公年が写した文久二年の翌年に齢六十で帰幽してゐる。

先にも記したが俊信はこの祝詞古訓の作業を出雲國風土記の校訂(寛政九年)の後に進め、『訂正出雲風土記』が刊行された文化三年の翌年に、その出板願を大坂の書林仲間に提出し、印行の許可をも受けてゐたのであるが、何故か出板に踏みきれなかつたとみえる。この年に俊信の周囲や、大社に於ても差し当つての事件もないので、この刊行中止は謎のまゝである。俊信はいくつかの著書をものしてゐるが、この時期に板になつて世に出たものは、この『訂正出雲風土記』と『道の八千ぐさ』の二種だけであつた。『訂正出雲風土記』の巻末には『延喜式祝詞訓詁』と言つた名が、他の梅舍の著述と共に記されてゐる。それにより初期の名称が「訓詁」であつた事がわかる。またそれより六年後の文化八年正月に「伯耆國定常村冨延藏板」といふ形で世に出た、『道の八千ぐさ』(架蔵)の巻末の「梅之舎藏板梅之舎大人著述書目」には、十七種の俊信の著書が記されてゐて、その中に『延喜式祝詞訓点』の書名が見出せ、また『神代紀正訓』の書名も見え、俊信が神代紀にも古訓を附してゐた(又は附さうと心得てゐた)(5)事がうかがへるのである。以上のことからも本書が俊信の代表的著書の一つであると、自負してゐた事も知られるのである。

(三)

俊信が宣長の門に入つたのは、専ら「出雲國風土記」を校勘し、訓を附する為の教へを乞ふ事にあり、また宣長にとつても自著『出雲國造神壽詞後釋』の出板と相重る所もあり、俊信より兄の國造俊秀への序文の依頼等々を通じて、相互の関係は深まつていつたのであつた(6)。この宣長の『出雲國造神壽詞後釋』の上梓の件を通して、俊信の祝詞に対する興味も昂つていつた事と思はれる。その事を以下宣長の俊信宛の書状の中から、考へてみたく思ふ(7)。

寛政四年十月十五日附の俊信宛書状は、その入門を感謝し、格別の神迹である出雲大社との関係の生じたのを喜び、次の様に綴るのである。

一、神賀詞注解之義當春相認申候而森山氏入來之節遣し可申

一、右神賀注解之義尾張門人之内梓行致度願申候者有之愈々上木仕候積りニ御座候(中略)

一、神賀詞本文計其地ニ而板行被成度思召候由珍重之御義ニ奉存候神庫などに古写之善本御座候ハハ能々御校合被成上木可被成候右序文致し申候様被仰間致承知候

ここに言ふ神賀詞は宣長著『出雲國造神壽詞後釋』の事で、俊信の宣長入門時に既に脱稿をしてゐた。宣長は本書を出板したいと言ふ尾張門人(河村正雄)の存在を示して、俊信より兄國造俊秀の序文

を願ひ出てほしいと告げた。また、これによると俊信は神賀詞の本文のみの書物を出雲で出板したい意志があつた様で、宣長は大社の神庫に古写の善本があつたら、それとよく校合する事と、その出板の折は序文を承知したと告げてゐるのである。

出雲國風土記を念頭に置いてゐた俊信には、それに並ぶ程重要な、出雲國造神賀詞にも注目してゐた様である。入門してすぐに宣長にその注釈があつた事を知つて、さぞや驚いた事と思はれる。ついで翌五年十月十日附の宣長書状は、俊信に対して次の様に述べてゐる。

一、祝詞考之誤を正し申候書とては無御座候　大祓ノ詞計は注釈致し可申と心掛罷在候へ共いまた成就不仕候來年ハ書立可申と存居申候出來仕候ハ、可入御覽候

『祝詞考』は賀茂眞淵の著で、この当時はまだ出板されてゐなかつた（明和五年成立、寛政十二年刊）。宣長は本書を書写して所有してをり、その中の出雲國造神壽詞についで、大祓詞についての注釈をする意志のある事を告げてゐる。（のちに『大祓詞後釋』として成る）『祝詞考』の誤りを正した書がないと嘆く宣長に対し、俊信はその全文の正訓（古訓）、または注釈を願つた事であらう。だが結局宣長は出雲國造神壽詞と、大祓詞の後釈を書いたのみで、祝詞全篇に亘る訓や解釈には及べなかつたのである。この事が或は俊信に祝詞の古訓を考へさせる機会となつたのかもしれぬ。

寛政七年二月廿一日附宣長書簡は「一、神賀正文御印行愚序ノ事いまだ得相認不申候其内相考認可申候」と俊信に告げてゐる。先の寛政四年の書簡にあつた通り、俊信は神賀詞の注釈の稿本（写本）を

大社の社人森山氏を通して既に見てゐた事であり、その訓に従つた「神賀正文」を刊行しようとしてをり、宣長に序文を催促した事と見える。

俊信はこの年の九月から翌八年の一月にかけて松坂の宣長の許に滞在したが、当然の事ながら出雲國風土記と祝詞が話題になつた事と思はれる。宣長の『出雲國造神壽詞後釋』は俊信が出雲に帰つた年の秋に上梓されたのであつた。宣長は早速それを俊信の元に送つたのだが、今日と違ひその配送には殊の外時間がかかり、翌九年の初夏に至つて俊信の許に届いたのであつた。送つた宣長も、受け取る俊信もさぞや気を柔んだ事と思はれる。

(四)

俊信の『訂正出雲風土記』は寛政九年七月十五日に校合が終了したと、その奥書にある。ただ宣長はその前後に、その出雲國風土記の稿本に目を通し、添削を加へてゐる事が、寛政九年から十年にかけての書状からうかがへるのである。俊信はさういふ意味で脱稿後も宣長を頼り、宣長もまたその刊行に協力を惜しまなかつたのである。寛政九年六月十九日附の書状は言ふ。

去る三月貴翰被下出雲風土記正文御改板被成度思召ニ而二郡之分御認被遣落手仕候其後訓点少々添削いたしかゝり候へ共(中略)近キ内相改終り申候ハハ返上可仕候左様思召可被下候右風土記御

開板愚序之義被仰聞致承知候

こゝに言ふ出雲風土記正文は、『訂正出雲風土記』の事と思はれ、宣長が俊信の訓点に添削を施してゐた事がうかがへる。また序文も書く用意をしてゐたのであつた。校合が終了した九月以降にも宣長にその書を送つてゐて、「出雲風土記訓点之儀存知寄書入返進仕候」（寛政九年十一月三日附）、「出雲風土記御改正御訓点致拝見少々存寄り書入返上仕候何とぞ正文御上木可被成候愚序之儀致承知候」（寛政十年五月廿八日附）などと宣長の書簡に見える。宣長の求めたものは正文の訓点であり、この正とは、宣長の『古訓古事記』の名称からも窺へる様に、古い時代の訓に従ふと言ふ意味である。出雲國風土記を諸本校合の後には、読み方、即ち古訓を附す事を奨めたのであつた。寛政十年の冬に俊信は松坂の宣長の許へ出向き二度目の滞在をしてゐるのは、この風土記の訓点についての教へを受ける為であつたのだらう。宣長が「承知」してゐた序文は、出板までに時間がかかつた為であらうか、宣長の死によつて空しくなり、代つて嗣子大平が書いてゐる。

この様に古訓に執着した態度は、当然の事乍ら師の教へとして俊信にも伝はつた事と思はれる。俊信が祝詞の古訓を求め、更に『神代紀古訓』や『古語拾遺訓点』を書き（又は書かうと企画）世に弘めようとしたのは、やはり宣長の教へに従つたがゆゑであらう。なるべく古語に近附けて読むことが古意を汲む事になるとの国学の教へは契沖、春満以来のものである。斯様な正文や古訓訓点と言つた教へに因り、俊信は延喜式祝詞の古訓に思ひ至つた事と思はれる。享和元年、宣長最晩年最後の上京に出雲より馳せ参じた俊信は、そこで宣長の延喜式祝詞の講義を受けてゐる。或はこれに触発されたのかもしれない。当然の事ながら出雲國風土記の校合、古訓を通して、延喜式祝詞の古訓の重要性をも認識してゐた筈である。俊信による本書の「出雲國造神賀詞」の訓は、全て宣長の『出雲國造神壽詞後釋』の訓に従つてゐる。殊に「若水沼間」「遠止美乃水乃弥乎知爾」は何ら疑問を挟む事なく、そのまゝ用ゐてゐる事は注目できよう。「遠止美」の事については、後に俊信の教へを受けた千家尊澄によつて『遠止美の水の考』が記されてゐる。(8)

先にも記したが、俊信は「出雲國造神賀詞正文」を刊行する意志があつた。しかしそれは宣長の『出雲國造神壽詞後釋』の出板によつて中止したと見られる。正文のみならずその語彙の註解もしてある宣長の著書が出た以上、その必要性がないと判断したのであらう。一方、享和元年の秋に宣長は逝いた。祝詞全般に亘る註解を記す事なく歿した事は、俊信にとつてもさぞや心残りの事であつたと思はれる。それゆゑに或はその意志を嗣いで「祝詞古訓」をまとめたのではなからうか。

註

（1）寛政四年十月、俊信宛の宣長書状による。また寛政八年一月に松坂遊学を終へて帰国する俊信に長歌を贈つてゐるが、そこにも宣長は同様な事を詠じてゐる。

（2）以上の事は『享保以後大阪出版目録』の文化四年五月條参照。

（3）届出の書名は『古訓祝詞』とあり宣長の『古訓古事記』に倣つたのであらうか。書名が若干相違するが後述の事より同じものと考へられる。

（4）田中清年は歌人としても名があり、当時盛行した類題の撰集に歌を見出せる。次に述べる中臣正蔭も同じである。

（5）「梅之舎雑録」序（松壺文集所収）によると当時『出雲國式社考』『延喜式祝詞訓点』『古語拾遺訓点』の三著のみ残つてゐたと言ふ。『古語拾遺訓点』については『本居宣長全集』十六巻八七四頁註。

（6）小山正『内山眞龍の研究』参照。俊信は先に『出雲風土記解』を著した眞龍の門に入り、のちに宣長門となつた。

（7）以下の書状の引用は全集による。

（8）また「荷前」を「ハツホ」と訓じたのは俊信の一つの特色と言へる。ただこの根拠は不明で、俊信の独想なのであらうか。尤も俊信がどの「祝詞式」の写本によつたかであり、それに如何様な訓があつたかである。蒲生君平は『山陵志』に、按として祝辞式に荷前を初穂と訓むと記してゐる。『山陵志』は寛政末の成立で文化五年の刊である。俊信は『山陵志』の写本を見たのかもしれない。なほ、『大鏡』の師尹伝の中に「官物の初穂さき奉らせ給ふ」と言ふ表記があり、これが陵墓への荷前と考へられてゐるが、『大鏡』では時代が降つてゐて古訓と言ふ程のものではない。尊澄の著書については本書第三章参照。

※延喜式は「出雲國造神賀詞」と記すが、宣長は書名に「神壽」の文字を用ゐてゐる。

第二章　出雲歌壇の成立と展開

一、千家尊孫と『類題八雲集』

(一)はじめに

徳川時代後期の歌学の特色は、各地方に歌壇が結成され、中心的人物によつて歌道の奨励や添削等の指導が行なはれ、且つ、個人歌集をはじめ、その地方歌人達の歌を題ごとにまとめた類題の和歌集が夥しく刊行され、またそこに中央地方を問はず、歌壇の社中をあげての出詠があり、盛んであつたと言ふ事である。この事は山本嘉将『近世和歌史論』に既に述べられてゐる。

出雲に於ても天保期から明治初年に至るまでの約四十年間、大社(杵築)の千家尊孫率ゐる鶴山社中と、その影響を多分に受けた松江、広瀬等の藩士、また国内の郷士や神職などをも包括した出雲歌人たちによつて作歌が奨励されそれに加はつた人々は三百人を越える盛行を見た。

また、天保期における出雲歌壇の結成と、この地域の歌集『類題八雲集』の出板は全国的にみても、地方歌集の魁といへるものであり、他の地方(中央)歌集へのこれらの出雲歌人の出詠から考へても、かなりの技量がある出雲歌人が存在した事が指摘できるのだが、これについて述べてゐるものは少ない。(1)

出雲歌壇は出雲大社を中心とする、出雲といふ特異な地域性が生みだしたものであり、出雲といふ斯様な山陰の一地方に、侮り難い歌壇が徳川時代後期の早い時期に成立してゐた事は、千家俊信によつてもたらされた本居国学の影響のもと、千家尊孫《たかひこ》によつて新に育てられた歌学びによるものであつた。本稿は杵築を中心とする幕末における出雲歌壇の成立と、尊孫の歌論、また歌壇の人々の活動を通して、全国歌壇や他の国学者との交流を考察し、改めて徳川時代後期の出雲歌壇の価値を考へてみたく思ふのである。

(二)

出雲に於ても徳川時代中期までは「二条派」の和歌が主流であつた。殊に出雲からは釣月が出て、後水尾院から古今伝授を受けた中院通茂について学び、諸国巡歴ののち出雲に戻り、その和歌を広めたと言ふ。釣月は享保十四年に歿し、松江の法眼寺に葬られた。この二条派の出雲歌人について原青波『出雲歌道史』は次の様に述べる。

二条派を出雲へ傳へた最初の人は釣月法師であるといはれてゐる。この人の教を受けた人々によつて出雲に於ける二条派はひろまつていつた。勝部芳房、小豆澤常悦、平井寛敬、大野是誰、清水古博、吉田芳章等の人達がさうである。吉田芳章の門下といふよりも後輩になる神白知興は千家、北島両家へ二条派を傳へた。(2)

これによつて出雲への二条派の伝播はわかるが、更に「江戸後期に於て鈴屋派(新古今派)を以て出雲歌壇を代表した杵築歌壇も、それ以前は大体に於て二条派の流を汲んでゐたものと考へられる。」とも述べてゐる。この指摘の様に所謂、二条派の和歌の土台を鈴屋の流れの教へが再構築して広まつていつた事は確かであらうが、決して新古今派ではなかつたことは、後述する。山本嘉将が『近世和歌史論』に述べる通り、近世後期の「国学和歌併習の時代」の歌は、一概に一派と言ふ評価が当て嵌まらないものであつた。(3)

勝部芳房は佐太大社の正神主で、享保十二年に五十六歳で逝いてゐるので、かなり早くに出雲に二条派の歌が伝へられてゐた事がわかる。尤もこれ以前に日置風水などがゐるが、本稿の趣旨以前の事ゆゑここには触れない。芳房は釣月や堂上の入江相尚に歌を学び、『出雲大社奉納和歌清地草』などに歌が見える。先に記した二条派の歌人の中で、『類題八雲集』にその名の見えるのは、吉田芳章のみであり、他に同姓の子孫と思はれる、小豆澤勝貞、神白朝興、平井寛啓、などの名が見える。吉田芳章(4)は堂上の庭田重煕、澄月、慈延、加藤景範などから二条派の歌を学んだ上で、千家俊信の教へも受けてをり、斯様に一統一派に偏する事はなかつたやうである。国造家に二条派を伝へたといふ神白氏も、朝興の代には尊孫門であつた。

この様な状況の中で千家俊信によつて本居国学が出雲に導入されるのだが、本居国学は何も歌のみに限つたものではなかつた。和歌について宣長は『石上私淑言』や『排盧小船』などの歌論には卓越した考へを述べてゐるが、宣長の眼目は言はば古典の注釈にあつたので、俊信も作歌よりも『出雲國風土記』の注釈について、宣長の門を叩いたのであり、歌は主眼ではなかつた事であらう。

俊信は寛政四年十月に鈴屋の門に入つたが、この年の春に江戸下向の途次、遠州の内山眞龍を訪ひ、その奨めで時恰も名古屋に出講中の宣長に面会した。宣長は前年に出雲大社に『古事記傳』第一帙を奉納し、国学者宣長の名声は既に出雲に伝はつてゐた事であらう。眞龍はこれより先の天明六年に出雲國風土記の研究の為に出雲へ旅し、翌年に『出雲風土記解』を著して、同風土記の研究者としての評判があつた。『出雲國風土記』を校訂して出版する志のあつた俊信は、それゆゑに眞龍の門を叩いたのであつた。この時期の眞龍はその入門者の多くを宣長に紹介してゐるが、俊信もその一人であつた。出雲へ戻つた俊信は宣長に便りを出し、十月には正式に入門してゐる。鈴屋門での出雲人は社人の森山左膳央興と二人であつた。宣長の門人帳には、

253出雲大社千家國造俊秀舎弟　千家清主　出雲臣俊信(5)

と見えてゐる。寛政六年(6)には俊信の弟千家清足（敬通）が入門してゐる。俊信はその後宣長の歿する十

年間に三十三通の手紙を宣長から受けてゐる（寛政六年三月十八日付書簡で宣長は和歌の詠み方を丁重に答へてゐる。また神典の解釈を示した書簡などもある）。当時出雲は僻陬の地で、手紙が松坂に届くまでに半年を要したりして、書状の往来に気を揉むこともあつた。実際にその膝下に指導を受けた事は、寛政七年、寛政十年の松坂への二度と、享和元年の宣長の最後の上京の折に京へ上つた事の計三度であつた、この折の石塚龍麿の『鈴屋大人都日記』四月十七日の条には、「出雲國造の弟千家俊信、師をしたひ来て此の四條の御やどりにやどりぬ」(7)とある。宣長は出雲を「格別の神迹」の地と し、国学が広まりゆく事を喜んでゐるのである。宣長は俊信の最初の松坂遊学の帰省の折も、この京都での別れの折も歌を贈つて別れを嘆いてゐるが「つらきけふのわかれ路」と詠んだ宣長は、このあと百日程して逝いたので、俊信にとつてこの別れは永遠のものとなつてしまつた。

以来俊信は出雲杵築に私塾梅舎を開いて多くの門弟を育てたのである。俊信による出雲大社の古学移入については西岡和彦『近世出雲大社の基礎的研究』に詳しい。この後出雲は宣長直門の地として、徐々に古学が盛んとなつてゆくのであつた。

宣長歿後その嗣大平の門に入つた者は出雲では松江の小泉真種と大輝賀之助の二人である。隣国因幡には十一人、伯耆には五人を数へるが、出雲の人にとつては俊信と大平とは同門との認識があり、敢へて大平に入門するに及ばなかつたのであらう。また逆に大平も俊信を同門との認識をしてゐたことは、俊信の『校訂出雲風土記』の序文(8)からもうかがへる。小泉真種は俊信の門人でもあつたが、千家国造家の人物が改めて鈴屋の門に入るのは、尊澄が本居内遠の門に加はる嘉永三年の事であつた。斯様に和歌の奨励と神典解釈の学問は俊信によつて種がまかれ、着実にこの地に根付いていつたのであつた。

㈢

鈴屋の統を継いだ俊信の教へは、徐々に杵築を中心に出雲地方に広まつていつた。[9] その中で千家国造家の人として、最も熱心にその学統を受けたのは千家尊孫であつた。

尊孫は寛政八年三月に、前年国造を襲職したばかりの尊之の長子として生まれた。[10] 即ち次期国造としての期待がかけられてゐた事は言ふまでもない。丁度この年の三月には俊信が四ヶ月に及ぶ初めての松阪遊学から帰つて来た折であつた。尊孫の成長は、俊信の鈴屋の学への傾倒期と重なるのであり、俊信も亡き兄俊秀の孫に当る尊孫への思ひの切なるものがあつたと思はれる。以来天保二年に俊信が帰幽するまでの二十五年間は、尊孫は俊信の教へを受けたのであつた。それは古学でもあり、また歌学びでもあつた。

俊信が帰幽した翌年の天保三年十月、父である国造尊之が帰幽した後を受けて、尊孫は三十六歳で七十八代国造を襲職し、明治二年までその職にあつた。尊孫の国造在職中は恰度幕末から明治初年の動乱期にあたり、且つ又出雲歌壇の最盛期でもあつた。尊孫の俊信に対する思ひはその後も永く続き、折々の年祭に追慕の歌が詠まれてゐる。(11) また、俊信の後嗣、別当俊清(日古主)のあとを自らの二子俊榮に梅舎の統を嗣がせてゐる。

さて、国造襲職前後から、尊孫は歌壇の結社である「鶴山社中」を結んだ。その年次は明確ではないが、天保九年に刊行された尊孫の『比那能歌語』には、その結社名が見えてゐるので、この天保の頃の事であらう。即ち尊孫の歌壇は世に言ふ「天保調」の一つと言へるのである。この鶴山とは千家国造館の裏山の名で、それに因むものである。尊孫は歌について熱心な指導をしたとみえ、それを一本にまとめたものが、先に述べた『比那能歌語』である。比那は鄙で地方、則ち出雲を謙遜して言つたものであるが、この歌論には尊孫独自の思ひが述べられてゐる。佐々木信綱は『日本歌学史』において、

宣長の学統をうけし千家尊孫に、比那能歌語一巻あり。主として歌詞の文法を論じたるものなるが、其のうち冒頭の二章に於いて、上代の歌と近世の歌との別を、てにをはの少きと多きとより論じ、又歌体のかはり来しは連歌の発生に基すと説ける。やや注意すべしとす。

と評価してゐる。『比那能歌語』の奥付は、「比那之歌語　二編　言語躰用論　嗣出　天保九年戊戌十一月發行」とあり売弘書肆として「雲州杵築　和泉屋助右衛門　同松江　尼崎屋喜三右衛門　伯州米子　佐々木屋平八　大坂心斎橋通順慶町　柏原屋清右ヱ門」とあり、第二編と、言語躰用論の刊行予告をしてゐる(但し未刊)。見返しに「出雲國杵築／比那能歌語／鶴山社中文庫」とあるので、かな

り杵築を意識してゐる事もわかるし、鶴山社中の活発な活動の様子もうかがへよう。天保九年三月の千家尊晴の序文(12)があるのでそれ以前にまとまつてゐたのであらう。要は尊孫は三十歳台に一つの見識をもつ歌論を書く力量があつた事が証せる。

次に『比那能歌語』から、尊孫の考へのあらはれてゐる所を引いておく、まづ凡例に、

此書の引歌は八代集なるをむねとして(中略)源氏物語ばかりこと葉と活用とのただしき書はなければ大方は源氏なるを引けり

とある。歌は八代集、言葉は源氏物語といふ考へや「上代の歌と近世の歌との論」では、

上代の歌は辞多くて長高く、姿清くめでたし、近世の歌はてにをはすくなくて長なく、姿いやしくてさとびたり

と断じ、以下いくつかの注意を述べてゐる、「古歌を解に心得あるべき論」では、

古歌を解に基本を委しくしらべざればいみじき誤の説出来るものなり

と述べその例を挙げてゐる、また、ことばについても、

○けるといふべき所をけんとよめる歌

新古　思ひわび－恋せざりけん折ぞ恋しき

美濃の家苞　尾張の家苞　四句けんといへるをいかが、此説誤なり……

○さなきだに

近世の歌に此詞をり〳〵見ゆ古歌にはさらでだに、さらぬだに……

○猶

近世此字の意をいよ〳〵といふ事と心得たるは誤なり

○いとど猶

同じこと　玉あられにも此詞いかがのよし、云へり

○残雪といふ題に春ふる雪を読論

近世説に春雪といふ題には残雪をも読　春ふる雪をもよめど、残雪といふ題には春ふる雪をよむべからずといへり然るに……

○いやしく聞ゆる歌

近頃ある人の歌に　しぐるるや道のゆくての笠舎に立ちよる程も紅葉ちりつつ（中略）俳諧の発句の様でいやし

恋の歌

恋の歌、妹背のことのみ思ふは誤　親子兄弟朋友にも詠むなり

などとある。この「ある人」は橘千蔭であり、『うけらが花』冬歌所載の歌に対する批判となつてゐる。これは一例であるが文法論や言葉の用法などにも細かに及んでゐて、斯様な教へがなされてゐた事がうかがへる。尊孫は同じ学統にある者の歌でも誤りは訂し、また鈴屋とは別の統である香川景樹の歌

を称揚してゐる点は注目できる。

尊孫の歌は後述する各種の類題和歌集にも採られ、また自らの歌集（『類題眞璞集』『自点眞璞集』）も二点刊行してゐて、高く評価されてゐたことがわかるが、その詠み方は、師俊信に連る鈴屋のものとは別であつた。宣長は古歌をも詠んだものの、その尊重の態度は新古今にあつたと言ふ。それに対して尊孫は古今集に拠り、技巧よりも「ただごと」を主張し、調べを尊重するのであり、言はば香川景樹の桂園派に近い詠み方を尊重した。さういふ面ではこの時代の歌人の誰しもが有してゐた、派閥・流派を超越した自由な詠みぶりに従つてゐたのである。もはや「題詠」を離れた写生であり、述志の歌となつてゐたのである。折口信夫は言ふ。

稍遅れるが、加納諸平一門の歌風である。熊代繁里・伴林光平・千家尊孫・小谷古蔭等の歌を見ると、師の作風と指導の痕とを示す如く、如何にも描写の行き届き、又匂ひよき言語を連ねてゐる、写生の歌とも見るべきものが多い。(13)

との評価も肯定できる。その学統を諸平とする所にやや問題は残るが、諸平の影響もまた多分にあつたと思はれよう。(14)

尊孫の学統は俊信である事は言ふ迄もないが、歌学については独自の習得によるものであり、必ずしも俊信のみとは言へない点がある。『國學者傳記集成』の海野遊翁（幸典）の項にその門人として尊孫を挙げてゐる点は、興味のある所である。尊孫は自ら遊翁門とは称してゐないし、一方遊翁も尊孫を門人と書いてはゐない。これは尊孫の「ただごと」を尊重した態度が、遊翁の主張と同じであつた為に同一視されたのであらう。遊翁は信濃の人で江戸に上つたのち松江侯に致仕、ついで幕臣となつたと言ふもその詳伝は不明である。剃髪ののち遊翁と称し、嘉永元年に逝いた。尊孫より八歳年長であつた。遊翁を尊重した人物に義門がゐる。尊孫は文法に関して義門に問ひ、『比那能歌語』上梓後届けた事が、義門書簡(『義門研究資料集成』別巻二所収)からわかる。義門は尊孫の説を『活語雑話』の四編に入れる予定でゐたが未刊に終つた。遊翁、義門、尊孫とも文法に通じてゐたともいへる。

思ひを述べる「ただごと」の主張は景樹によつてもなされてゐる。先に尊孫が景樹を称揚したと記したが、その証ともなるべきものは、景樹門の高弟八田知紀著『千代のふる道』に寄せた尊孫の序文からうかがへる。尊孫は言ふ「其さまといへるは躰のことにて、其躰のよきとあしきとは詞のしらべのすみやかなると、とどこほれるとにあり、調すみやかなれば其躰めでたし、しらべとどこほれれば其姿めでたからず、躰めでたからざればうたにして歌にあらず」と尊孫は歌の躰は調べにあると言ふ。この序文の年次は弘化三年の二月とあり、尊孫が歌論『比那能歌語』を上梓してから八年後の事である。更に尊孫は中古の歌から説き起こして、歌の調べを尊重した景樹をたたへるのである。

ことばのしらべいと弱く、ぬるくなりにしのみならず、てにをはの路さへみだれて、式しまのうたのあらす田あれになむあれ行ける　かくてそこばくの世を経たりけるに治れる大御代となりていそのかみふること学びの興りけるにより古へをこのむ輩、樛の木のいやつぎ〳〵になりいでて繰糸のより〳〵にひろごりしなど、なほ歌のさまを得たるものはなかりけるを、近き世には八穂なす稲葉の国よりいでてうち日さす都なる梅月堂をつげりし香川の景樹ひとり紀氏の高調をしたひて、歌のあらす田いにしへぶりにすきかへしつつ　まことのうたのさまをなむ得たりける　さりければ其教子の中には歌のさまはしもしる事の心をも得たる博士これかれいで来にけり、(15)

長い引用となつたが尊孫は香川景樹こそ紀貫之の古今集の調べを慕ひ、歌道を再興し、「まことのうたのさま」を得たのだと言ふのである。尊孫のいふ「まことのうたのさま」は景樹のいふ「ただごと」であり「調べ」なのである。この説は歌の技巧を排し、思ひを述べる事に主眼が置かれる。広く多くの人々に迎へられた事も、平明であるがゆゑに共感もてたのであらう。斯様に尊孫は歌に関しては独自の歌論を持したのであり、これがまた出雲歌壇の特色であつたのである。

いま一つ尊孫が広く世の地方歌壇にまで尊ばれるに至つたのは、その歌の力量とともに、古来からの出雲国造家といふ血統の尊貴さにもよるのであらう。宣長が『出雲國造神壽詞後釋』に当時の国造俊秀の序文をと執心した事をはじめ、尊孫、尊澄に序文を乞うた著書がある事もこれによる。(16)尊孫の歌短冊を生き神様のものと尊んだと言ふ逸話も伝へられてゐる程である。嘉永元年三月に出雲に詣出た岩国の熊谷千邦（岩政信比古門）は尊孫のもとで感慨深く神宝琵琶を拝観した。（『よき道の記』）これも国造家の権威である。斯様に出雲歌壇は尊孫の指導によつて益々盛んなものとなつていつたのである。

㈣

徳川時代後期の地方歌壇の結成を促し、和歌を全国に奨励したのは、紀州の加納諸平が編んだ『類題鰒玉集』の影響を見逃せないであらう。諸平は本居大平の門であるが、父は宣長門の夏目甕麿であつた。鈴屋の統にあるものの、自ら柿園派とも呼ばれる天保調の歌を詠んだ。

『類題鰒玉集』は文政十一年にその第一編が編まれ、嘉永七年まで七編まで編まれ、二十六年に亘つて諸平の名を世に知らしめた。第一編は父甕麿の歌の顕彰にあつて、諸平周辺の人々の歌を自ら集めたものであり、その歌人も限定されてゐて出詠者の数も少ない。だが二編以降は広く全国に呼びかけて歌を募つたので、初編と二編以降とはその編輯の態度が違ふ事が言へる。尤も歌稿を多く送つても、諸平といふ撰者の視点で歌を撰んだのであり、人によりその採用数は違つてゐる。何れにしろこの『類題鰒玉集』以降多く編まれた類題の和歌集は、当時の歌壇の盛行と歌人の動静を知る恰好の書物である。

出雲歌人はこの『類題鰒玉集』初編には名を連ねてゐないが、その五年後の天保四年に上梓された二編には、俊信と尊孫の二人の詠が採られてゐる。全国の歌壇歌人から撰んだこの歌集に最初に採られた出雲歌人がこの二人だつた意義は大きい。既に俊信歿後であり、この歌は尊孫が投じた事は明らかだが、俊信が諸平の父甕麿とは、内山眞龍の同門であつた事を、諸平自身は知つてゐた事であらう。この二人の歌を採つた諸平の視点は高く評価されてよい。俊信は二首（立春　盛花）尊孫は八首（試筆　夏月似霜　夏山　名所千鳥　河紅葉　暮秋　橋　鶴立洲）とその数は少いが、俊信の立春詠は巻頭二首め、尊孫の試筆詠もその次の丁に載せると言ふ諸平の格別の配慮がうかがへる。紀州で大平の学を受けた諸平には、同じく本居国学の統を受けた出雲歌壇の中心にこの二人が居る事をよく理解できてゐた筈である。尊孫は七編までの間に百四十四首を採られてゐて、上位から十三人目に当る。(17)諸平の尊孫詠への高い評価はこの数からもうかがへよう。

以後『類題鰒玉集』は五編（計七編）刊行されたが、天保七年の三編には二人から急に二十八人と増えてゐる。これは明らかに鶴山社中の活発な活動によつてもたらされた成果であつたといへよう。この頃尊孫は先に述べた『比那能歌語』の上梓のための執筆に力を注いでゐたのである。この書はその二年後に世に出た。ここに尊孫は作歌指導の円熟期を迎へたのである。天保十二年に成つた四編には更に三十五人の出雲の新人歌人の名が見え、のべ六十人の多きを数へるのである。三編は杵築を中心とした人々であつたが、この四編には松江・広瀬の人々の名も見出せるのである。杵築を中心としてゐた出雲歌壇が、大社関係者、杵築の地域の人々に限定されず、かなり広範囲に、殊に松江・広瀬の藩士に及んだ事が証せよう。(18)そこには尊孫の門に学んだ小泉真種、細野安恭、森爲泰らの藩士の活躍があつた。小泉真種は文化七年に俊信の門に入り俊信の女を妻とした関係があり、大平の門に入つた事は既述の通りである。のちに明治の日本をこよなく愛した小泉八雲(ヘルン)は、この真種の曾孫女セツと結婚するのであり、小泉家には国学の伝統、詠歌の風が伝へられてゐたのである。森爲泰については第五章に詳述したが『文久元年七百首』『文久二年八百首』には爲泰の五十賀を祝つた松江歌人の歌が七十首(七十人)程収められてゐて、その事の傍証となつてゐる。(19)

細野安恭は広瀬藩士で、爲泰が松江の皇學訓導であつたのと同じく、藩の皇学訓導に任じられてゐた。爲泰も安恭も松江・広瀬と杵築とは離れた地にゐても、尊孫の門下の認識をもち、明治二年に三河の村上忠順の需めに応じて送つた尊孫の「鶴山社中出雲詠草」の中にこの二人の名を見出す事ができる。(20)また、鶴山社中は明治の初めまで活動してゐた事がうかがへる。

斯様な松江等の藩士をも含んだ広範な鶴山社中の出雲歌壇は、先の『類題鰒玉集』四編の出た翌年、天保十三年に尊孫の撰になる『類題八雲集』を上梓するに至る。この事はまた別に述べるが、三百人を超す出雲歌人と、尊孫率ゐる出雲歌壇の存在を世に示したものとなつた。続いて、『類題鰒玉集』の五編はその三年後に上梓されたが、ここには新たな出雲歌人が二十七人見えてゐる。確実に増加し、のべ八十七人に及んでゐる。六編七編には出雲歌人は確かに採られてゐるものの、姓名録を欠くために確実な数が不明であるがこの増加からも出雲歌人の中央における位置が把握できるであらう。なほ八編草稿(正宗文庫蔵)にも尊孫の歌が見える。

『類題八雲集』が編まれた翌年に、鈴木重胤が編んだ『近世名家集類題』は、巻末に姓名録を欠くので、確実な出雲歌人の人数は把握できないものの尊孫の歌が百十三首の多きを数へ大江広海の二百十七首についで二番目となつてゐる。重胤の尊孫に寄せる歌の思ひのうかがへるものであるが、本歌集は周防の近藤芳樹の『寄居歌談』に、

近世名家集といふ近頃板にゑられたる書を見るに大かたは草野集紅塵集鰒玉集の抜書なりけりとあり先行歌集からの抜粋であると批判されてゐる。この紅塵集は村田(一柳)嘉言の編んだ『新紅塵集』である。重胤は弘化三年、出雲大社の使ひとして上京してゐた島重胤に初面会した事や、紀行文『筑紫再行』には国造尊孫との関係も記されてゐて、(21)天保期には尊孫との直接の関係があつた様でもある。大江広海の歌は『近世名家集類題』刊行に協力した越後の森誉正の協力で広海が同郷越後の歌人であるが為、多く採つた様である。(22)尊孫詠については芳樹の指摘通り、当時四編まで出てゐた『類題鰒玉集』からの抜き書きである。試みに『近世名家集類題』一春部の尊孫の歌八首は、その三編から三首(春河、春望、夕帰雁)四編から五首(試筆、霞中鶯、野若菜、橋上柳、燕)である。何れにしろ重胤には出雲大社への信仰があり、尊孫(及び国造といふ職)に対する尊崇の念があつた事は明らかであり、重胤の尊孫への評価の高かつた事がうかがへる。以上、類題の和歌集刊行の初期において、尊孫及び出雲歌人が認められてゐた事はこれらのことからも明らかであらう。

(五)

尊孫は天保十三年に『類題八雲集』を編み、出板した。これには出雲地方の歌人三百四十一人の歌が収められてゐる。徳川時代後期は地方歌壇の活動が活発化した時代であり、ここ出雲にもそれが結成された事は既に述べて来たが、歌集の刊行はその活動を実証するものである。撰者は明記されてゐないが、尊孫である事は千種有功の序文とその自詠を採つてゐない事から明確である。ある地方を限定してその歌人の歌を採る歌集の刊行は、文政十三年に近藤芳樹によつて周防歌人の歌集である『類題阿武の杣板』を初めとし、次いで天保五年大坂の山本春樹が『和歌類題浪花集』を編み、また長崎地方の歌人の歌を採つた中島廣足の『瓊浦集』が天保十一年に出板されてゐて、本書が四番目の歌集と言へ、かなり初期のものと指摘できる。しかもその出詠歌人が前三著はさほど多くはないものの、『類題八雲集』は、故人を含んだとしても三百を越す人数であり、これは出雲歌壇がかなり広域に且つ多くの人々によつて成立してゐた事のあらはれでもある。

『類題八雲集』は巻頭に千種有功の序があり、開巻一首は尊孫の父尊之の詠である。また巻末には「鶴山社中蔵板書目」として「類題柞舎集　一冊　既刻　類題八雲集二編一冊　近刻　類題鶴山集　一冊
同　比奈《ママ》能歌語　一冊　既刻　同二編三編　各一冊　近刻　　言語躰用論　嗣出」とその書目が記されてゐる。

また『類題作舎集』は尊孫の三男で神童とも呼ばれた尊朝の遺歌集である。尊朝は父尊孫の願ひも空しく二十一歳の若さで帰幽してをり、尊孫はその遺稿を纏めて歌集を編んだのである。(23) 刊行は『類題八雲集』と同じである。この書目から、鶴山社中が歌書を刊行する事を目的として活動してゐた事もうかがへよう。ここから『類題八雲集』は二編を出板する用意があつた事、『類題鶴山集』の編纂も行なつてゐた事（稿本の一部がいま千家国造家にあり）、歌論、作歌の指導書として『比奈能歌語』の二編三編の用意のあつたことなど、その積極的な様子がうかがへるのである。『類題八雲集』の成立については千種有功の序文に述べられてゐるので、全文を引いておく。

大八嶋の国々おほかれど出雲のくには神代のふること　国の古事さはなる国にてかのやくもたつの御歌は　三十もじあまりひともじのみなもととなりて　ことの葉の道にはわきてゆゑよしふかき国なりけり　しかはあれどうち日さす都にとほきくになれば国人のよみとよみ出るうたどもの中には　千酌の浜の貝や玉などもひろひてもてはやすべきもあべかめるをおほく人にもしられず　大野の猪のあとうせなむことをあたらしみて　行水のはやくより思ひおこして　河ふねのもそろもそろに心のひきのまにまにかきあつめつゝ　八雲集と名づけて哥巻とせられたるは大社につかへまつらるる尊孫宿禰の此道に心ざしあつきによりてなるべし　もとよりしひてえらびたるにもあらざめればさまざまのすがたをれまぢり　さればよしやあしやのさたはみむ人々のこころこころになん有べきとぞ　かくいふは天保十三年の五月ばかり　有功しるす

出雲の地は有功も言ふ通り『古事記』に載せる須佐之男命の神詠の地である。当然国造の尊孫にはこの思ひが歌道奨励の中に存してゐた事であらう。それゆゑに出雲歌人の歌を採つて歌巻にしたと言ふのである。

千種有功に序文を乞うた事は、尊孫の歌人としての見識と考へが如実にあらはれてゐる。千種有功は堂上の公家であり、二条流の歌学を習得したもののそれに飽き足らずに香川景樹、賀茂季鷹、橘千蔭と言つた、京、江戸の歌人や、西田直養、大国隆正と言つた国学者とも交はつた人物でゝ特異な存在であつた。歌に関しては尊孫の思ひと重なるものがあつたのであらう。尊孫の二男尊朝の『類題柞舎集』については先にも述べたが、その跋文も有功が記してをり、年紀が『類題八雲集』と同じ「天保十三年五月ばかり」なので同じ時に記されたものである。その序文で有功は逝いた尊朝を悼みつゝ「近きころおのがもとにはるばるとふみのいできて何くれとことゝはれける」と記し、また「尊澄宿禰のひと言そへよと乞るるにかかるちなみあればいなみがたく」とも記してゐる。これによると尊朝は有功に種々の質問をしてゐたことがわかり、また尊澄が跋文を依頼した事となつてゐて、千家一門と千種有功との歌道に関しての交流がわかる。(24)これよりやゝ下つた弘化元年の年次のある有功の門人帳『御門人方校名並居処之控』にはそれ以前入門の百五十六名の人々の名があるが、その中に「雲州國祖千家三人」と言ふ記述がある。(25)この国祖は国造の誤ちであらうか。この三人が誰かは明らかではないが、尊孫とその子尊澄、尊朝であつた可能性は高いであらう。八雲集刊行の頃に尊孫らは有功の門に連つてゐたのである。何れにせよ『類題八雲集』に当時の和歌改革の領袖たる有功の序文を附す事で、この集の性格を天下に示す事となつたのである。そして出雲に尊孫率ゐる鶴山社中がある事をも世間に認識させるに至つたのである。それゆゑに本書の出板は徳川時代後期の和歌史の中で重要な位置を占めるのであり、これによつて出雲歌壇は一目置かれる存在となつていつたのである。『類題八雲集』の出詠者を大きく三つにわけると、

一、杵築を中心とする出雲大社に関はる人々

一、松江藩(支藩広瀬藩も含む)の藩士の人々

一、出雲国内の社寺関係者や郷士

となる。この後に編まれた類題の和歌集には、この集から歌が採られたり、また歌人が積極的に出詠した。幕末にかけての時代の下降とともに当然の事ながら本歌集に載る出詠歌人は少なくなり、代つてその子孫や、杵築や松江の地域の人々の出詠者が増えてゐるのは、この地域に歌学がなほ盛んであつた事の証であらう。

(六)

その後この時期に流行した他の類題和歌集を材料として歌集に付載されてゐる「作者姓名録」によ

り、採用された出雲歌人の人数の変化と共に出詠者の固定、変遷を伺ひたい。但し注意が必要で同じ類題歌集で続刊が刊行されてゐる場合は新出歌人のみを挙げてゐるので新たに増えた数は把握できても、(必ずしも前集の出詠者が確実に次集に出詠してゐるとは限らず)その巻に出詠してゐる出雲歌人数を正確には把えられない憾みがある。また名前があることは歌を採られてゐると言ふ証となるものの、歌の多寡には関係なく歌そのものの評価はわからない点がある。更にこれらの歌集の編輯態度も問題である。まづ大きく二つにわけて、作者自らが見聞して集めたものと、広く歌を募つて、送られて来た歌稿を撰者が取捨したものとがある。そしてこれらの歌集には更にある特定の地域の人々を対象にしたもの、全国に呼びかけたもの、作者の縁故にあたる人々(親族・門人)のものとにわけられるのである。『類題鰒玉集』の盛行を受けて、同友の長澤伴雄が京都で『類題鴨川集』を五郎集まで編むなど、その影響のもとに多くの類題の和歌集が編まれたが、この何れもが歌を募つたのであり、出詠者も競つて歌を送つたのであつた。個人的に撰者が歌壇社中に出詠を依頼したものもあり、まとまつて歌稿が送られて来ることもあつた。この斬新な発想は新出歌人の登竜門となり、歌壇の更なる団結を強め、出詠者も自らの歌を採られ、その姓名録と共に全国に書物としてその名を知られるのを誉れとし、編む側にしても広く多くの歌を集め、新たな秀歌を世に紹介する事となつたのである。だが二編三編の予告を載せて歌を集めたものの諸般の事情で頓挫したものもあつたが、おほむねこれらの歌集が地方歌人の存在を世に広く知らせた情報の媒介となつてゐた事は否めず、出雲歌人もこの時流によく乗つたのであつた。なほ『鰒玉集』は既述したので除いた。

イ、類題鴨川集

本書は紀州の長澤伴雄の撰になる歌集で嘉永元年より七年までの間に五郎集(五編)まで編まれた(間に『鴨川詠史歌集』あり)。伴雄は紀州藩士で有識故実に長じ、藩主治宝に仕へ、江戸、京の藩邸に仕へた。折しも盟友加納諸平の『類題鰒玉集』の刊行が盛んな頃に諸平と政治上対立し、自らの京の地盤の歌人の歌を採つて本書の刊行にふみ切つた。後に藩の罪を得て下獄し、不遇の裡に自刃して果てた。藩政をめぐつて毒を諸平に盛つたとも言はれる。本書は鰒玉集への対抗意識もあつて、初編は「都にのぼりてのころより何くれと見聞たる哥どもあからさまに反古のはしにしるし打ける」ものをまとめた(自跋文)とあり、それゆゑに出雲歌人は採られてゐない(二編も)。初編巻末に「二編三編とつぎ〳〵二冊づゝすり巻として世に出し」と詠草の呼びかけがなされてゐるので、それに応じたのであらう、三編に尊澄以下二十三人の歌が入つたが、尊孫の歌が四編からとなつたのは何故であらうか。だが三編ではそれほど重んぜられなかつた出雲歌人も四編には六十七人も増え、殊に松江の歌人が多くを占めるに至り、また尊孫を巻頭第一首に据ゑる配慮をしてゐる。鰒玉集に対抗したものをと意識しそれとは違つた歌人をと思つたものの、もはや四編は全国歌人の歌を広く採るに及び、鰒玉集と何ら変る所はなくなつた。ただ同年に出た『類題鰒玉集』六編に作者姓名録がないのに比し、本書にはそれがある為に、四編には多くの出雲歌人の名が初めて天下に示された事となり、更に五編には七人増となり、本書の意義は深いものがあつた。また嘉永六年に刊となつた、歴史上の人物を題に詠んだ歌を纏めた同人撰『鴨川詠史集』初編には七人の出雲歌人の名が見え、二編（歿後大正期に翻刻刊行）には二十二人の名が見える。

ロ、類題玉石集

本書は嘉永四年、周防宮市の松崎天満宮社司鈴木高鞆の編になる。高鞆の父は直通で歌道に通じ近藤芳樹らがその門に出た。父の影響をうけた高鞆は周防を中心とする歌人の歌を採つた歌集の編纂を思ひ立つた事は『類題八雲集』同様の地方歌壇の歌集編纂のあらはれであつたが、この企画を聞いた人々は高鞆のもとに詠草を送つたのであつた。長澤伴雄は『鴨川集』三編の巻末に「周防国宮市人鈴木高鞆せをそこして…玉石集といふ歌巻ゑり出んとすなるをいかで歌あまたおくりてよ」と高鞆からの依頼を記し、また備中の小野務は「鈴木高鞆が玉石集がねのうたこひける」（『小野務家集』）、としるしてゐる。さらに長崎の中島廣足は「おのれが歌、また長崎の人々其外西の国のをも……おくりつかはし」（廣足の本書の序）とあり、高鞆も自らの凡例に「便よき國処の人にはそのよしいひつかはしつれば、やがておくられたるも少なからず」と記してゐる。出雲歌壇でも尊孫がこれに応じたのであらう、作者七百五十三人中、防長歌人は百三十七人と多くを占めたが、出雲歌人も尊孫以下杵築を中心に二十六名を数へる。中でも俊信の歌を尊孫が送つた事が印象深い。巻頭には自らの師大平の歌を据ゑてゐる。なほ本書は山口図書館蔵『類題玉石集稿本』によると、嘉永元年に脱稿（四年刊）なので早くに編輯がなされてゐた事がわかる。松江に及ばず杵築歌人だけに偏してゐるのはそれゆゑであらうか。

なほ防長においては既述の通り早くに近藤芳樹によつて地域歌集『類題阿武の杣板』が編まれ、安政四年には『防府現存三十六歌仙佐波のあら玉』が編まれ、また『萩城六々歌集』も出されるなど盛況であつた。『佐波のあら玉』の巻末に『防府五十歌撰』『賢木の下枝』（高鞆門下集）、また芳樹の『類題風月集』の巻末には「類題玉石集二編近刻」の広告が載るなど、この地の歌の流行がうかがへるが何れも未刊に終つた。『佐波のあら玉』や『五十歌撰』は出雲の影響下に成つたものである（このことは次章に記す）。この様な防長歌人と混ぢつて出雲歌人の歌は採られてゐるのである。

八、打聴鶯蛙集

本書は嘉永五年、紀州の本居豊穎によつて編まれ出板された。本書の成立は紀尚長の序文によると、豊穎の父内遠が祖父鈴屋翁、父大平翁の教へ子や、歌を通はした人々の歌稿をまとめておいたものを、自分（豊穎）のものもまぜて撰集したと言ふ。言はば鈴屋一統の類題の和歌集であり、並行して出板されてゐる『鰒玉集』と同じく、紀州の出板にかかる類題の和歌集の第二弾に当たる。(26) 全てで五百三十二人の歌を載せるが、そのうち出雲歌人は尊孫以下四十二人である。本書は鈴屋一統の歌集の意味をもたせるために巻頭に宣長の師眞淵の歌を据ゑるのである。しかも眞淵の歌はこの一首のみである。ついで千家尊孫、山田百枝、島重老と続いていくが、二首目に尊孫、四首目に大社の上官重老を置くと言つた豊穎の出雲歌壇への配慮がうかがへるのである。山田百枝は大平門の紀州藩士の長老である。出雲歌人は杵築松江その他にも及んでゐる。

尊孫の息尊澄は嘉永三年に内遠の門に加はつてゐるので、諸平との関係で紀州には尊孫他の歌人の名も知られてゐたはずである。杵築に於てはその大方が『類題鰒玉集』と重なる歌人である。なほ本書刊行の嘉永五年の二年前（嘉永三年）は本居宣長歿後五十年祭に当たり、そのやうな環境のもとで本書は編纂されたのである。

又その五十年追善歌集が内遠や豊穎が中心となり若山で編まれ、それは『五十鈴川』と名付けられた。これに宣長追慕の歌を寄せた出雲歌人は十七名で皆杵築の歌人であつた。国学の伝統を尊ぶこの歌集には全国の人々より三百三十九首の歌が寄せられたが、出雲杵築の歌人もその中に含まれてゐる。(27)ここにはつきりと鈴屋と出雲歌壇の関りがうかがへよう。なほ鶯蛙集二編や五十鈴川については五章の豊穎の書簡を参照されたい。

二、類題武蔵野集（武蔵野集とも）初、二編

本書は江戸の仲田顕忠の編になる。初編は嘉永五年に当時流行の鰒玉・鴨川集に倣ひ、書名からうかがへる如く「武蔵野」の人々の歌を採るつもりで編まれた（刊行は翌六年）。初編は顕忠が見聞きして記し留めておいた江戸を中心とする歌人の歌を以て出板したので、出雲歌人の歌は当然ない。五年後の安政四年に編まれた二編は全国に呼びかけた為に書名とは似合はない全国歌人の歌集となつてしまつたが、出雲歌人は尊孫と中臣正蔭（典膳）の二名が採られてゐるに過ぎない。多分尊孫は歌を集めると言ふ事を知らなかつたと思はれ、歌を送らなかつたのであらう。社中の歌を送らずに自らのものだけを送るとは思へない点がある。編者顕忠は出雲歌壇の存在、別けても桂園派の詠みぶりをも尊ぶ尊孫の歌を無視する事が叶はず、先行の歌集等から、尊孫の歌十一首を抜いて、この二編に入れた事と思はれる。(28) 顕忠が桂園派を尊んだ事は、本書初編を刊行する六年前に香川景樹の歌を自ら編纂し『桂の落葉』と題して出板、当時の桂園派の人々の批判も気にせず、嘉永三年にはその二編も出板した事があつた。ここにも尊孫と相通ふ歌風があつた事と思はれるが、顕忠には尊孫との交遊がなかつたのであらう。

ホ、類題採風集初、二編

本書は黒澤翁満の編になる。翁満は眞淵や宣長の学を奉じたが、その学統は明確ではない。伊勢桑名藩に出仕し、藩主の領地替へ（転封）により武蔵忍藩に移り、晩年は忍藩大坂留守居役として大坂にゐた。その為本書には桑名、忍、大坂を中心とする人々の歌が多い。初編（嘉永四年）は翁満の知人に限つたのであらうか、出雲歌人は一人もゐない。四年後の安政四年に成つた二編には新たに十四人の出雲歌人の歌があるが、不思議な事にそれは松江・広瀬に限られ、杵築の人が一人もゐない。本書は先にも述べたが、翁満の関係における歌人を採つた為にその地縁的なものを始め全体的に無名な歌人が多いと言へる。杵築の人の歌がないのも、先の仲田顕忠と同じく尊孫との交流のなかつた事が言へさうである。また松江、広瀬においても他に当然撰入されてもよい歌人の名がなく、個人で送稿したのかもしれない。二編の跋文に水谷氏古が、初編同様歌の巧拙とは別に翁満に目を通してもらつたと言ふので、一つの歌集の形をうち出さうとしたものであつた。それゆゑ杵築の人々の歌はないのであらうと思はれる。

へ、類題現存歌選

海野遊翁（幸典）編になる『現存歌選』は初編天保七年、二編同九年に出板されてゐてそこには出雲歌人の歌はない。時代の早いことと主に江戸を中心とした、幕臣や藩士をその対象にしてゐる為である。ここに言ふ『類題現存歌選』は、これとは別に嘉永七年の遊翁の七回忌に当たり、生前に遊翁が集めてゐたものに手を加へて出板したものである。これは歌を呼びかけて集めたものではなく、遊翁が生前に面白いと思つて集めた歌と言ふ。遊翁は先述した通り「ただ言」を主張した歌人であつて、その序文にも「ことわりのみこちたくいひつづけてそのさまと丶のはざるは歌にあらず」と門人源忠質が記してゐるのは遊翁の教へであらう。先にも述べたが尊孫が遊翁の門人だといふ説は、この主張の同じきによるのであらう。当然の事ながら本書には尊孫をはじめとする十九人の出雲歌人が採られてゐる。遊翁の目は出雲歌人にも注がれてゐたのである。

以上三集は編纂者の意図が明瞭に表はれてゐるものであるが、以下は地方を中心とした出板でありながら全国の歌人の歌を採つた例である。

ト、類題春草集　初、二編

本書は豊後の物集高世の編になり初編が安政四年、二編が五年後の文久二年に出板された。本書は本来豊後歌人を中心に集めたものであるが、編纂途中で次に述べる清渚集との関係が生じ「紀の国の熊代大人も此度清渚集と名づくる集物せるなればかの鴨河と玉石との例にならひて、その清渚集と此春草集とのれうにあつまりたらむ詠草どもをば今よりかたみに取かへてその歌ゑりくはへられ……」(自序)と言ふのである。当然二編についても同じ事が言へよう。初編の出雲七人は杵築人ばかりで、これは清渚集の残りを譲り受けたものであらうか。二編には松江も含め三十三人増えてゐるが、これは高世の募集に応じたものと、紀州から転送したものとがあつた事と思はれる。

高世は豊後の地方国学者であつて、学は同地の定村直好から受けた。熊代繁里の好意によつて、春草集は初、二編とも豊後歌人を中心として全国歌人の歌を収め得たのであつた。なほ三編を苦労して編集、上梓の途中で頓挫した。高世と出雲との関係については「拙者も(豊後の)杵築　出雲も杵雲なる故に尊孫様より　いとどしくなつかしき哉里の名の同じ所にすめる風流士とよみて下され、尊澄様尊賀様よりは短冊下され、又尊福様よりも　三山木は伐る人なしに年をへてたがいはひにし蔭ならなくにといふ御歌も下されたり」(明治十年二月五日付高見宛高世書簡　中間照雄氏蔵　奥田恵瑞氏教示)とあることからもわかる。

チ、類題清渚集

本書は安政五年紀州の熊代繁里の編になる(刊行は同七年)。繁里は『鰒玉集』の編者諸平の門人で、紀州で編纂した『鰒玉集』が七編で絶えたあとを受ける形で本書を出板した。次に述べる『三熊野集』も紀州の出板である。先の清渚集にも述べた通り編纂に当たつて遠く広く歌を募つたと言ひ、「豊後のくにの物集大人このしふかねにとてみづからのうたにをしへ子のをもそへておこせける」とある。斯様に広く歌が集められた事が証せるが、出雲との関係では本書の序文を尊孫が記して、「しげさとはひとたびもあへることなけれど」と記してゐるが既述した如く、繁里の出雲行の折には尊孫は尊朝の服喪中で面会できなかつた。歌の上では何かしら縁があつて序文を寄せたことがわかる。ここには尊孫以下四十四人の杵築松江の歌人が名を連ねてゐる。本書は鰒玉のあとを継ぐ形で「清き渚」(鰒玉を拾ふ場）と命名したのであり、その初編に尊孫が序文を寄せた事の意義はまた大きいものがあつたらう。これも繁里の日記『長寿録』に拠ると二、三編が纏められたが上梓には至らなかつた。

リ、三熊野集　安政年々歌集ほか

本書は安政五年紀州の西田惟恒の編になる。(29) 書名から判る通り紀州の歌人を中心に全国五百三十四人の歌を採るが、そのうち出雲歌人は六分の一の九十名にもなる。、西田一統にとつては父祖堀尾氏縁りの出雲は親しい場所であつたと言へる。惟恒は内遠の門で、千家尊澄とは同門であつた。それ以前の安政二年に『安政二年百首』を編んで以来八編の『文久二年八百首』に至るまで、年々百首歌集を編んでゐて、その出雲歌人の増加は目を瞠るものがある。『安政二年百首』十六人、『同二百首』十四人増、『同三百首』十八人増、『同四百首』二十四人増、『同五百首』十一人増、『万延元年六百首』二十二人増、『文久元年七百首』十三人増、『文久二年八百首』三十八人増で、初編以来百五十八人近い出雲の人々が採られてゐる。年々歌集や惟恒の関係から出雲歌壇の活発な活動がうかがへるのである。また、惟恒は『三熊野集』の二編の編纂を計画した事が富永家蔵の惟恒より富永芳久宛書簡から判る。

（第五章三註10参照）

ヌ、類題青藍集　嘉永三十六歌撰

本書は安政六年姫路の秋元安民の撰である。安民は野々口(大国)隆正門下で古学への造詣が深く、一度隆正の女婿となつたが離縁したといふ。本書は姫路を中心に西国の歌人の歌が採られ、出雲では杵築、松江の四十六人が採られてゐる。巻頭一首は尊孫であり、また尊孫は本書に序文を寄せてゐる。尊孫は安民に逢つた事も手紙も通はした事もないが「家に仕ふる中臣正蔭が近きころかのわたりにものしけるたよりに、此集の草稿を送りて、はし書ひとふでくはへてよとたのみおこせたる」とあるので社人で歌人である中臣正蔭(典膳)が仲介になつてゐた事がわかる。斯様にこの時期は大社の社人が地方を巡回して配札しその神徳を宣伝すると共に、歌道の指導や他の歌壇とも交流をした事が指摘出来る。姫路からは中国山脈を越えれば出雲へぬける事が出来るのである。本書には安民の出雲へ寄せる思ひがあらはれてゐる編輯となつてゐる。

また、安民は嘉永期生存の名高い歌人三十六人を採つて『嘉永三十六歌撰』を上梓した。この中に尊孫(歌題千鳥)、島重老(歌題契恋)の二人の出雲歌人の歌があるのも印象深く、安民がこの二人を重視してゐたあらはれとなつてゐる。(熊代繁里『長寿録』嘉永六年条に「嘉永卅六人首出来ニツキ、同百人一首撰旨長澤氏ヨリ中来ニツキ四月撰終」とある。未刊に終つたがこの百人が気になる。)

ル、都洲集　当世百歌仙　近世三十六歌撰四編ほか

この他の安政期の歌集で尊孫の歌の採られてゐるものをあげてみる。薩摩の八田知紀によつて安政

三年『都洲集』が上梓された。都城を中心とする四十二人に、他の二十七人を加へた歌集だが、この中に尊孫の「松上霞」の歌一首がある。知紀は桂園派歌人だが、この地方歌集に唯一出雲の歌人を採つたのも先にも述べたこの二人の歌の主張の交流によるものであらう。（知紀家集『しのぶぐさ』四編に「出雲国造殿のもとめにより社頭祝といふ事を」と題する一首あり、後に知紀編『小門の汐干二編』に再録）本書の序文は千種有功である事もうなづける。

安政二年に石見の多田清興によつて上梓された『当世百歌仙』は父多田景明が撰んだ歌稿の中よりその歿後に清興らが整理した、当代の百人の歌一首を採つたものである。この巻尾に「祝言」の題で「出雲宿禰尊孫　天日隅宮御杖代彦　出雲杵築　あめのしたひさしきことのためしには君ヶ代をこそひくべかりけれ」の歌がある。巻末に据ゑる歌もその歌集において重要な意味を示してゐて、本書からも編者の尊孫に寄せる思ひが知られるのである。

本居大平撰になる『近世三十六歌撰』のあとをうけ、堀尾一族により、十編まで年々編まれた、この続編の四集（安政五年刊）にも尊孫の歌は採られてゐる。また、肥後熊本の藤崎八幡宮奉納歌集『藤のしなひ』（嘉永二年、中島廣足閲）にも尊孫はじめ尊澄らの出雲関係者の歌があり、殆どが廣足門下の中で異彩を放つてゐる。以上の事から嘉永安政期における地方歌人や歌壇への尊孫によせる思ひがうかがへよう。それはまた出雲歌壇への評価でもあつた。

ヲ、類題千船集　初、二、三編

本書は伊勢石薬師の佐々木弘綱の編になるも、序文によれば初編は萩原広道が撰びかけたものを、都合により弘綱に委嘱をされて成つたものと言ふ。千船は難波湊の千船もも船の多きさまをさし、広道が教へを広めた大坂を中心に、弘綱の関係による伊勢地方の歌人を主としてゐる。弘綱は江戸の井上文雄に教へを乞うた為に江戸歌人も見えるが、出雲歌人は初編は尊孫、尊澄、守手の三人で、二編は四人増、三編が七人増と少ない。此の二編三編を編むに当たつて広く歌を募集したものの、尊孫の社中は応じなかつたのであらうか、疑問が残る。ただ尊孫一人を取りあげてみると、初編には七首しかないのだが、二編九十七首、三編百十五首と、合計二百二十一首となる。この数は弘綱の江戸の師井上文雄五百十三首、伊勢での師足代弘訓三百八十六首、弘綱の三百十二首、中島廣足二百八十六首につぐもので五番目に位置する。次が諸平の百九十五首である。出雲歌人が投歌しなかつたのか、弘綱の出雲の歌人への評価が低かつたのかの何れかであらうが、その中で弘綱の尊孫の歌の評価は高かつた事がうかがへよう。初、二編が万延元年刊、三編が慶応二年刊である。

ワ、類題玉藻集初二編　詠史河藻集

本書は三河の村上忠順の編になる。忠順は紀州の熊代繁里を師とし、また先に記した年々歌集の撰者西田惟恒とも交流した。その関係で三河と出雲のつながりもあつたと思はれる。『類題玉藻集』初編の序文は千家尊澄であり、そこで忠順を風流士《みやびを》と称賛してゐる。ただ直接の面識はなかつた様で「木ノ国人よりこひおこせたるに」よつて序文を記したと書いてゐる。ここに紀州を仲介とした交流が読みとれるが、この仲介をしたのは誰であらうか。本書の刊行は文久三年、二編は慶応二年であつた。出雲歌人の数は初編で十二人、二編には四十人増となつてゐる。歴史上の人物を題に詠んだ『詠史河藻集』には十七人である。忠順の手記『玉藻集記』には、この二編編纂の費用が各地より送られてきてゐる事が記され、文久元年酉十二月十八日条に、「出雲のり出雲千家国造」と見え、尊孫が海苔を送つた事が記されてゐる。忠順との関係は後にも述べる。また西田惟恒の遺志を継ぎ忠順の編んだ『元治元年千首』には九十二人の出雲歌人が見える。

カ、玉籠集

本書は上州の飯塚久敏の編になり、文久三年に上梓された。久敏は上州倉賀野の人で江戸に出て歌人として立つた。和歌をはじめ万葉調の長歌をも得意とした。出身が上州であつたため、上州はじめ越後、信濃、下野方面に多くの門人を得、本書も広く門下に呼びかけたと見え、地域的な偏りがあるが、先の地域の人の他に、江戸や京の歌人もゐる。その中に出雲は尊孫はじめ杵築の歌人十四人の名が見える。これは求めに応じて歌稿を送つたものと思はれる。二編三編も編むつもりでゐたと見え、巻末に歌の応募の広告があるが、これは空しくなつた様である。

ヨ、近世名所歌集　初二編　國學人物志

本書は西田惟恒の一統に当たる堀尾光久の編になるもので初編嘉永四年、二編安政元年に編まれた。惟恒との関係もあつてか初編には杵築松江等出雲歌人は三十三人、二編には新人五十六人の多きを数へる。また同族西田惟昌の編になる『國學人物志』には八十八人の現存故人をも含めた出雲の人物名が見える。出雲の富永家文書の西田惟恒書状（安政六年五月十三日付）には本書と『安政五年四百首』を送り、なほ二編の編集への協力が述べられてゐる。

タ、明治以降（類題嵯峨野集　類題採花集ほか）

明治維新は神祇行政にも様々な変化をもたらし、明治初年は出雲大社もその変革を余儀なくされつつある時であつた。明治二年、先に『類題玉藻集』を編んだ村上忠順によつて『類題嵯峨野集』が上梓された。書名からわかる様に明治二年に、忠順が京の嵯峨野にて、その地の歌人の歌をまとめたと言ふも全国に歌を募つたらしく、また玉藻集の三、四編用の歌稿もあつたとみえ、広範囲に歌を採つてゐる。本書には出雲歌人が六十五人見え、これが類題の和歌集に出雲歌人が採られた最後の最盛期となつた。先にも述べた通り忠順は出雲との関係も深かつたのである。忠順はこの二編を編むつもりで全国から歌を募つたが、その草稿「出雲詠草」「飛驒詠草」の二つが刈谷中央図書館の村上文庫にある。

前者には尊澄、尊福、細野篤左衛門、森爲泰、細野安恭、安章、内藤高行の詠草があり、後者には飛驒歌人宮田礼彦、桐山孝雄、小合川夏丸、田島定孝の詠草に、綴ぢるのを誤つたか「鶴山社中歌」として尊孫、尊算、尊賀の歌を綴つてある。ここより鶴山社中をはじめ出雲、松江の歌壇が明治初年に健在で、斯様に歌稿綴を送つてゐた証しとなる。ただこの二編は出板には至らなかつたが、この歌稿を用ゐて忠順は『千代古道集』を編んだのであつた。(30)忠順の日記である『年中日次記』によると明治三、四年の頃にその校合をしてゐるが、これも世に出る事なく草稿のまま村上家に伝へられた。それによると巻頭一首は千家尊孫、ついで本居内遠、熊代繁里と自分の師の歌を順にあげ、後に松江の家老乙部真樹が続くのである。本書から明治の初年にもなほ動きのない忠順と出雲歌壇との関係と評価がうかがへるのである。

斯様な状況の中で、尊孫と共に歌壇を率ゐて来た島重老が明治三年に、同六年正月には尊孫が帰幽した。またその五年後の十一年には尊澄も幽界に帰し、杵築歌壇は指導者を失ふ憂き目に遇つた。松江に於ても既に小泉真種なく、明治八年には森爲泰が逝いてゐる。加へて明治の開化の波は出雲まで押し寄せてゐたのであり、出雲歌壇の凋落は目に見えるものがあつた。明治十一年刊の岡田霞船編『新撰明治百人一首』には尊孫の肖像と共に「朝鳥」の歌が載つてゐるが、既に帰幽後のことである。先に『類題春草集』を編んだ物集高世は、晩年その三編とも言へる『類題採花集』を明治十四年に世に出したものの、現存の歌人を採つた為か出雲歌人は八人と減少した。帰幽後の尊孫や尊澄の歌を載せるものはこの翌年に出た佐々木弘綱編の『明治開化和歌集』が最後ではなからうか。出雲と縁あつた近藤芳樹の『月波集』には尊福の歌が見える。もはや出雲は指導者を失ひ、歌壇としての力をなくした頃であつたと思はれるが、これは全国にあつた地方歌壇においても同じ事であつたと思はれる。

以上、この期の類題の歌集と出雲の関係を述べてみたが、それぞれの歌集には編者によつての特色はあるものの、出雲歌人は何れにも無視できぬ勢力であつた事がうかがへよう。

安政三年に尊孫は還暦を迎へた。この時誰が発起人となつたかは判らないが、その祝歌が全国から送られてゐることは、尊孫の『自点眞璞集』に「安政三年三月我が六十賀の歌々あまたおこせたるを悦て」と題する自詠があることからわかる。(31)『類題清渚集』にも同じ題で別の尊孫の歌を載せてゐる。あまたはどの程度であつたのだらうか。『類題清渚集』には若山の石田春雄が「出雲国造尊孫君の六十賀にかの国の名所によせて」と題する歌がある。若山は出雲歌人とも関係の深い地であるとは先にも記した通りである。因幡の飯田年平の『石園集』にも「千家国造の六十の賀によみておくれる」と題する長歌がある。年平は若き日に加納諸平に学んだ関係もあり、尊孫との関係も判り、また古稀の祝歌も載る。また伯耆の門脇重綾の『蠖園集』にもみえる。豊後の物集高世も門人にこの「寄出雲名所祝歌」を詠むべく連絡してをる(大分県立図書館蔵安東正之宛高世書簡)。遠く常陸水戸の歌人間宮永好も「出雲宿禰尊孫が六十賀に」と題して、常陸歌人の歌集である『類題衣手集』(朝比奈泰吉編)に歌を寄せてゐて、水戸との関連もうかがはれる。更にこの年に大社に詣で、尊孫に面会した防長歌人近藤芳樹のその祝歌は、『武蔵野集』二編に尊孫の返歌とともに記されてゐる。管見に及んだものはこの程度であるが、紀伊、因幡、豊後、常陸、周防とかなり広い範囲の人々が尊孫の還暦に祝歌を寄せてゐるのであり、当時の歌人の尊孫への評価のうかがはれるものである。逆に武蔵の井上淑蔭の六十賀歌集『近葉六帖』（元治元年・静嘉堂文庫蔵）の巻頭は尊孫の詠である。

また遠州の石川依平の、自らの書斎「柳園書室」の扁額は尊孫の染筆になるものであり、この事は依平の歌集『柳園詠草』に見えることである。尊孫はこの時にこの四文字と共に長歌を贈つてゐて、それに対し依平は返答の長歌を詠んでゐる。この様に、還暦を迎へた尊孫の存在は当時の全国の歌人国学者の無視することができなかつたものであり、それはまた出雲歌壇への評価でもあつた。

以上千家俊信による出雲への古学（国学）移入以来、千家尊孫による歌道奨励、鶴山社中を中心とする『類題八雲集』の刊行、また出雲歌人による他の歌集への出詠などを明治に至るまで述べてみた。これによつて明らかになる事は、出雲の地には和歌に親しむ土壌が早くから形成され、俊信、尊孫を経て歌壇が成立し、全国的な活動をしてゐたといふ事である。

次章に詳しく述べるが、実は出雲に於て、更に歌仙歌集や名所和歌集などと言つた独自のものがこの時期に刊行されてゐるのである。この成立にはやはり信仰の地、出雲大社の御鎮座地と、この歌壇を率ゐた千家尊孫国造と尊澄父子の存在が実に重きをなして来るのである。それに松江藩による和歌奨励も加はり、かなり盛んなものであつたと言へよう。尊孫による一統一派に偏しない詠みぶりは、自由に人間の心情を述べ、言霊の風雅を尊ぶ精神を高め、言葉を磨くと言つた思ひに至つたのであつた。その規模の大きさと、約三十年の父子に亘る時代の流れの中での絶えぬ継承は高く評価され注目されるべきものであつた。

然しこの盛んな出雲歌壇も流石に明治維新以後の潮流にはかなはなかつたのであるが、何と言つてもその時期に二人の指導者が相ついで帰幽した事は大打撃であつた。そして旧派の歌は全国的にみても明治十年代を経、二十年代を以て衰退の一途をたどり、新たに興つた和歌(短歌)革新の流れにとつて代つて行つたのである。その流れは出雲地方に於ても如何ともする事ができなかつたのである。徳川時代後期の類題の和歌集に若き日の歌を採られた明治の国造尊福は、神職であり政治家、そして歌人でもあつたが、もはや出雲歌人ではなかつた。明治十年刊の山田謙益編集『明治現存三十六歌撰』[31]に採られてゐる尊福はもはや中央の歌人である。明治十八年の歌会始に預選歌となり、

冬こもるまどの白雪しらぬまにさきそめぬらし梅が香のする

と詠じてゐる。この「梅が香」に俊信の「梅舎」を思ふのは私の感傷に他ならない。

註

(1) 熊谷武至『類題和歌集私記』に「千家尊孫篇」があり。また同人『続々歌集解題余談』にも出雲国名

所歌集についての論究がある。福井久蔵『大日本歌書綜覧』は『類題八雲集』の項目を欠く。また山本嘉将はその著『近世和歌史論』に於て次の如く述べてゐる。「彼（中澤註千家俊信）が国学を主唱するに及んで尊孫をはじめ尊之・尊晴など千家家の人たち、大社に仕へた島重光・重胤・重道および中村守臣・守手・守正などかなりすぐれた人が漸次あらはれて、天保十三年の『類題八雲集』を頂点とする出雲文学の基礎をつくつた」（同書五〇〇頁）。

（2）原青波『出雲歌道史』五八頁。

（3）山本嘉将『近世和歌史論』第一章参照。

（4）天保二年帰幽　七十五歳　俊信の帰幽も同年。

（5）『本居宣長と鈴屋社中』七四頁。

（6）寛政七年とも言ふ。先掲（5）参照。

（7）『鈴屋大人都日記』筑摩版『本居宣長全集』別巻三、一三七頁。

（8）大平の序文は文化三年の年紀があり、俊信を「俊信主」と記し、「吾鈴屋翁爾問明良米…」と俊信と宣長の交流を記してゐる。寛政十年渡辺重名に送った大平の書簡には「出雲宿禰俊信といふもの大人門人也、去々年松阪に百余日逗留也神学詠歌共に達人也」と記してゐる。

（9）梅舎の門人で『類題八雲集』に名の見える者は二十一名。

（10）尊孫は、寛政八年三月十三日生まれで、明治六年元日帰幽（出雲大社権宮司千家和比古氏ご教示）だが、伝記の記載は様々である。明治書院の『和歌大辞典』（昭和六十一年刊）には、その生歿を寛政八年三月十三日〜明治六年一月一日、七十七歳としてゐる（川田貞夫稿）。『和歌文学大辞典』（昭和三十七年刊）には、寛政五年〜明治五年、八十歳としてゐる（小倉学稿）。生年、歿年共に定かでなく、その歿年齢すら区々である。明治五年十二月三日は太陽暦の採用により六年一月一日であるから、この歿年の明治五、六年の相違は理解できるが、生年の寛政五年、又は八年はいかがであらうか。『出雲國造伝統略』(明治十二年千家武主刊)にはその生歿は挙げてゐない。『島根県人名辞典』(伊藤菊之輔編)には、寛政四年~明治五年とある(但しこの書には「天保三年四十歳の時から俊信について歌道を修め」云々とあるが、天保二年に千家俊信は帰幽してゐるので誤ちであり、之は国造職を襲いだ事を誤つたのであらう。)原青波の『出雲歌道史』には寛政五年~明治五年とある。千家国造家古文書掛で禰宜職であつた広瀬鎌之助は、「此君はも出雲国造千家尊之公の御嫡男におはしまして寛政八年丙辰三月十三日千家の御館に生まれ出で給ふ御母は唐橋大納言在朝卿御息女頼姫の君と申す」「明治六年癸酉一月一日歳七十八歳にして身まかり給ふ」と記してゐる(「山陰珠璣」第六号大正八年十月刊　山崎文造発行の郷土誌)。これらの傍証として尊孫の歌集(『類題眞璞集』)には次の如き歌がある。「弘化二年の始に

越来つるいそぢの年を又も経て百世の春にあふよしも哉」弘化二年に五十歳になつたと言ふ述懐の歌である。数へ五十歳とすると、その生年は寛政八年となる。また『自点眞璞集』には、「安政三年三月　我が六十賀の歌人々のあまたおこせたるを悦て」と題する自詠がある。安政三年に数へ六十(三月と言ふので誕生日の満年齢か)と言ふと、やはり生年は寛政八年になる。而も数へ七十八歳で明治六年に帰幽した事となつて、先の千家家の記録、広瀬氏の文章は正しい事と言へる。尊孫は幼少の頃から温厚清直、千家俊信について国学を修め、また千家長通に歌を学んだと言ふ。長通は京都の公卿芝山持豊の、二条家の歌学を伝へてゐてこの地でもそれが盛行してゐた。そのやうな状況の中で千家尊孫と、大社の上官であつた島重老は、古今新古今集の歌風を慕ふと言つた、鈴屋の方針に共鳴したのであつて、二条家の歌弊を改めようと考へ、その歌風を一新した。また尊孫は香川景樹とも書翰の往復をしてゐる。

当時では西国では尊孫と重老が斯道の堪能者と評される程であり、景樹は尊孫の、

大かたは春のよそげにおもひなすえそが千嶋や先かすむらむ
心ある海人の寝ざめやいかならん千鳥なく夜の松がうら島

の二首を「三代集に入るとも恥べからぬ歌なり」と激賞したと言ふ。

『類題眞璞集』に収める尊孫の詠から文政六年に伊勢へ詣で、ついで飛鳥芳野に遊んだことがわかる。二十七歳の時であつた。これらの歌は『自点眞璞集』とともに尊孫の行動及び思想を今に伝へ、その歌を具さに見てゆくと尊孫の伝記研究ともならう。国造職をついだ尊孫は、出雲国造兼天日隅宮御杖代職として、また歌人、国学者として、天穂日命の子孫である自覚のもとに生きたのであつた。

また奇石珍石を自ら庭石として集めたと伝へ、また石の歌を多く残してもゐる。広瀬鎌之助は「かかれば御詠歌何れを見たてまつるも措辞のいといとすぐれさせ給ひぬ。また珍石を愛でさせ給ふあまり、前栽或は近き海山にものしてまぎ給ふ折しも、はた朝な夕なの起居にも近侍の人々いかなればひとりこち給ひつらんといぶかしみつつ御供してかへり、文机により給ひし時、まめやかに和歌を記し給ひしを見侍り。かのひとりごちはやがて歌なりしかと人々云ひあへりしと教子にしてやつかれの師佐々鶴城大人はかたられき。こは或有職者の歌は苦吟によりて到達す。又奇想を得、言外の妙味おのづからうかぶといへりしもげにさることとならんかし」（「山陰珠璣」第六号）と言つてゐる。尊孫の日常が偲ばれるものである。大社の亀甲神紋を散りばめた短冊は尊孫の好み短冊であつた様で、私の手許にも有り、尊孫以降尊福に至るまでよく用ゐられてゐるのを散見する。

尊孫は明治二年に国造職を子の尊澄に譲つたが、維新後の参朝、神寿詞奏上の再興を考へたものの、七十過ぎの高齢ゆゑに叶はぬ事によつたと言はれてゐる。また幕末に中山琴主の創始した八雲琴にも、

それなりの興味を示した様子で、其の撰になる『八雲琴譜』に、「八雲立出雲の琴はふたつ緒を雌雄によそへて造り初けむ」の詠を寄せ、殊に今様なども「八色の雲の立を見て。作らせりけん御言葉の。三十文字あまり一文字に。掻合せたる二つ絃の。琴はいざなぎいざなみの。神の御霊や籠るらむ」と詠じ、また八雲琴二百吟では、その初めに「弓をもて造り初けむ琴なればならすを引といふにや有けん　國造尊孫宿禰」と歌を記し留めてゐる。

(11) 俊信追慕の霊祭歌集『梅の下かげ』(『神道学』一一三号翻刻)によると尊孫はじめ多くの人々が百日祭、三年祭、十七年祭に追慕の歌を詠んでゐる。

(12) 尊晴は序文で尊孫の執筆態度と本書の特色を次の様に述べてゐる。「吾兄あかぬことにおもほして、御杖代の職いまだ継玉はざりける程のいとまのまにまに石上ふるき御代々この書どもを賎のをだ巻きくりかへし、まそみの鏡つばらかに見あきらめ玉ひて、いにしへにたがへる詞てにをはを、くさぐさの品をわかち、証のうた詞さへえり出て、手引の糸のいとこまやかに書顕し玉へる此ひなの歌語になむ有ける、うひ学の人々朝なけにひらき見て、心をしとどめなば、まどの蛍をむつび枝の雪をならし程のいさをはあらずとも、言の葉の道をふみまどふことはあらざらむかし」。

(13) 『折口信夫全集』十一巻二七九頁。

(14) 熊代繁里『安芸の早苗』(『葭』十一号翻刻)によると天保十一年五月十七日に大社に参拝、山内繁憲、内遠、諸平からの物を島重老を通じて尊孫に伝へて貰つてゐる。但し尊孫は尊朝帰幽に伴ふ服喪中であつたので直接には逢つてはゐない。

(15) 以上『千代のふる道』は國學院大學図書館蔵本による。

(16) 尊孫の序は、橘守部『稜威言別』、近藤芳樹『大祓詞執中抄』他に類題の和歌集にも見える。後述。

(17) 尊孫の歌は二編八、三編五十六、四編十八、五編二十九、六編十六、七編十七で三編が一番多い。尊朝は帰幽後の五編に二十四首ある。なほ辻森秀英『近世後期歌壇研究』「第一章地方歌壇の研究」参照、但し同書は徳川時代後期の歌集の扱ひにや、間違ひがある。

(18) 小泉真種は松江藩士格式番頭、大平入門は天保元年十一月（『三重県史資料編』）嘉永四年歿六十四歳、妻は俊信女、清。三女あつて松江藩中老乙部氏（類題の和歌集に出詠あり）岩苔を養子とする。その子湊の子セツにヘルンは配す。真種の曾孫にあたる。

(19) 『松江市誌』（昭和十六年）一七一八頁　また爲泰の碑文に見える中村守臣は国造家の教学を司つた人物であるが、歌も巧みであつた。その歌道の師は、黒岩一郎『香川景樹の研究』（五五八頁）によると景樹であつたと言ふ。尊孫の教へも受けたが、この尊孫も景樹には引かれる所があつたのである。また藩主松平斉貴は国学を好み爲泰を召して歌道を学んだといふ。笠井治助『近世藩校の学統学派の研究』の松江藩の項（下巻一〇七九頁）に於て「領内に出雲大社があつて、その信仰も強く、早くから国学研究も行なはれ」と、松江藩の明教館（修道館）の学風を記してゐる。正月の稽古始めには素盞嗚尊大己貴命二神を祀る神床の前で祭祀を行なひ、日本紀の講義をし、皇道を基本となすべく知らしめたといふ。

(20) 愛知県刈谷中央図書館村上文庫所収、尊孫詠は『飛驒詠草』に誤綴されてゐる。なほ本稿六の「夕」を参照。

(21) 弘化三年の『皇京日記』に「嶋兵庫重胤に、始て逢ふ、此人は、出雲國大社の上官にて、己とは親しく消息する人なるが、逢ふ事は今始めなり。彼はシゲツグ、予はシゲタネなれど、字は相同じきからに、鈴木重胤、嶋重胤と己に依て彼は名高く、彼に依て己が名高きもをかし、神典のすぢに取ては、己彼に上たるべし。歌詠は、彼はた吾にまさるべし（中略）國造尊孫君に聞え上べき事どもの多き…」（『鈴木重胤紀行文集』一、皇學館大神道資料叢刊九）とある。また安政五年の『筑紫再行』には、五月十四日大社に詣で、尊孫尊澄に対面した記事があり、十六日には尊孫より八田知紀宛の手紙を預つてゐる。（谷省吾『鈴木重胤の研究』一八一頁。）尊孫が八田知紀に手紙を送つてゐる事も、先にふれた尊孫の景樹（桂園派）観と照らして興味深い。

(22)『森誉正にあてた鈴木重胤の書信』には千家国造家との関係を示す書簡もある。

(23)先にあげた周防の近藤芳樹は『寄居歌談』でこの尊朝追慕の情を記したのちに『類題柞舎集』の刊行にふれ、「よみおかれし歌ども板にゑりて世に出たりといふはまことにや」と記してゐる。『類題柞舎集』の出板情報は得てゐたのだが、同じ頃に世に出た『類題八雲集』には言及してゐない。また大社町史編纂室蔵「赤塚家文書」の赤塚之重（楽翁）の『和歌自詠百首』（天保十四年）には尊孫の加筆がある。これは『類題八雲集』刊行の翌年でありその活動がわかる。

(24)千種有功の序文や題字、歌を巻頭に飾る歌文集が、この頃以降に散見する。有功は安政元年に薨じてゐるが、早い所で義門の『玉緒繰分』（天保六年）があり、周防の鈴木高鞆編の『類題玉石集』には、「玉石集のなれるを見て　有功　いしといへどふたまじらぬ玉の書を手にとりてみるここちこそすれ」の歌を巻頭に載せ、「是ハ千種三位有功卿より懐紙に書て賜りしを　この巻のはじめに入んとて　その字形をとらむやうに小くうつしたるになん」との註記がある。有功の巻頭歌は、例へば、宣長の五十年忌の『鈴屋翁五十年霊祭歌集』を初め、『亮々遺稿』など幾つかの歌集に見える。また有功は初期は古今集に習つた歌を作つてゐて、弘化二年板の『ふるかがみ』三巻は全て古今集の歌題をとつて詠じてゐるものである。しかし後に橘千蔭、村田春海と言つた江戸派の歌に習ひ、更に桂園派をも交へた歌作をしてゐる。安政二年板の『千々廼舎集』三巻には、二条派の伝統的な歌題と共に斬新な歌を織り交ぜてゐる。殊に歴史上の人物を詠む「詠史」の歌は、国学派歌人としての特有のものであるものの、有功は詠史の歌を詠んでゐるし、また長歌も詠じてゐる。有功は高畠式部や税所敦子などの師でもある。尊澄の有功入門は『松壺文集』によると天保十一年である。八雲集刊行の頃に尊孫らは有功の門に連つてゐたである。また明治二年尊澄尊福父子が上京した折り、有功薨後の有文の元を訪ねてゐる。拙稿「千家尊澄尊福父子の明治二年の上京」『考証随筆柿の落葉』所収。

(25) 大阪市立大森文庫所蔵。

(26) 本書については拙稿「宣長五十年祭と出板」神道宗教一八三号参照。

(27) 『五十鈴川』に歌を寄せた出雲歌人は、千家尊孫、尊澄、俊栄、尊茂、中臣正蔭、佐々木定礼、千家之正、島重老、島重胤、平岡雅足、中言林、赤塚孫重、富永芳久、田中清年、朝山喜古、吉川景明、中村守手である。

(28) 二編の尊孫の歌は、遠近花、春祝、深山余花、七夕、名所雁、嶋千鳥、水鳥、冬里、聞恋、遠恋、画の十一首で中臣正蔭は忍不言の一首である。本書は全国的に歌人を採つてゐても、その数は江戸中心で地方は少ない。

(29) 『和歌山県史』近世編史料二巻によると『三熊野集』の出板届け出は文久二年十月となつてゐる。なほ西田惟恒については拙稿「本居内遠門西田惟恒の一考察」（『國學院雑誌』一〇二巻四号」参照。

(30) 本書については簗瀬一雄編『碧沖洞叢書八十一輯』を参照。

(31) みな人の長かれとほぐことだまは我が玉のをのたからとやいはん。

(32) 徳川時代後期の尊福の歌は、安政三年二百首はじめ年々歌集、類題清渚集、春草集二編、玉藻集二編、千船集二編、嵯峨野集などに採られてゐる。

二、出雲歌壇をめぐる歌書と人物

㈠

出雲歌壇は杵築の千家尊孫を中心として、幕末期に松江、広瀬をも含む広範囲に於て、かなり積極的な活動が展開したのであつた。その事は本章一に詳述した所ではあるが、本稿は更に出雲における独自の歌集、歌書の出板と言ふものに注目し、その歌人との関りについて考へたく思ふものである。

一つの教育なり思想なりを、世に広く喧伝する為には、出板といふ媒介が重要な役割を果たす事となることは周知の通りではあるが、徳川時代後期には出板といふ営みが盛んになる一方で、それほど容易なものではなかつた。しかも三都から離れた出雲の地においてはなほさらであつた。書物を刊行し、その歌集に自らの歌を載せて世に示すといふ事は、それだけでも大変な事である上に、作歌の技量をも示す事となつた。出雲歌壇はさういふ意味で経済的にも豊かな上に、歌も世に迎へられる秀作があつたと言ふ事が言へるのではなからうか。

（二）

出雲歌壇の活発な活動にはその中心に千家尊孫が存在し、また出雲大社と言つた宗教的な権威についても見逃してはならないであらう。次の書簡はその事をよく示してゐる。

出雲大社参詣仕候而、彼方ニて少々講尺など仕候、両国造へも度々講尺ニ而出会、歌会なども仕候、千家国造之歌一葉、此度晋上仕候、国造ハ神代より嫡々相承之人ニて、全く生神と世上ニ崇敬仕候事故、御身之守ニも可相成奉存候而差上申候、御春之歌ニて御座候故、御表装被成候而正月御用意可被成候、歌ハ小生などが弟子にして、相応の読手ながら身分が神ニて是故尊とく御座候。(1)（以下略）

これは安政三年八月二十八日付で、近藤芳樹が大坂の書肆秋田屋太右衛門宛に出雲での行状を語つたのちに尊孫の短冊を一枚送ると言ふ内容のものである。「全く生神と世上ニ崇敬仕候事」「御身之守」「身分が神ニて是故尊とく御座候」などと言つた表現は、当時の人々の尊孫に対する思ひなのであらう。そこには歌人であるとともに出雲大社を背景とした国造としての宗教的権威がうかがへる。

芳樹は周防の国学者で尊孫より七歳年下で、ほゞ同時代を明治初年まで生きた。芳樹は初めてこの時大社に詣で、両国造とも対面したのであるが、既に文通で相識つた仲であつた様である。芳樹がこの折自著『大祓執中抄』の序文を尊孫に乞うた事は、その序文からも明らかである。ここに「歌ハ小生など弟子にして」とあるのは、芳樹の自らを誇示したものかもしれない。

また次の書簡も尊孫、尊澄の歌に関する情報をよく述べてゐよう。

師君七十賀御詠奉望之処、此度御出詠被下大慶不浅奉存候、早速送り可申候、国造殿御父子定而御悦可被成難有ものと奉存候、且又御父子之御詠歌御好被下承知仕候、尊孫君分ハ随分所持仕候へども尊澄君ハきびしく書兼られ、既に子息永雅ハ十六才ニ相成候節、名付親ニ頼、則永雅と名貰候、其節　御短冊をと頼置候□にて出来不申候、然とも貴君より御頼候段、急便申遣して出来可申奉存候(2)（以下略）。

これは尊孫の門人で松江在の森爲泰から三河の村上忠順へ送つた書簡である。爲泰は尊孫の七十賀の歌の出詠を多くの人々に依頼した様で、忠順はその歌を送ると共に、尊孫尊澄の短冊を所望した様である。尊孫の短冊は手元にあるが尊澄のものはなく、自分の子の名付親ではあるもののなか〳〵入手できないが、急便でお願ひして何とかしようといふ内容である。尊孫尊澄の短冊が斯様に贈答品として用ゐられ、尊重されてゐた事実の一端であり、当時の歌人尊孫、ひいては千家国造家に寄せた人々の思ひでもある。

㈢

近世後期の出雲(杵築)歌壇関係者における、歌書歌集等で、出板されて世に出たものは主に次の著書である。

千家尊孫　比那能歌語　類題八雲集　類題眞璞集　自点眞璞集。(3)

千家尊澄　歌神考　松壺文集　櫻の林　花のしづ枝。

千家尊朝　類題柞舎集(尊孫撰)。

富永芳久　丙辰出雲國三十六歌仙　丁巳出雲國五十歌撰　戊午出雲國五十歌撰　出雲國名所歌集

初　二編　出雲國名所集。

以下各個の歌書歌集について述べる。

イ、千家尊孫

千家尊孫及びその著の『比那能歌語』『類題八雲集』については、第二章一に述べたのでこゝには触れない。

尊孫の歌集である眞璞集には二種あり、それは題ごとに歌を分類した『類題眞璞集』三冊と、自ら合点を加へた『自点眞璞集』四冊である。『自点眞璞集』巻末の「鶴山社中蔵板書目」には『類題八雲集』と並んで『類題眞璞集』三冊が既刻とあるので、『自点眞璞集』出板時に既に『類題眞璞集』は世に出てゐたこととなる。『類題眞璞集』の序文は尊澄で、この三巻の歌は父の若かりし時より折にふれ事にあたりて嘉永のはじめつかたまでによみ出給ひたるを、中臣正蔭に書きあらためさせ…（嘉永六年五月）。

とあるので、その歌の年代がわかる。旋頭歌も含めて三千七百九十二首で、そのうち香川景樹が「三代集に入るとも恥べからぬ歌なり」と讃へた、

心ある海人の寝ざめやいかならむ千鳥なく夜の松がうら島（『類題鰒玉集』二編初出）

は、この集に収められてゐる。

『自点眞璞集』は「いさゝかよしとおもへるにつまじるしをつけゝる」と、自ら合点を加へたもので、尊孫は、「年来よみおける歌の中より一わたり聞えたるさまなるを、社中の男どもにえり出させたるなり。」と述べてゐる。本書刊行には鶴山社中の協力があつたのである。板下はこちらは「島重稔にかゝせける」とある。歌数二千四百十六首、時は「慶応元年長月ばかり」とあるので幕末近く、その頃までの歌も収められてゐるが、『類題眞璞集』との重複もあり、先の「心ある」の詠などもこゝに収められ、合点が加へられてゐる。巻四の巻末には自らの歌集を「眞璞」と称した理由を尊孫が説明してゐる。

此集の名を眞璞としも名づけるは、おのが一字名を眞と父のつけられしにより、眞玉とたゝへよとをしへ子どもがいひけるに云々

と。即ち父尊之国造が尊孫に「眞」といふ一字名をつけたので、眞のすぐれた玉として、眞玉と門人が言つたのを謙遜して眞璞（璞はあらたまの意）とつけたと言ふのである。

ロ、千家尊澄

千家尊澄は尊孫の長男、七十九代国造である。教へは俊信、ついで尊孫の他、中村守臣、守手父子、岩政信比古や本居内遠らを師とした。さういふ面でかなり幅広い学問を身につけた人物で、草稿のほか末刊の著書もかなり残して、明治十一年に帰幽した。(4)

『歌神考』は歌の神を従来考へられてゐた住吉玉津島等三柱の大神ではなく、須佐之男命であると論じたもので、文政十三年に書かれた。尊澄二十一歳の時の著書で、早くからの考証に対する尊澄の姿勢がうかがへる。但し出板されたのは、それから三十年余以降(文久二年以降)であった。その間岩政信比古、本居豊頴、中村守手等が目を通し、序跋文を付してゐる。(5)

『松壺文集』は七冊ほどあつた中から三冊が出板された。しかもその三冊は一度に出板されたのではなく、一巻一冊と、二、三巻二冊が別に刷り立てられた事は、巻二の跋文に於て「さきにわが友西村公群が心にもめできこえかまけおもひて、こひきこえまをして、初御巻を公にものしつるを、今またさるうるはしき」とある事からもわかる。各巻には跋文があり、巻一は西村公群(文久三年九月)、巻二は源壽忠(慶応三年霜月)、巻三は嶋重稔(同十二月)となつてゐる。父尊孫は歌集を編み、その詞書よりその人間関係や交流がうかがへるのに対し、尊澄はこの文集三冊を編んだ事で、その文章の練達であつた事を初め、他者の書への序文を収める事から、その交遊関係も思はれて貴重である。殊に未刊のま丶世に出ずに、こ丶にその序文のみ録されてゐる著作もあるので、ここに書名と作者をわかる範囲で記しておく。

本末歌解序（岩政信比古）　能原考序（西原晃樹）　防府天満宮御年祭歌集乃序（鈴木高鞆）　古事記傳異考序（岩政信比古）　餌袋日記序（本居大平）　八雲琴譜序（中山琴主）　玉藻集乃序（村上忠順）　梅舎雑録序（千家俊信）　千種三位有功卿の御歌を集めたるゆゑよし（尊澄編）　てらつ丶きの序（岩政信比古）　学びの費の序（岩政信比古）　玉襁糸のまよひの巻序（中村守臣）　書画譜の序（加藤叙恭）　門田の鴫の序（戸谷知義）　夜の寿佐備三百詞序（尊澄編）。

尊澄は明治まで長らへたので他にも序跋文はあるかもしれないが、その一端がよくわかるものであらう。

『花のしづ枝』は「出雲國杵築現存五十歌仙」と副題がある通り、当時現存の杵築の歌人五十人の歌を一首ずつ記したもので、安政四年春赤塚澄景序文、市岡和雄の跋文がある。撰者は尊澄と思はれるし、前年富永芳久が編んだ『丙辰出雲國三十六歌仙』を意識してゐることがわかる。このことは後述する。

八、千家尊朝

千家尊朝は尊孫の子、尊澄の弟である。神童とも言はれ、五歳で百人一首を暗記したと言ふ。然し天保十一年四月に二十一歳の若さで帰幽してゐる。父尊孫はその死を悼み、本書を遺歌集として刊行したのである。和歌に早熟であつた証として七歳の詠四首、八歳の詠三首を収めてゐる。総歌数千二百六十八首であり、父尊孫の歌道奨励の様子を示してゐる。序文で島重老は「なぎみの御歌にも今だにおとりたまはず、ゆく末いかならんなど人々みなあふ」いだとその秀才ぶりを偲んでゐる。跋文は京の千種有功で、その年紀は天保十三年五月と『類題八雲集』の序文と同じであることは既述した。

この天保十三年に周防の近藤芳樹は『寄居歌談』巻一を出板したが、その中で尊朝の神童の噂を記してゐる。芳樹の初の出雲詣は安政三年になるので、まだ面識もなかつたわけだが、その評が芳樹の許に届いてゐたことがわかる。更に尊朝の歌三首を記し、二十一歳で帰幽した事を嘆いた上で、

ゆくりもなきものからくちをしうおぼえしか、よみおかれし歌ども板にゑりて世に出たりといふはまことにや

と出板の情報を手にしてゐるが、本はまだ入手してゐない状況であつた。芳樹が尊朝の歌を知つたのは、これ以前に刊行されてゐた、『類題鰒玉集』三編によつてのことであらう。

二、富永芳久

富永家は、代々北島国造家に仕へる禰宜職の家で、芳久は文化十年に生まれた。多計知（多介知）と称し、後に楯津とも言つた。学は千家俊信につき、天保七年には内遠の門にも加はり北島家の学師とし

てその教導に当つた。『出雲國風土記』を仮名書きに読み下した『出雲風土記假字書』はその力量を示す著作であるが、ここでは歌書のみに就て扱ふこととした。

『丙辰出雲國三十六歌仙』は安政三年に芳久の撰する所であり、杵築をはじめ松江をも含んだ出雲国の三十六人の歌人の歌を一首宛まとめたものである。序文は紀州の西田惟恒、跋文は中山琴主でそれ〴〵の関係もうかがへる。また自序では「いとはかなきすさびなれども年毎にかゝるさまにものせん」と記してゐるので、毎年の出板を計画したのであらう。それに従つて翌年には『丁巳出雲國五十歌撰』を編んだ。三十六人では不足があつてか、五十人を撰んだのであるが、本書も杵築が約半数であつた。序文は紀州の熊代繁里跋文は出雲の手銭さの子である。芳久は自序にこの書の意図を「年毎の春のはじめのことほぎ草に桜木にゑりて、千里にも匂はせ、萬代にも傳へてしか」と記す。芳久の紀州の滞在中にまとめた事は「木國のやどりにしるす」とあるのでわかる。(6)

翌安政五年には順調に『戊午出雲國五十歌撰』が編まれた。今度は杵築以外の人々の歌が多い。自序と跋文(歌、鈴木重胤)があり、序文で「年ごとのほぎ歌」と記してゐるが本書を以て刊行は終つた。折しも紀州では歌友西田惟恒によつて年々百首の歌集が毎年編まれてゐた時である。

芳久は『丙辰出雲國三十六歌仙』を撰ぶ前の、嘉永期に出雲国の地名に関する、また名所を詠みこんだ歌を諸書より抜き出して、『出雲國名所歌集』を世に出した。初編は嘉永四年撰、二編は嘉永六年の撰である。初編の巻末に、出雲國名所歌集初編刻成　一冊　同二編三編　嗣刻　此國神代の遺跡許多侍りて、名勝かぞへがたく、古今歌人の風詠史籍諸集に残れるを始、旧縦佳境のいりたるは、今古にかゝはらず悉くあつむ。猶諸君子のよみ出給はん玉詠書林へおくり給はらば次々編輯すべし。

とあつて、全国から歌を集めて二、三編をもまとめる予定でゐたが、二編で終つた。(7)

初編序文は源成名と自序、跋文は高階三子（後の西田惟恒）であり、二編序は醍醐忠順（歌）本居豊穎、自序、である。何れにしろ本書の成立は『出雲國風土記』の存在が大きく影響し、そこに記される地名を詠んだ歌をはじめ、出雲の名所に関する歌を集大成することにあつた。勿論そこにはその地名独自の景を詠じたものもあれば、歌語として詠みこんだものもあつて様々ではある。芳久は「風土記に見えたる野のさき山のさき、いれひものおなじ心にわけみん」（初編序）「これの出雲國の神代のことのあとふるき名所ども誰かはしぬばざらむ、それしぬぶらむ、遠きさかひの人々のよめかつはまなびのたつきにもと…」（二編序）との編輯の意図を述べてゐる。『出雲國風土記』記載の地名をはじめ、名所を詠んだ歌は、初二編合計で百六十箇所になる。

斯様に歌を探し出すことは容易な事ではなかつたのであらう、芳久は歌集とは別に出雲の名所のみをまとめた一書『出雲國名所集』を編んだ。これは二編の編輯と同じに進められた様である。その北島脩孝の序文は二編より一年早い嘉永五年である。芳久はこれらの出雲の地名を歌人の題詠の材量に提供して、歌道奨励を促したい思ひがあつた様である。序文に「皇神のぬひたらはしましたる嶋の埼、いそのさきおちず、これの名前ともに八雲の御歌に神習はむうた人のことの葉の、眞玉しら玉五百津集につどへて、栲縄のいやひろに伝へなば……」と記してゐる。本書に著録された歌枕は七百十八箇所であるが、こゝには当然あるべき神祇の部を記してゐない。それについては『出雲國神社記』を参照せよと芳久は記してゐるが、該書は名のみ伝へる芳久の著で内容は不明であるが、神祇も加へれば八百を越す歌枕を集めた事となる。この出雲国歌枕への執着は言ふまでもなく芳久の郷土愛と、奉仕する出雲大神また『出雲國風土記』への思ひなのである。またその配列順に五十音を用ゐず、宣長作の「あめふれはゐせきこゆる……」の順を用ゐてゐるものも国学者芳久の一端を示してゐる。芳久は明治まで長らへ十三年九月に六十六で帰幽してゐる。

(四)

以上の歌書の中から、安政期における『丙辰出雲國三十六歌仙』以下年々刊行された歌集について取り上げてみる。三十六歌仙(撰)は中世に藤原公任が歌の名手三十六人を撰んだ事に因る。以後もてはやされて徳川時代後期では文政八年に本居大平が『近世三十六人撰』に、江戸初期の豊臣勝俊以下平千秋(横井)までの三十六人を撰んだ。この本の刊行が二十年余後の嘉永三年であり、(8)これに影響を受けてか嘉永以降各地で三十六歌撰の歌集が編まれてゆく。まづ姫路の秋元安民が当時の全国歌人の中から三十六人を撰んだ『嘉永三十六人撰』を刊行した。出雲歌人は千家尊孫と島重老の二人が三十六人の中に入つてゐる。大平の三十六人撰のあとを受ける形で安政三年から元治元年まで、高階一族で編まれた『近世三十六人撰』は十篇に及び、これも全国から歌人を採つた。出雲歌人は三編（安政四年高階生津麿撰）に千家俊信と森爲泰が採られてゐる。生津麿は京の人で富永芳久の『出雲風土記假字書』に跋文を記してゐる。四編（安政五年高階氏恒撰）には尊孫、五編（安政六年高階晴緒撰）には尊澄、芳久、六編（萬延元年高階光恒撰）には島重老、八編（文久二年、高階惟光撰）には藤原古徳女、出川道年が採られてゐる。この安政期には地方限定の三十六人撰ができ、諦霊によつて『尾張三十六歌撰』、また雲阿撰の『茂乃美名』など尾張地方の三十六人をあげてゐる。

出雲における芳久の『丙辰出雲國三十六歌仙』はやはりかういつた影響をうけたものであり紀州の西田惟恒との関係によるものだらう。安政四年に周防の鈴木高鞆によつて撰ばれた、その地方の三十六人撰『佐波のあら玉』は、その序跋文に出雲との関係を述べてゐる。高鞆は序文にいふ、

この頃、出雲の國杵築の人々の三十六歌選といふものをみて、やがてそれをまねびて、この里の人のを書きつらねてみるに似るべくもあらねど、よきまねしたりと……。

高鞆の見たのは三十六歌選であれば、杵築の人々に限定したものではないので文意に混乱があるが、更に詳しく佐伯鞆彦と渡邊敬澄が跋文を綴つてゐるのが注目される。

おのれら二人過しふみ月の頃、出雲の大神に参詣し、折から尊澄宿禰の何くれとねもごろにもて

あつかひまして、家づとにとてくさ〴〵のものたまひたる中に、かの里の三十六歌選又五十歌選といふうた巻のありしを、家にかへりて大人にみせまゐらせしかば、それにならひてこの里びとのうたを三十六首集めて、徳永秀信に書かせ　かのいやびの文つかはさむ折にそへてつかはすべしとてたまひたるを、ねがはくはすり巻となしていひければ、

これによると昨年安政三年に、この二人が出雲大社に参詣した折に尊澄から『丙辰出雲國三十六歌仙』と『花のしづ枝』を家苞に貰つたといふ。

この五十歌撰については『丁巳出雲國五十歌撰』の可能性もあるが、高鞆の序文に「杵築の人々」とあり、跋文にも「かの里」とあるので出雲全国に及ぶ五十歌撰ではない事と察せられる。『佐波のあら玉』は斯様に出雲の歌撰の影響の下になつたと言へるのである。他に文久期になると後藤真守撰『豊國三十六人撰』、同二年に楢崎景海撰『萩城六々歌集』、慶応二年前に石川千濤撰『三河三十六歌撰』などが撰ばれ、三十六人撰が流行したのである。未刊に終つたが鈴木高鞆は『防府五十歌撰』を計画してゐたのであつてこれもその影響にあらう。

さて出雲で刊行された四種の三十六人撰、五十歌撰の歌人を見ると千家尊孫と北島全孝が四種全てに採られてゐる。富永芳久は北島家の禰宜職であつた為全孝への思ひがあつたのかもしれない。また三種に亘るものが千家家が尊澄、尊茂、富子の三人であるのに対して、北島家は重孝、昌孝、勝孝、内孝、脩孝の五人となつてゐる。他に手銭さの子、別火吉満、田中清年、佐草文清、中臣正蔭　島重

老　中言林の七名が三種に亘つてゐる。また『丙辰出雲國三十六歌仙』『丁巳出雲國五十歌撰』は杵築歌人の方が多いが、『戊午出雲國五十歌撰』では松江及び他の出雲歌人の方が杵築より多くなつてゐる。一方『花のしづ枝』は杵築現存と銘うち、その地を採つたので、杵築に限定されるのは当然である。斯様にこの地に三年間に続けて歌撰の歌集が刊行されたのは全国的にも珍しく、歌人の水準の高さと出板といふ事業への執着が言へるであらう。ただ本書は広く流布しなかつた様でもあり、稀購書の部類に入る。(9)

また問題なのは『花のしづ枝』に載せる次の序文をどう読むかである。

そが中に出雲國丙辰三十六歌仙といへるは、此さとの何がしが撰びたりとて、八雲の道のさかえをおもふこゝろざしはふかげなれど、おのが山のいたゞきにはかざすべき花をかざゝせ、よそにみわたす高嶺には雲のみかけたるをあなあやしとうちみるひともありけらし。こたびある若人どちのかの山べにさきみてる言葉のはなはおくかもしらずおほかれど、まづめにちかき下枝の花を一枝づゝ手をりきてかき数ふればやがて五十にみちぬるを、かのさきに何がしが撰びけることをもおもひあはせて、風雅の道にあそばむ人は、ひがくしき心のちりを出雲の海にはらひやり、くむやうしほの清くのみあらせまほしさに……

ここに見える「此さとの何がし」「何がし」は富永芳久であり、撰んだ書は『丙辰出雲國三十六歌仙』である。即ちこの序文は松江歌人にも及んだ芳久の撰定基準への批判となつてゐるのであり、杵築だけでも五十人の歌人がゐる事を宣言した歌集となつてゐる。「ひが〱しき心のちりを……はらひ」などとかなり厳しい批判となつてゐて、四種の同様の歌撰の歌集のうち、本書のみ編輯方針が違つてゐた事を示してゐる。三十六や五十といふ数で人選をし、また現存といふ基準もあり、歌集の特色を出さうとすれば、そこには一筋縄でいかぬ人間関係が現れて来よう。芳久はこのあと二種の五十歌撰を編んだが、それ以降は絶えてしまつた理由もこの辺にあつたのではと思はれるのである。これもまた出雲の歌壇の特異性とも言へよう。なほ『花のしづ枝』の奥附には「出雲國百歌仙嗣出」と言つた広告がある。この撰者は更にまた百歌仙を編むつもりでゐたのであらう（第四章一参照）。

(五)

出雲歌壇に関はる書物を、当時の出板といふ事に視点をあてて取り上げてみる。そこには出雲の歌人と出板や売弘めの書肆との交流を垣間見る事ができる。その最初は天保九年十一月に鶴山社中を核として刊行された千家尊孫の『比那能歌語』であり、その奥附には「弘所」として、雲州杵築和泉屋助右衛門／同松江尼崎屋喜三右衛門／伯州米子佐々木屋平八／大坂心齋橋通順慶町柏原屋清右エ門の四店が記されてゐる。実質的な出板業務は大坂の柏原屋が行なつたのであらうが、この他に出雲に杵築と松江に二軒、隣国伯耆米子に一軒の取扱書店があつたことがわかる。杵築、松江、米子と言つた近い場所の書店が名を連ねるのも、本書の特色をよく表はしてゐる。この当時は本の出板に関しては個人で出板する私家版の他、江戸、京、大坂の三都に於てはそれ〴〵書林仲間が組織され、幕府への取次や許可、また重版の禁止などの規定があつた。またこの頃には名古屋や若山に於ける出板活動も盛んになつてゐた(10)。

杵築の和泉屋助右衛門はこの後約二十五年ほど嘉永期までの出雲関係の刊行書物の奥付に名を見出す事ができるが、その実態に関しては不明な点が多い。大社町史編纂室の『手銭家文書』によると書店の他に酒類の販売もしてゐた事が判る。姓は内藤で屋敷は杵築四つ角にあつた。願立寺の檀家（明治八年離檀）で、その一族と思しき墓石は残存してゐるが、その詳細は不明であり、明治初年に杵築を離れた様である。

『比那能歌語』の刊行四年後に世に出た『類題八雲集』には「書肆弘所」として、江戸日本橋須原屋茂兵衛／大坂心斎橋河内屋儀祐／同柏原屋清右衛門／紀州和歌山阪本屋喜一郎／尾州名古屋永楽屋東四郎／雲州松江尼崎屋喜總右エ門／同大社和泉屋助右衛門／京都寺町佛光寺上ル近江屋佐太郎の八店の名が見える。『比那能歌語』に関つた柏原屋の名はあるものの、こちらは京都の近江屋が出板に当つたのであらう。千種有功などとの縁もあつたのだらうか。松江と大社の書肆二軒の記載には変りはない。また『類題八雲集』とほゞ同時期に刊行されたと思はれる、尊孫の亡児尊朝の歌集『類題杵舎集』にも、同様の奥付があるが、近江屋の所在が「京都寺町六角下ル」となつてゐて、若干の変化がある。この当時はや、もすると奥附の流用が行なはれてゐたが松江や大社の地方書肆を載せた他の書物の奥附を流用したとは思はれない。斯様に取扱書肆が合板の店として奥附に名を連ねるに至る仕組みがどの様なものであつたか明らかにされない限り、不明の点も多いが、何にまれ鶴山社中の初期の歌書は、京、大坂の書肆がその出板に関与し、売弘取扱書店に松江、大社杵築の書肆があつたことが言へる。

その後、「杵築　和泉屋助右衛門」の名を奥附に見出せる著書は、嘉永期になつてあらはれてくる。管見の限りでは次の七部であるが、何かしら出雲に関係してゐる歌書である事が言へよう。それは富永芳久編『出雲國名所歌集』初編（嘉永四年）、堀尾光久編『近世名所歌集』初編（同年）、富永芳久編『出雲國名所集』（嘉永五年撰）、同編『出雲國名所歌集』二編（嘉永六年撰、刊年は安政三年）、千家尊孫『類題眞璞集』（同年）、山内繁樹『常磐集』（嘉永六年）、本居大平『餌袋日記』（嘉永七年）である。次にそれぞれについて述べる。

イ、『出雲國名所歌集』初編

歌集の成立や内容は別に記したのでここではふれないが、奥附には、書林として、京恵美須屋市右衛門／江戸英大助／紀州阪本屋大二郎／雲州和泉屋助右衛門／大坂心斎橋通博労町河内屋茂兵衛の五店が見える。表紙見返しには「浪華岡田群玉堂梓」とあるので、群玉堂こと河内屋茂兵衛が出板に当つたのである。嘉永四年当時富永芳久は群玉堂河内屋と縁があつたと見てよい。杵築の和泉屋の名は健在であるのも出雲の名所歌集ゆゑであらう。

ロ、『近世名所歌集』初編

京の堀尾光久によつて編まれた歌集で、刊記は嘉永四年辛亥五月とある（跋文は嘉永三年六月）。近世の歌人八百十七人の名所の歌、二千五百四十二首を纏めたもので、蔵版主は菱の舎こと紀州の西田惟恒である。惟恒は京の堀尾氏から紀州の西田家を嗣いだ人物で光久とは縁つながりである。そのため地縁のある紀州の阪本屋喜一郎、同大二郎が板元となつて刊行したが、奥附には京都丸屋善兵衛以下江戸二軒　大坂二軒の他尾州名古屋　阿州徳島　備州岡山、藝州廣嶋　雲州松江　同杵築　肥州長崎が各一軒、紀州若山二軒の書名がある。松江は尼崎屋喜惣右工門、杵築は和泉屋である。本書に和泉屋が名を連ねてゐるのも、ここに採られた出雲歌人三十三人を意識しての為であらうか。ただこのあと安政元年に編まれた同人編の二編には、出雲歌人は増えて五十六人となつてゐるもの、それは専ら阪本屋の名で売り弘められてゐる。

ハ、富永芳久編『出雲國名所集』

本書の奥附は『出雲國名所歌集』の二編（後述）のものを左半分のみ流用してゐる。ノドの部分下に「出哥二附二」とあり、二編の奥附と比較すれば同じである。本書及び『出雲國名所歌集』二編の刊年はともに刊記なく不明であり、序文によれば本書は嘉永五年撰である。（詳細第四章一参照）和泉屋の名は見えるが以上の事から次項に譲る。

ニ、富永芳久編『出雲國名所歌集』二編

前項で記した様なことで、ここには京都の恵美寿屋市右衛門ほか、江戸　紀州　若山　尾州名古屋　濃州大垣　奥州會津若松　阿州徳嶋　播州姫路　備前岡山　藝州廣嶋　雲州松江　同杵築　肥前長崎　肥後熊本　長州萩　大坂心斎橋各一軒の、計十六店の名が記されてゐる。出板は初編同様に岡田群玉堂河内屋茂兵衛が行なつた。松江、杵築の書肆名はこゝにもあるが、松江が尼崎屋喜三右エ門となつてゐる。先の初編につぐ形のものゆゑ、また出雲名所の歌集ゆゑこの二店の名があつても不思議はない。

ホ、千家尊孫『類題眞璞集』

本書の成立に就ては先述した通りである。奥附には若山（帯屋、阪本屋）姫路（灰屋）名古屋（永楽屋）江戸（須原屋、岡田屋）京都（近江屋、恵比須屋）大坂（柏原屋二軒）と伴に「出雲大社　和泉屋助右衛門」の名が「弘所」の書店として名を連ねてゐる。同じ尊孫の『自点眞璞集』（慶応刊）には和泉屋の名を見出せない。本書中の尊朝追慕の歌群には胸を打たれる。

へ、山内繁樹『常磐集』

山内繁樹は紀州の人で本居大平門の国学者であつた。弘化三年に七十三で逝いてゐる。歿後その子繁憲の元にあつた歌を、教へ子の熊代繁里が歌集としてまとめたもので、板元は若山の阪本屋大二郎、同喜一郎であり、他に京都が出雲寺文治郎以下二軒、江戸二軒、大坂四軒、尾州名古屋、紀州若山勢州松阪　阿州徳島、藝州廣嶋、備州岡山、雲州杵築、肥州長崎各一軒の計十八軒の書肆名がある。雲州杵築は和泉屋助右衛門である。（熊代繁里『安芸の早苗』には阪本屋を同族と書いてゐる。）

ト、『餌袋日記』

『餌袋日記』は本居大平が十七歳の折の紀行文である。明和九年三月に大平は本居宣長の供として、吉野の花見のため畿内巡歴の旅に出た。この折の宣長の紀行文が『菅笠日記』で、これは早い時に板となつて世に出たが、大平のこの折の紀行は、大平の歿後も放置されてゐた。それを嗣子内遠が見出したもので、「文庫のすみに残れるを尊澄宿禰の松壺に便につけて見せまゐらせしかば、やがて板にもゑらすべくとしひて乞ひ給ふ」（同書内遠跋文）とあり、千家尊澄が出板を促したこととなる。(11) 発行元は『出雲國名所歌集』同様に大坂の河内屋茂兵衛となつてゐて、他に京、江戸、紀州若山　尾州名

古屋　奥州會津若松　阿州徳島　備前岡山　播州姫路　雲州松江　同杵築　肥州長崎　肥後熊本各一軒の計十三軒の書肆名がある。その何れも先にあげた『出雲國名所歌集』他の書物と重なる店名である。尊澄の縁りから杵築の和泉屋が合板として名を連ねたのであらうか。

しかし和泉屋の名を見出すのは嘉永七年刊の本書を以て終る。和泉屋の廃業も考へられるものの以下の事の示唆する意味も考へたい。

このあとの安政期以降の富永芳久に関する書物は全て大坂の河内屋茂兵衛方が板元となつてゐて、芳久はそのまま大坂の河内屋（群玉堂）との関係を維持してゐる。『享保以後大阪出版書籍目録』は、この期の記述が詳細でなく、芳久の著も見出せないものの、例へば安政三年刊の『出雲風土記假字書』なども河内屋を板元としてゐるし、何と言つても『丙辰出雲國三十六歌仙』『丁巳出雲國五十歌撰』『戊午出雲國五十歌撰』など、芳久の手になるものの全てが河内屋を単独に板元としてゐる事が言へる。

一方千家尊澄の関はる書物は、尾張名古屋の書肆を板元としてゐる。尾張の書林仲間は寛政六年に従来の三都の書林仲間の管理下を離れて、独自の仲間組織を結成した。その後これが急成長し、三都の脅威となつた[12]。尊澄の著の名古屋刊は当然その事と関連しよう。また尾張の書肆や国学者との交流とも深く関つて来る。例として安政二年の序を有つ『櫻の林』を挙げる。該書は尊澄とその師岩政信比古の問答録であり、二編まで世に出た。本書の板元は名古屋の萬巻堂菱屋九八郎である。また初編序文市岡和雄、二編序文植松有園と言つた、宣長ゆかりの国学者市岡孟彦、植松茂岳の子が序文を加へてゐる。また同じく尊澄の『歌神考』も萬巻堂より出板されてゐる。『歌神考』の刊行については別に記したが[13]そこには尾張藩儒、秦鼎、世壽の学統を受け、尊澄の師となつた中村守手の関係がある。守手は尾張藩ゆかりの出雲人であつた。尊澄の撰になる『花のしづ枝(出雲國杵築現存五十歌仙)』は「装巻所南虞陽迎歡堂」が板元になつてゐる。この「南虞陽」はナゴヤと訓むのであり、本書には先にも述べた市岡和雄が跋文を記してゐる(安政四年)。巻末の作者姓名録には「萬巻堂史雄識」とある。『類題鴨川集』四編には、この史雄の歌を載せ、その姓名録には「史雄　尾張名古屋菱屋久八」とあり、先に延べた萬巻堂菱屋久八(九八郎)が深く関はつてゐる事を示してゐる。また幕末に刊行された尊澄の『松壺文集』三巻は名古屋の奎文閣永楽屋正兵衛を板元としてゐる。尊澄の師は本居内遠であり、内遠は先に挙げた尾張の書肆菱屋九八郎の子で、若山の本居家に入つた人物である事も大いに関係がある。安政二年に内遠は六十四歳で逝いてゐるので、この時の菱屋の当主は弟(或は兄)か甥の関係にあらう。萬巻堂史雄も当主かまた近い存在ではなからうか。

以上の事から天保から嘉永にかけて杵築に和泉屋といふ書肆があり、三都の書肆と協同して取次書店として杵築に書物を供給してゐた事がわかる。都会を離れた一地方小都市の杵築に書店があつた事は、それだけの書物の需要があつた事が言へよう。また大社の北島家の禰宜であつた富永芳久の編著は大坂の書肆より、千家尊澄の関はつた書物はその師内遠の縁りから尾張名古屋の書肆を板元と肆してゐると言つた特徴がみえてくる。

(六)

出雲歌壇における千家尊孫の位置については、既に前章で述べたが、同様にこの歌壇形成に尽力した人物として島重老と松江の森爲泰がゐる。島家は出雲大社の上官といふ上級神職家であつた。その島富重の子として寛政四年十一月に生まれたので、ほゞ尊孫と同じ年齢であつた。櫛之舎と号したことは、千家尊朝の遺歌集『類題柞舎集』に記す序文で明らかである。尊孫同様千家俊信につき出雲国学を学んだのであつたが、殊に和歌の道に秀れて、幕末盛行の各類題集などには必ず歌が採られてゐる。また俳諧も嗜んだ様であり、出雲地方の俳諧集『櫻の枝』(桜井直敬、天保七年刊)に序文を寄せてゐる。

文政十一年、光格天皇に大社の神宝琵琶を叡覧のために琵琶を奉じて上京した事は、尊孫の歌集『自点眞璞集』に餞別の詠が記されてゐる。もつて尊孫の信頼厚かつた事が知られよう。重老の略伝は、その歌集『類題正葩集』に載せるところであるが、その上京の折の事が記されてゐるので、長いが引いておく。(濁点、句読点を施した)

有名なる香川景樹翁を問はれけれど病中にてあはれざりき。村田春門、大堀正輔、大橋長廣翁など親しく交り、(中略)ある日大堀の家にて歌人あまた集り、物語の序に今世にて天下の堪能家は西國にては千家尊孫國造の君、および大人なり、などと褒られしこともあり。

文政十一年、三十一歳の時に、既に京の歌人達の評として、西国では尊孫と重老を以て歌の名人としてゐたこと、来客に対する賛辞としても見逃せないものであらう。同書は更に杵築の歌学の改革の折の状況も伝へるので、引用しておく、

翁いまだ若かりし時、出雲國は二條家の詠歌流行して釣月あり常悦あり、時の宗匠家としてこれにしたがふ門生あまたなりき。ことに杵築には千家長通氏、北島孝起氏等前後にいでゞ専ら二條家を唱へ、時の國造千家尊之宿禰君も、芝山三位持豊卿の教をうけさせ賜ひければ、歌よみといへば一向二條家ならざるはなかりき此時にあたり、翁ひとり古今新古今集の歌風をしたひ、頻に二條家の弊を矯めむとつとめられけれども、長通、孝起氏の先輩あつてこれを攻撃すること甚しかりき。時に尊之國造君の令息、國造千家尊孫宿禰の君、いまだ若くておはしゝほど、ひそかに翁と心を合せ中つ世の風を尊とびたまひければ、辛うじて杵築の歌風を一替せられたりき、其間のいたづきたとへむにものなしぞかし、後本居内遠　加納諸平　橘守部　海野遊翁　石川依平中島廣足翁らと交はり、いよいよ歌の極をさとり得られたり。

ここから、尊孫と重老が出雲の二条派の歌を改めて、俊信の教へによる所謂国学の詠歌へと変へていつた事がわかる。重老は明治三年十一月に七十九歳で帰幽した。ついで尊孫がその三年後の明治六年に逝き、出雲歌壇の巨星遂に堕つと言つた思ひであつた。森爲泰については第五章を参照。

(七)

出雲歌壇について述べれば、必然的に『八雲琴譜』に言及せざるを得なくなる。この歌壇に関はる人々が大社と縁りある人々である以上、また八雲琴とも関係してくるのである。八雲琴は弦を二本張つた特殊な琴で、その弾法にも様々な規定があつた。(14)『國史大辞典』には「文政三年(一八二〇)に伊予の中山琴主(ことぬし)が、出雲大社の神託を得て考案したと伝えられる。」と記してあるとほり、文政三年に中山琴主が出雲大社に参籠して、大神の霊夢によつて創案したものであり、幕末維新時に流行した。琴主は幼くして失明し、生田流の菊岡検校に学び、十七歳の折に出雲にてこの琴を考へたと言ふ。明治十三年に七十八歳で逝いたが、弘化以降は都に定住したものの斯様な縁りから大社の人々は琴主と交流したのであつた。『丙辰出雲國三十六歌仙』には琴主の跋文があり、尊孫の『自点眞璞集』には「中山弾正琴主がつくり初ける二弦琴を」と題する歌が二首あり、また「中山琴主が六十の賀に」と言つた歌もあつて、国造尊孫と琴主の関係がうかがへる。中でも『八雲琴譜』は、その琴の詳細を伝へる一方で、当時の大社歌人を初め全国歌人の歌をも載せてゐて貴重である。

その内容は千家尊澄序(安政五年)、藤原(河喜多)眞彦序(嘉永三年)、佐草文清序(安政五年)穂積(鈴木)重胤序、自序と続き、千家尊孫、北島孝脩の和歌があり、八雲琴の解説があつて本文の琴歌となる。また跋文には越智正常を初め是枝生胤、葛原勾當、千家之正、中臣正蔭、児玉開琴と続くのである。八雲琴は神意によつて創案されたもののゆゑ呪力をもつとされ、佐草美清はその序文に「この琴をまねぶ教子は嘉永のいみじき大地震にもその災害をまぬがれしとなむ　そは我大神の御さとしの琴なれば神意にかなひてめぐみ幸ひ給へることいとかしこくいともたふとく思ふ」と記してゐる。『八雲琴譜』に歌や琴歌を寄せた出雲歌人は二十七人、二百吟には五十人近い名が見える。また多くの国学者の歌が見出せる。(15) これはやはり当時の類題の和歌集の盛行にともなふ出雲歌壇の位置を示し、出雲歌壇が成立してゐて、その交流による人々であらう『八雲琴譜』は出雲歌壇の存在なくしてはできなかつたものと思はれる。

以上出雲に関する近世後期の歌壇における歌集等の編纂及び出板等について記してみた。これにより出雲の歌人が出板業界と交はり様々な活動を地方歌人や国学者と連携して盛んに行つてゐた事の一端を示せたと思ふ。但しまだ残された課題は多く、中心人物である尊孫、尊澄に関る基本資料の調査がなされれば、また新たな発見もある事であらうし、大社を含む旧社家の歌壇資料調査なども二、三の家を除いてまだ手つかずの状況である。

註

（1）『大阪府立図書館紀要』二十一号、「秋田屋太右衛門来翰集一」所収近藤芳樹よりの書状。

（2）愛知県村上斋氏蔵、村上忠順宛森爲泰書状（慶応二年十二月十三日認置候分）この他別の書簡でも忠順は爲泰に短冊の取次を願つてゐる。

（3）他に『うひ学び三要格』（未刊）がある。（広瀬鎌之助「山陰珠璣」第六号による）辞格の本であらうか。

（4）千家尊澄の著書については、第三章一「千家尊澄の著書について」参照。

（5）『歌神考』の出板については第三章二「千家尊澄と中村守手『歌神考』序をめぐつて」を参照。

（6）芳久は内遠の門下として紀州への往来がしばしばあつた様で、そこでは西田惟恒（掘尾三子）との交流が指摘できる。『丙辰三十六歌仙』の序文は惟恒であり、惟恒の『安政二年百首』跋文には芳久が若山に来てその出板を図つた事が記されてゐる。安政二、三年頃の若山往来が知られる。芳久の五十歌撰と惟恒の年々百首が丁度同じ頃に刊行されてゐたのである。

（7）富永家文書中に防州の鈴木高鞆がこの三編の料に門下の橿園社中の詠草をまとめて送つたものがある。安政三年、尊孫の六十賀歌の題が寄出雲名所祝歌であり広く歌を募つてゐる事とも関連してゐる。

（8）己末紀行と共に合綴され、堀尾三子（西田惟恒）によつて刊行されたと、内遠はその序文で言ふ。

（9）西田惟恒の安政期の年々歌集が「配り本」として始まつたのと同様に本書も「配り本」の傾向が多い。

（10）『近世地方出版の研究』、和歌山市立博物館『和歌山の本屋』参照。なほ、『近世地方出版の研究』三三三頁には、杵築には和泉屋の他に「肥後屋半兵衛」の名が見える。

（11）『餌袋日記』の刊行には冨永芳久が深く関はつてゐた事がその文書によつて判る。この事は第三章二の「『餌袋日記』の刊行」参照。

（12）『尾張の書林と出版』日本書誌学大系八十二巻参照。

（13）註5参照。また尾張津島社祠官宇津宮綱根の歌集『さねかつら』に、中村守手の序があることも、尾張との人脈を語つてゐる。

（14）この事については拙稿「須磨琴と八雲琴幕末維新時流行の琴の一考察」金澤工業大学日本学研究所『日本学研究』第五号参照。

（15）一例をあげれば足代弘訓、西田惟恒、藤井高尚、前田夏蔭、六人部是香、鈴木重胤などである。

資料『類題八雲集』作者姓名録

＊本表は『類題八雲集』の出詠者を全て挙げ、姓名を五十音順に排列したものである。その際「ゐ」は「い」、「ゑ」は「え」、「を」は「お」の項に入れた。

＊通称名、官職については、千家家蔵、『八雲集作者姓名録』（鶴山社中編）によった。

＊千家尊孫は撰者のためここには名前がない。

あ

青砥建平　松江白潟宮神官従五位下近江守　左次馬

青山成美　松江

赤塚之重　杵築　千家上官　楽翁

赤塚孫重　杵築　千家上官　之重男　采女

朝山重直　出雲　佐太社社司　千葉介

朝山嘉置　出雲　佐太社社司

小豆沢勝貞　出雲宍道村　清水有慶門　与一右エ門

小豆沢良澄　出雲宍道村　六左衛門

安藤虚舟　松江　拙斎男

安藤拙斎　松江藩士

い

井山秀通　秋鹿郡
伊藤立子　塩冶村　宜堂妻
伊原秀堅　松江
伊原秀達　松江
飯塚尚
飯塚泰義　出雲郡三煎村　猪右ヱ門
生田永貞　松江藩士　十兵衛
生田永年　松江藩士　貞太郎
石原能一　松江
市川末弘　松江藩士　尊孫門　虎市
今岡信好　意宇郡来宮海宮神主

う

宇賀善長　神門郡大津　清助
宇田川延善　神門郡矢野郷神主　浮津
宇田川典行　神門郡荻原村社司　俊信門　市正
宇山信朝　能儀郡新宮村　栄次郎
上田重親　松江白潟神主　津嘉佐
植田芳香　仁多郡布施郷　佐一郎
内田真孝　松江白潟神主　主膳

え

江角真昭　松江
荏田利忠　杵築　北島禰宜　帯刀
枝本忠重　松江藩士　儀八
遠藤白近　神門郡今市　嘉左衛門
圓龍寺泰道　松江

お

小川光海　松江藩士　真七
小倉廣次
小笹良恭　広瀬藩士　摧三
大来目綱道　佐陀社司
大来目綱保　佐陀社司
大坪秋久　意宇郡宍道社司　対馬
大坪清信　意宇郡宍道医　俊信門　行造
太田徳明　松江藩士
岡崎さき子　松江　善右衛門妻
岡田令香　広瀬医師　玄杏

岡谷庸詳　松江　左平次
恩田武吉　仁多郡上布施村神主　靫負

か

加藤茂雅　杵築　千家被官左右司
加藤信成　杵築　千家禰宜　庫之進
加藤昌晨　杵築　千家禰宜　庫之進
加納恒虎　能儀郡中嶋村医師　玄意
香西亀文　松江藩士(俊信妹勇が嫁いだ家)鉄太郎
鰐渕寺掬水　茶山道人
鰐渕寺慈道　是心院
蔭山葆高　飯石郡掛合村神主　尊孫門　毎右エ門
梶田季寛　松江藩士　澄月門　権八
片山寛彰　広瀬藩老(俊信女信が嫁ぐ)主膳
勝部朝矩　出雲郡坂田野村豪農　本右エ門
勝部年比古　松江才賀町
勝部英正　大原郡上久野村神主　筑前正
勝部英光　大原郡上久野村神主　益美
勝部英至　大原郡上久野村神主　勘ケ由
金坂清名　出雲

金築清則　出雲郡中原
金築中久　杵築楯縫郡国富村旅伏社司　重老門
金築春久　杵築楯縫郡国富村旅伏社司　重老門　土佐
神西久慶　日御碕　邦人
神西行桃　日御碕　左門
神谷重旧　松江藩士　尊孫門　与一左衛門
神谷富実　母里藩士
亀井光慶　杵築医師　益楽
川瀬清重　平田熊野神社神主　俊信門　権少輔
川瀬正直　平田社司
川崎正義

き

木崎惟胤　松江
喜多正直
北島全孝　杵築　国造家　御杖代
北島重孝　杵築　全孝弟　豊主
北島孝成　杵築　大社北島上官　勘解由
北島孝玄　杵築　大社北島上官　市正
北島孝通　杵築　大社北島上官　美濃

北島昌孝　杵築　重孝弟　秀三
北島通孝　杵築

く

黒澤朝樹　松江藩老儒　俊信門　左源次
黒澤音麿　松江　庫七
熊代加寿人　杵築　千家被官　七郎大夫
熊代正好　杵築　千家権禰宜　鈴鹿

こ

小泉真種　松江藩士（俊信女清を妻とす）　弥右エ門
小出白義　松江藩士　佐左エ門
小出正中　松江藩士　五助
巨勢勝之　飯石郡八幡社司　丹次
後藤暁山　松江　啓助
後藤令好
廣厳寺元粛　広瀬
神白朝興　能儀郡飯生村飯生社司　有功尊孫門　宮内
神白朝善　能儀郡飯生村朝興嫡子　上総

さ

佐草さかこ　杵築　清女美
佐草真清　杵築　北島上官　豊後
佐草茂清　杵築　北島上官　豊後
佐草重子　杵築　美清妻
佐草美清　杵築　北島上官　尚書
佐草文清　杵築　北島上官　美清男　民部
佐々惟詮　杵築　千家禰宜　藤房
佐々誠思　杵築　千家禰宜　石見
佐々木恭敬　松江藩士
佐々木定敷　杵築　千家禰宜　定寧男　勘ケ由
佐々木定寧　杵築　千家禰宜　庄司
佐々木綱足　仁多郡神主
佐野義信　松江藩士　又七
佐田尾清賢　楯縫郡国富村神主　佐左エ門
佐藤敦　楯縫郡平田　画工　熊峰
佐藤年経　松江白潟巨商　大年寄　帯刀御免　喜八郎
坂根貞賢　神門郡大津　長左エ門
坂本惟英　松江藩士
酒井英蔵　松江　清幽
桜井喜多子　桜井門次松江藩士妻

桜内春雄　広瀬藩士　三平
笹股幸満　広瀬家士　衛門
笹股幸満母

し

信太実篤　広瀬藩士
信太実光　広瀬藩士(俊信姉幸の嫁いだ家)十郎左エ門
信太千代子　広瀬
清水有慶　松江商人　澄月門　一右エ門
清水政顕　広瀬藩士　牧太
塩田正行　能儀郡母里八幡神主　伊織
宍戸善長　出雲郡神立村
島重老　杵築　千家上官　弾正
島重胤　杵築　千家上官禰宜　兵庫　重老男
島重道　杵築　千家上官　雅楽助
島富重　杵築　千家上官　重老父　市之允
島八重子　杵築　千家上官　重老姉
島田久達　杵築　北島禰宜　内遠尊孫門　掃部
島村久信　杵築　北島禰宜　重老門　真佐美
松林寺円純　松江
松林寺円竜　松江
松林寺知興　松江
白石祐茂　杵築　北島権禰宜　壱岐
白髪雅建　杵築　千家禰宜　上総

す

杉谷正久　杵築　北島権禰宜　左大夫
鈴木重巽　広瀬藩士　安右エ門
鈴木重棟　広瀬藩士　平兵エ
鈴木広渕　医師　元亮
諏訪毘福　大原郡諏訪村社司　権頭

せ

千家いへ子　杵築　之正妻
千家篠子　杵築　俊栄妻
千家清足　杵築　俊勝三男
千家尊澄　杵築　国造家杖代彦　尊孫嫡男
千家尊朝　杵築　尊孫三男　薫丸
千家尊晴　杵築　(俊信女が嫁ぐ)尊之二男久主
千家尊之　杵築　国造家　前御杖代
千家尊之母　杵築　与位子　俊秀妻

千家尊正　杵築　尊孫門　亀舎
千家尊昌　杵築　尊之三男　徳千代丸
千家尊宜　杵築　尊之五男　勇宜丸
千家俊勝　杵築　七十五代国造
千家俊信　杵築　俊秀弟　梅舎　俊勝二男　清主
千家俊秀　杵築　七十六代国造
千家俊栄　杵築　連枝　尊孫二男　孫丸
千家長通　杵築　連枝
千家富子　杵築　尊澄妻
千家孫正　杵築　千家上官　宮内
千家之正　杵築　千家上官　兎毛
千家之通　杵築　尊孫弟　千家上官　筑後
千家米子　杵築　尊朝妹
千原朝光　能儀郡新宮村神主　壱岐

た

田上知実　松江白潟　平助
田染守之　松江藩士
田染当興　松江藩士
田中朝房　能儀郡飯生村　幾右衛門
田中清年　杵築　北島権禰宜　数馬
田中嘉通　能儀郡田瀬村　幸三郎
田辺元脩　杵築　千家禰宜　安芸
田辺重固　広瀬嘉羅久利社神主　繁之丞
高木重義　杵築　千家禰宜　左内
高木為長　杵築　千家禰宜　和泉
高津春道　松江堅町
高橋息比古　楯縫郡宇賀郷神主　飛驒
高橋清義　楯縫郡郡美談村神主　石見
高橋定久　楯縫郡宇賀村宇賀明神神主　大枝
高橋定道　楯縫郡宇賀村神主
高橋富親　杵築　千家権禰宜　伴大夫
高橋正直　楯縫郡布施村社司　筑前
竹矢ちか子　広瀬
竹矢信昌　広瀬富田八幡神主　俊信門　五百枝
竹矢みつ子　広瀬
橋通　松江藩士
谷口維則　松江藩士　尊孫門　民之丞
丹純(釈)　松江

つ
坪内昌成　杵築　千家禰宜　平大夫
坪坂守中　松江藩士　新蔵
坪坂命保　松江藩士　新蔵
て
寺田式徳　松江藩士　平八
と
土岐寿武　松江藩士　又左エ門
富永正明　松江藩士　庄左エ門
富永盈久　杵築　北島禰宜　靭負
富永芳久　杵築　北島禰宜　俊信内遠門　多介知
な
奈倉隆剛　松江藩士　一雨
奈倉長剛　松江藩士　塵外
内藤道寧　広瀬家士　官吾
中孫美　杵築　千家上官　尊孫門　右兵衛
中正美　杵築　千家上官　織部
中光章　杵築　千家上官　俊信門　彦之進
中光久　杵築　千家上官　勇之助
中之光　杵築　千家上官　真寿久
中臣正蔭　杵築　千家権禰宜　尊孫門　典膳
中臣正文　杵築　三郎丈
中村大茂　松江藩士　重之丞
中村則之　松江藩士　十郎
中村守臣　杵築　千家権禰宜　俊信門　文大夫
中村守正　杵築　千家権禰宜　尊孫門　富得
中山蟻道　神門郡大津　丹右エ門
中山一善　神門郡大津　太三右エ門
長尾蘭窓　松江隠士　吉田芳章門
長谷和香　杵築　千家上官　監物
長谷和道　杵築　千家上官　衛士
長谷和融　杵築　千家上官　右兵衛
長谷起敬　杵築　千家宮承知　志賀
長谷功村　杵築　千家宮承知　主税
長野富房　秋鹿郡
に
丹羽満重　松江
西村邦教　千家禰宜　駿河

西村信剛　杵築　千家権禰宜　右膳
西村信昌　杵築　北島禰宜　右大夫
西村正興　杵築　千家中官　富栄
西村政章　杵築　千家中官　勘大夫
西村尹葉　杵築　千家禰宜　伊豆
西村始時　杵築　外記
西山須那保　神門郡荻原　医師
錦織光謙　松江藩士　俊信尊孫門　円右衛門

ね

根岸古為　松江奥谷　十兵衛

の

野津忠敬　広瀬　俊信門　太平
野津春臣　広瀬藩士　尊孫門　源蔵

は

祝朝益　松江　純左衛門
祝部之知　杵築　千家上官　右近
祝部孝寿　杵築　北島上官　河内
祝部秀文　杵築　千家上官　之知四男　梅之助
長谷川貞直　杵築　千家禰宜　貞道男　図書
長谷川貞道　杵築　千家禰宜　美織
長谷川信満　杵築　森大夫
秦貞長　妙見社司　常磐
秦光行　妙見社司　定長弟　造酒
幡垣石子　松江　政意母
幡垣政豊　松江中原八幡照床社社司
幡垣政意　松江照床神社神主　澄月門　汲戸
花田俊幸　出雲郡富村社司　道比古
羽田義行　松江藩士　重老門　兵助
浜崎貞　神門郡浜崎　観海
原矩忠　巨商　楯縫郡平田　文七
原道高　大原郡佐世村社司　検校

ひ

廣江福守　能儀郡西松井村　和太兵エ
廣瀬有風　杵築　千家禰宜　正記
廣瀬有親
廣瀬和親　杵築　俊信門玄長男　右仲
廣瀬清左　杵築　北島禰宜　雅楽助
廣瀬玄長　杵築　千家禰宜　右仲

廣瀬なほ子　杵築　玄長妻
廣瀬信鋹　杵築　北島禰宜　和親長男　右仲
廣瀬春親　杵築　北島禰宜　土佐助
廣瀬春尚　杵築　北島禰宜　斎記
廣瀬春信　杵築　北島禰宜家　百羅
廣瀬鋹正　杵築　千家禰宜　親和二男　礼太郎
平井寛敬　松江藩士　傳兵衛
平井敬美　松江藩士　藤蔵
平井易之　松江藩士　傳兵衛
平岡重業　杵築　千家上官　大之進
平岡雅足　杵築　千家上官　尊孫重老門　主殿
樋野知義　松江

ふ

藤田輔長　松江藩士　簾平
藤田輔平　松江藩士
藤田輔尹　松江藩士　林右ェ門
藤間精茂　杵築　千家中官　大蔵
藤間須静　杵築　尾上
藤原堅石　松江末次権現神主
藤原喜勢子　松江
藤原重供　松江
藤原敬美
藤原寛敬
太野千代子　松江藩士妻
古川幸重　杵築

ほ

法王寺実成　神門郡野尻村
星野尚章　杵築　千家禰宜　兵馬
細野随子　広瀬藩　安恭女
細野安章　広瀬藩士　安恭男
細野安子　広瀬藩　安恭女
細野安恭　広瀬藩士　尊孫門　藩校皇学訓導　官市
細野安寅　広瀬藩士　安恭男
細野容羽子　広瀬藩　安恭妻
堀茂雄　広瀬藩士　重兵衛

ま

馬庭忠里　松江　百三郎
前島昌慶　松江藩士　平左ェ門

前田富訓　母里藩士　又兵衛
松井宗慶　杵築　与八郎
松代畦佳　松江才駕町
松代敬明　松江才駕町
松田重勝　松江　久太郎
松田正睦　松江藩士

み

三浦良信　松江才賀町　玄清
水谷甕彦　松江藩士　幾弥
源正応　松江藩士
宮崎経徳　松江藩士　澄月門
宮崎芳充　松江
宮迫良春　松江　源助

む

向孝忠　杵築　北島上官　市正
向孝永　杵築　北島上官　造酒
向孝豫　杵築　北島上官　左近
村上正智　松江藩士　与四郎
村社国重　能儀郡

も

森爲泰　松江藩士　尊孫門　左馬允
森田繁啓　杵築　医師　隆元
森山定志　松江藩士　芳章門
森脇孝香　杵築　北島上官　縫殿助
森脇孝樹　杵築　北島上官　弘人

や

矢鳥是知　松江藩士
矢野勝用　広瀬藩士　清平父　弘人
矢野清平　廣瀬藩士　尊孫門　弘人
山田長寿　神門郡大津　栄次
山根重賛　杵築　北島権禰宜　元衛
山根隆迪　杵築　医師
山根知徳　杵築　北島中官　波穂
山本久明　神門郡知井宮村　宋休

ゆ

祐源長中　神門郡大津　幾左衛門
尤美斎篤登　稗原村医師

よ

横井宗友　松江　豪農
横地正徳　松江藩士　房之丞
吉岡陳善　杵築　千家禰宜　官太夫
吉川能篤　広瀬藩士　梁左エ門
吉川安親　杵築　千家宮匠　内蔵允
吉田久義　杵築　千家権禰宜　助之進
吉田光豊　松江
吉田芳章　能儀郡切川村　澄月俊信門　互
米田能知　松江才賀町　澄月門

わ

和田和睦　杵築　北島権禰宜　瑞穂
渡辺定時　杵築　千家権禰　宜賢之助
渡辺行篤　神門郡大津　医師　周甫
渡辺義裕　松江

姓不明

稲実
重樹　松江藩士
重正
豊見　安来社司
照宗　松江
矩道
久息　松江
益清　安来社司
満重

以上三百四十一人

※本表作成には千家家蔵『八雲集作者姓名録』（鶴山社中編）をもとに、出雲大社権宮司千家和比古氏の御協力を得た。

第三章　千家尊澄と国学

一、千家尊澄の著作解題

はじめに

千家尊澄は幕末から明治にかけての神職であり、国学者であつた。その学統は本居宣長の門人で同族である千家俊信、また父千家尊孫にあり、その門から出た岩政信比古、中村守臣、守手父子にあつて、所謂本居国学の統に連なるものである。それゆゑに尊澄の著作は、出雲の神学を初め、歌学、考証等に至るものの、今日ではその多くが散佚し、若干の書物以外は、その書名が伝はるのみである。

尊澄の著作については、既に木野主計氏により千家家の御文庫における調査の報告が「神道学」百二十号に発表され、森田康之助博士による紹介(『出雲学論考』所収「出雲国造家の伝統と学問」)がある。

本稿はそれらを参考にした上で、幾つかの尊澄の著述目録をたよりにして、その概要を捉へてみようとするものである。近世国学を研究する場合には、所謂著名な国学者の著述研究は勿論の事、その統を受けた門弟以下の人物の著述を研究する事によつて、その学問の深化、展開が窺知できるはずである。まして尊澄は神代の天穂日命の統をつぐ千家国造家と言つた、言はば特殊な家柄に生まれたのであり、その研究や著述から千家俊信以来の出雲に根付いた国学の学問の深まりが知られると思ふのである。

(二)千家尊澄

千家尊澄は第七十九代出雲国造であり、父は七十八代国造千家尊孫である。文化七年に生まれ、明治十一年に六十九歳で帰幽した。(1)その間国造職を明治二年に父尊孫から譲られ、同五年に神社改正の命を受けて男尊福に譲るまでの、僅か四年間を勤め、その在職は父尊孫の三十八年間に比して短い。但しこの四年間こそ、明治維新後の我が国の神社界、殊に出雲大社を巡る環境の大きな変化のあつた時期であり、或いはまた尊澄にとつても光栄の時代であつたとも言へよう。維新後父尊孫は宿願であつた新帝への出雲国造の神寿詞奏上の再興を企図するものの古稀を過ぎた老齢の尊孫には京洛への旅は難儀なものであつて尊澄にこの事を期待した。時に尊澄も耳順の齢に近かつたが明治二年三月四日に北島国造全孝と参内、その日の事を『明治天皇紀』(2)は「従五位下千家尊澄、同北島全孝に謁を賜ひ、各々大和錦二巻を賜ひ、更に従四位下に推叙せらる、千家、北島二氏は倶に出雲國造家にして天穂日命の後裔なり、血統連綿五十四世孝時に至り、其の男貞孝、北島氏を称し、二男孝宗、千家氏を称し、爾來國造両立して大社に奉仕せしが、中古以來叙位の事廃絶す、今次復古の際特に旧典を復し、是の月二日、尊澄、全孝を従五位下に叙す、是の日、二人、叙位の恩を謝せんがため参内せるなり」と記してゐる。

この尊澄の学統は、父尊孫と共に、曾祖父俊秀（七十六代国造）の弟俊信（梅舎）にあつた。(3) 俊信は天保二年五月に六十八歳で帰幽してゐるから、尊澄は時に二十一歳であつた。斯様に少壮多感の年齢時に、俊信より鈴屋の統を引く国学と言ふ学問を学んだ事が、尊澄の後の学問形成の第一歩となつてゐるのである。尊孫、尊澄父子の心中には、学統の祖本居宣長への追慕の念は常に存してゐたと考へてよいと思ふ。(4) 俊信帰幽後は、その門弟に当たる周防の岩政信比古を師とした。尊澄は岩政信比古の著作四種に序文を記してゐるし、(5) 信比古の帰幽後に碑文を寄せてゐるのである。(6) また、宣長の統を引く本居内遠の門人になり、親しく交流したのであつた。斯様な尊澄の、その著作を概観する事によつて、出雲と言ふ地方に鈴屋の学統がいかに伝播し、更に深化して行つたかと言ふ事を考察するに足る事と思ふ。

㈢尊澄の著述書目

千家尊澄の著書と言はれるもので判り得た書名は七十五種に及ぶ。この七十五種の中には内容は同じでも標題を変更したものもあるやもしれず、確実な数とは言へぬ点もあるが、六十九年の人生の中に於てかやうな数は、著述が多いと言ふ部類に入る事と思はれる。尊澄の著述した書目を纏めたものは、管見の及んだものでは次の四点がある。

イ、尊澄著『歌神考』付載の武田道年による「松壺君著御述書目」(7)。

ロ、本居大平著『餌袋日記』の巻末所載「本居内遠先生著」の書目の二丁裏から続く佐々易直による「松壺御著書類」(8)。

ハ、無窮会神習文庫蔵井上頼圀編の『玉篚』二十七巻中の尊澄著『湯あみの日次』草稿に附載の「千歳舎大人書籍目録」。

ニ、岩政信比古著『止由氣乃御霊』の附載の中村守手による「千歳舎御著述書目」。

これらの目録中その年代の明らかなものは、イが明治二年、ロが嘉永七年、(共に刊記による)であり、ハは年次不明、ニが嘉永五年以降(年次は明確ではないが、『止由氣乃御霊』の千家俊榮、千家尊澄の序文が嘉永五年である)から、後述する如くロとの関係で嘉永七年前であると言へる。江戸期の著述はその書かれた時と、刊年とに大きな差がある事は勿論考慮に入れる必要があらう。

次にこの四種の書目について記しておく。

イ、『歌神考』附載「松壺君御著述書目」

千家尊澄の『歌神考』は『國書総目録』によると嘉永七年の刊と言ひ、板本は嘉永七年版と文久二年の二種があると記してゐる。然しこの年次は、嘉永七年の岩政信比古の序文、文久二年は本居豊穎の序文に拠つたものであつて、刊年とは言へないであらう（架蔵の板本には刊記はない。さう言ふ意味で『國書総目録』の記載の信憑性はさほど高くない）。架蔵本は巻末に二丁に亘つて、「松壺君御著述書目」を記し、そこに四十一種類の書名が記されてゐる。ついで次の如き武田道年の註記がある。

この書目は我松壺ノ君の若竹のわかくおはしましほどに、ものしたまひたるになん。そも御名におへる鶴山松のかげ高く、千枝白雪と立さかえたることく、美木に勝れてうるはしくものし給ひし典なれば、一年みまへにさぶらひたるをり、こひまつりてよみをへつつ、つみいでたるをおひすがひて、野辺の千種のさまにかきすさびたまひたる典どもの、横山なすみちたらひたれど、神わざに白ゆふのいとしろく、榊葉のとりことおほくましてなしをへたまはねば、巻のついでも数さだまらぬがさはなれば、みなもらしつ。上のくだり、言あげして鵜自物頸根つきぬけてかしこみ白すものは武田道年

明治二とせといふ年の七月ばかり

この文は、この書目の成立の経緯を示してゐるが、この年次が明治二年とあり、架蔵本は少くとも明治二年七月以降の刊行である事が言へる。『歌神考』でこの書目の附されてゐるものは、当然の事ながら明治の刊本である。尊澄は明治十一年に帰幽してゐるので、この書目は、謂はば晩年のまとま

つた著述の一覧とも言へるものであらう。武田道年は門人であり、尊澄に仕へた人物である。

ロ、「松壺御著書類」

本居大平の『餌袋日記』は、安永元年に宣長らと共に大和を巡り、吉野に旅した折りの紀行文である。これは刊行されることもなく長く秘蔵されてきたが、大平歿後二十年の、嘉永七年に尊澄の発意により、刊行されたものである。尊澄は内遠の門人であり、巻末に大社の白石元重の記した本居内遠の著述目録があり、それに続いて尊澄の著述が佐々易直によつて記されてゐる。それには「本居内遠先生著」として日本紀伝三十冊以下二十四種の書目を記し、ついで次の文を綴つてゐる。

ここには大平翁の著書をあがらへけれどもそはかの略年譜にみながら出たるうへに、何くれの著書のしりへにもいでて世にいちぢるしければ、ことさらにものせんよりは、その藤垣内翁のをしるさんかた、こよなかるべしとて、つみ出たるになむ。そもここにあげたる外にもいと多けれども、そは近きほどに板にゑらしめむと我松壺君の御心しらひあれば、その時にまた〳〵書目をものせんとて、こたびはもらしつ。上の件のことどもは松壺君のおほせごとをかかぶりて世々仕へまつる　白石元重しるす。

ここから尊澄は門人として交りのあつた、本居内遠の書目の編纂の意図が、この時点（嘉永七年）に既にあつた様である。

尊澄は早くより内遠と文通をしてゐた事は、後述する『若の浦鶴』の件でも判るが、内遠の門人となつた事は東京大学本居文庫所蔵の『内遠翁門人録』の嘉永三年の項に「出雲杵築大社　千家國造尊孫世子　出雲宿禰杖代彦尊澄（坪内平太夫昌成ヨリ文通）」とある事からも知られる。ここに本居内遠と尊澄の関係も明らかである。さて該書目は、この白石元重の記のあとに「若の浦鶴」の広告を「追々出來　全部未定」と記し、次の丁から「松壺御著書類」と題を掲げ二丁半に亘り七種の書目の概要を記し、更に十七種の書名を記してゐる。ついでその後に次の様に記し結んでゐる。

などの御著書はた何くれと書さし給ひたるもの、いと多けれど全編をまちてまたものすべくなん。そもここにあげたる書目は、止由気の御霊の末に我党中村守手がつみ出たるをもらして、其の余のをしるし出づるになん。松壺とまうすは尊澄宿禰君なり。その君に代々つかへまつる　佐々易直　識　嘉永七年二月。

とある、、佐々易直は大社の禰宜職の家で千家国造家には歴代に亘つて仕へて来た家柄である。この後記によると、まだ尊澄の著作は他にもあると言ひ、また、岩政信比古著『止由氣乃御霊』の巻末に中村守手が記した書目の他のものを採つた事がうかがはれる。

ハ、『**湯あみの日次**』**巻末「千歳舎大人書籍目録」**

『湯あみの日次』は尊澄の紀行文である。天保五年二月に三澤温泉に旅した折のもので、その草稿の写しが無窮會神習文庫の井上頼圀の雑纂たる「玉籠」二十七に、尊澄の『山路のひなみ』と共に収められてゐる。草稿であつて書き込みも多いが、尊澄はこれを出版する意志があつたとみえて、巻末には「千歳舎大人書籍目録」が一丁に亘つて記されてゐる。千歳舎は尊澄の号で、天保十二年十一月に新たに出来た書斎を松壺と命名する以前は、千歳舎大人と称してゐたのである。(但し、松壺落成後も千歳舎を称してゐた事は、次の二の書目からも考へられる)この「書籍目録」には「出雲大神宮御号考　一冊」以下二十八種の書目が挙つてゐる。中でも『歌神考』の項に既に出板の事を示す「出來」とある事と、(9)『松壺文集』の書名のない事とによつて、この書目の大方の年次が推考されるのである。この紀行は後述の個々の著書概要に記す如く天保五年の事であるが、『歌神考』が「出來」即ち上梓された以降の事であるから、少くとも豊穎序文の文久二年を上限とし、また慶応三、四年に亘つて刊行された『松壺文集』三巻に言及してゐないので、(10)(明治二年の年次の記載のある『歌神考』巻末にはこの三冊は刻成と明記されてゐる)よつて下限が慶応と考へられる。即ち文久から慶応にかけての数年間のものと考へられるが如何であらうか。

二、『止由氣乃御霊』附載「千歳舎御著述書目」

千家俊信の門人で、尊澄のまたの師に当る岩政信比古の著書『止由気乃御霊』の巻末に、尊澄の著書目がある事は、既に口、の「松壺御著書類」の記述によつて明らかである。そこには次の様な文のあと「千歳舎御著述書目」として六種類の書目が記されてゐる。

殿の常に書よみ物學などせさせたまふ所を千とせの舎とまうす。今あげたるは此としごろかきをへさせ給へる書どもなり。なほつぎ〳〵にあらはしたまはむをも、まちてものすべけれど、これらの書どもひめおかむことのあたらしくて、事のついでにまづ書目をのみかくなむ。殿ときこゆるは尊澄出雲ノ宿禰ノ君なり。臣中村守手誌。

この中村守手は大社の権禰宜である。父中村守臣以来、千家家の学師を勤めてきた。『止由氣乃御霊』の刊行は刊記はないものの、俊榮、尊澄の序文によると嘉永五年二月以降の事が判る。さうするとこの書目は嘉永五年以降、ロの書目が書かれる嘉永七年以前の筈である。ロの執筆の時に佐々易直はこの書目を見てゐた事は明らかである。ただ問題はこの書目が嘉永五年以前のものかもしれないと言ふ事も考慮にいれねばならないであらう。天保十二年に尊澄は千歳舎の北に新たに書斎を設けて、そこを「松壺」と称した事は前にふれたが、この守手の文には、「殿の常に…千とせの舎とまうす」と記されてゐる。書目名も「千歳舎」である。その一方で書目の中には『松壺文集』といふ記載もあり、千歳舎、松壺の号は並称されてゐたとも考へられよう。

以上四種の書目を概観してみるとニが一番古く嘉永五年、次いでロの七年、ハが文久から慶応にかけてで、イが明治二年となる。そこには若干の書名の変更、冊数の変化の他、古い書目に記されてゐても、時代が新しい書目にその記載がないと言ふ事がある。かかる書目は時代を追つて増加するものであが、それは今となつては確かめ得ない。然し惜しい事に現在は『國書総目録』に記す九種、及び千家御文庫所蔵の数点の他は散軼した状態である。

㈣尊澄の著書の解題

以下は尊澄の著述の概要を記してゆく。散軼した書については、先掲の書目名をイロハニの略号で記した。

一、**歌神考　板本一冊**

尊澄の歌の神についての論考であり、文政十三年の稿である。「世人の住吉、玉津嶋の神を哥の祖神と思へるは誤にて、須佐之男大神大國主大神二柱ぞ誠の哥の祖神にはましますといふよしをときあかし給へる書なり。ニ」刊本。松壺御蔵版／歌神考／名古屋書肆萬巻堂製本　序文文久二年といふとしの長月はかり　平豊穎　嘉永七年六月　岩政信比古　本文十五丁　跋文神門(中村)守手　松壺君御著述書目二丁。刊行の詳細は第三章二を参照。

二、**出雲大社琵琶叡覧記　一冊**

ロには神宝琵琶となつてをり、ハでは出雲大神宮と、書名の変化がある。内容未詳。文政十一年に神宝の琵琶を叡覧あつた時のものか。（十三年返却）

三、**稲荷神霊考**　**草稿一冊　付、宮向山考**

イに書名あり、木野氏の調査によると次の如し。「本書は稲荷神社に就いての一般的な考証と、千家家の敷地内の宮向山に鎮座する稲荷社の由緒を、尊澄大人が著述した書である。尚又、稲荷社眷属の狐の話等に就いても彼が聞き得た史料を書き留めてゐる。本文中に天保十一年十月云々の記事を残してゐるので、本書の成立は或は此の頃と思はれる。美濃紙二十四丁に尊澄大人の自筆墨書で認め、袋綴一冊に仕立てゐる。又、本書の内に、「我が敷地の宮向山　此山の事ハおのが著る宮向山考といふものに云へり。」とあるが、この事から推察するに出雲大社に関係せる著述の中に『宮向山考』と云ふ尊澄大人の書があることが判然とするが、これは筆者未見の書である。」

四、**神恩記**　**五冊**　**（活字本一冊）**

イに「五冊」とある。ニには「初篇二冊」とある。「是は出雲大神宮の御恩頼の灼熱き事ども、天下にいと多なるを諸書の中よりも引出普く人にも尋ね聞せ給ひて書集めさせ給へる書なり。ニ」初篇二冊以降、冊数の増加のあつた事が察せられる。尚、木野氏の調査には次のやうにあり、大社の御神徳を教導する内容であつたことがわかる。「本書は尊澄大人が生前に、遠近の人々が大社の御霊徳を蒙つた物語を書き留めて置いた文を、歿後門人の権講義竹崎嘉通が教導の教科書にすべく、活版印刷で世に公刊した本である。随つて刊年も明治十四年十二月である。後に本書は判型を改めて千家家蔵版を以つて、昭和九年迄に五版の板行を数へてゐる。」

五、古語拾遺参解　二冊

イに記載あるも未詳。『國書総目録』は『神道書籍目録』を引いて、嘉永四年の成立とし、古語拾遺の注釈書とする。『校本古訓古語拾遺』（明治聖徳記念學会編）の巻末の「古語拾遺関係書目」に記載あるも全容未詳。森田博士は先掲書で尊澄の師の梅之舎千家俊信に『古語拾遺　出雲宿禰俊信訓点』及び『古語拾遺梅之舎訓点』の二著があることから、その影響を受けてものしたのであらうと推測されてゐる。

六、古今詞略解　一冊　**イにあり**。

七、詞集解　一冊　**イにあり**。

八、杜撰典梯　一冊

イには「杜撰典梯」とあるが、ロハともに梯を録とする。古くは「杜撰典録」と称したのであらう。「是は此に痴人ありて、偽書を編出して世人を惑すを、初学の輩の為にいみじううれたき事とて、そのふみどもを洩さず輯録して論らひ給ひたるなり。ロ」

九、千家秘訣録

イに書名のみある。刊数未定となつてゐる。

十、學士評論　六冊

イに書名あり。「學問する人はもとより、哥人儒佛の徒までの事を論らひ給へるふみなり。すべてに六巻なりて、巻毎に我党の校合せるなり。一ノ巻は中言林、二ノ巻は白石元重、三ノ巻は坪内忠臣、四ノ巻は佳《ママ》川景明、五ノ巻は鈴木廣年、六ノ巻は佳川景明など[11]。猶つぎ〳〵数まさらむをそは稿のなるに従ひて目をあくべくなん。ロ」なほ「坪内家文書」（大社町史編纂室）の『菊岡雑記』中に藤井高尚、服部中庸、伴信友の評があり、そこに「上ノ件尊澄公ノ學士評論ニ出タル也」とあり、その概要が察せられる。

十一、雲居の月

イに三冊とある。ニには五冊。但し雲井を雲居につくる。「ある殿に年來有職の道を文かよはして尋ねあかし給へる書也。猶つぎ〳〵に数まさらむを、そは稿のなるに従ひて目をあぐべくなむ。ロ」有識故實に関する書である事が察せられる。

十二、鶴の羽衣　**三冊**

イに書名あり。ハに傍書して「随筆也」とある。「千歳舎にて御物まなびのついでに　かきつめ給へる随筆なり。ニ」とある。また『櫻の林』巻一の「延久記録所」の項に「尊澄ガ考ヘモ別ニアリソハ鶴ノ羽衣ニ弁ヘリ」とあり、『歌神考』の長歌の始りの説明に「鶴の羽衣に委しくいふべし」とある。

十三、梅の舎雑録　**一冊**

イハに書名あり。これは学師である梅ノ舎千家俊信の教へを纏めたもので、縣居賀茂眞淵の『縣居雑録』に倣つての命名である事は、『松壺文集』二巻に載せる『梅舎雑録序』(12)によつて明らかである。序文は『松壺文集』に記し留められて残つたものの本文は伝存してゐない。なほハには「此書ハ故大人一葉二葉ノ紙ニ書給ヒシ物ヲ、俊榮ト共ニ集ムル也」とある。

十四、梅の名残香　**一冊**　**同続編**

イに書名がある。この書の事は岩政信比古と尊澄の問答の形をとる『櫻の林』(後述)の巻末に吉川景明がその命名について「そも故梅舎大人より、をしへみちびき給へりしことどもを、かいしるして梅の名残香、続梅の名残香など名づけたるによりて、翁の櫻処の號をしるべにて、さくらのはやしよろしからむとて（以下略）」とある事により、俊信から教へ導かれた事を書きつけたものであつた事が知られる。また続編のあつた事も察せられる。

十五、ゆかり草　一冊

十六、おなじねざし　一冊

十七、おひさき草　一冊

三点ともイに書名あり。未詳。

十八、河の渕瀬

イに書名あつて、一冊。ロには三冊とある。「儒佛の道のまゐこしより、皇國人の柔弱の風を慕ひて、文事を主として武官の上におかれて、武の方軽くなりゆくまに〳〵上つ世の惟神の道のうつろひつるにつきて、御稜威の古の如もあらぬさまなることを慨み給ひて論ひ給へるなり。ロ」

十九、筆のすさび　一冊

イに書名あり。ロには「筆すさび」となつてゐる。未詳。

二十、**若の浦鶴　十五冊**

イに書名あつて、十五冊とある。ロには「追々出來、全部未定」とあり、巻数が定まつてゐない事を記してゐる。「このふみは藤垣内内遠翁のもとに、我尊澄宿禰君の近き年比ふみかよはして、何くれとことゝひ給へるに、翁の答注ありしふみにて、すでに拾五巻あるを、猶つぎ〳〵にあまた調出こんを事のついでにまづ書目をあげつるになむ。ロ」『若の浦鶴』は、尊澄が内遠に『日本書紀』の神武天皇より履中天皇紀迄の記事について問答した筆録である。本書の成立は嘉永五年であり、巻末に子霜月十七日の夜とあるので、その頃に完成したのであらう。この書目の執筆時の嘉永七年には十五巻揃つてゐた事がわかるが、本居内遠はこの数年後の安政二年に帰幽してゐるので、この巻数で纏まつた様である、、『國書総目録』には十五編と記してある。なほ、これは尊澄の問ひに本居内遠が答へたものゆゑ、現在、『本居内遠全集』（昭和三年、吉川弘文館版）に覆刻されてゐるが、それは抄出である。

二十一、**學號輯録　一冊**

イに書名あり。未詳。

二十二、懐橘談辨論　二冊

イ、ロに書名あり。千家家御文庫に一本あり。木野氏の調査によると「本書は松江藩の儒者黒澤弘忠が承応二年に著した『懐橘談』と謂ふ図書を、尊澄大人がその内容が誤つてゐると弁駁した本である。『懐橘談』とは黒澤が承応二年に武蔵国を出てから出雲国に至る迄の景望実事を記し、更に出雲国の旧蹟等に就いて書き留めた本である。尊澄大人が特にこの書を弁駁した箇条は、本書の下巻で杵築社に関する出雲国造の記事中に、佐草自清の説を入れて、北島を本家に、千家を分家とした条を妄説と成した処である。また、この事に就いては黒澤より詫状をとつた一件も書き加へてゐる。本書は尊澄大人自筆本で美濃紙三十七丁を四ツ目袋綴一冊と成してゐる。本文中に「明治云々」の記事を備へてゐるので、或いは本書の成立は時代もさがつて明治初年の頃かとも思はれる。本書の末尾には記紀に関する記事、及漢籍中本朝に関係する記事等の考証の草稿を合綴してゐる。」と謂ふ内容である。

二十三、三寶鳥考　一冊

二十四、松壺物語　一冊

ともにイに書名あり。内容未詳

二十五、千年舍記　一冊

イには「千年舎記」とあり。年は歳の誤記か。ロには「千歳舎記」とある。「天保二年八月中旬御書斎を、ちとせの舎と名づけ給ひたる時の記録なり。ロ」これによると、「千歳舎」の号の起こりはこの時にあつた様である。ハに「千歳舎集」とあるは、この事かまた別の本であらうか。

二十六、松壺記　一冊

イに書名あり。ロには「同（註、天保）十二年十一月、ちとせの舎の北つらに別に御書斎をものし給ひて、麻都々凡《マツツボ》と名づけ給ひたる時の記録なり」とある。これによつて、「松壺」の号は天保十二年以降のことである事がわかり、「松壺」の訓もマツツボである事も判然とする。

二十七、松壺長歌集　巻数未定

イに書名あり。ハでは「千歳舎長歌集」となつてゐる。

二十八、松壺文集　板本三冊

イに書名あり。「巻数未定　内三巻刻」とあり、明治二年の時点で三冊が上梓されてゐた事が判る。これが現在、板本で見る、『松壺文集』三冊である。ニでは七冊となつてゐるので、かなりの量があつた事が知られる。又ニには「としころ千歳舎にてものし給ひたる文集なり」とある。ハでは「千歳舎文集」の書名となつてゐる。『國書総目録』は本書を「しょうこ文集」と訓んでゐるが、二十六の松壺記で明らかな如く、「マツツボ文集」と訓むべきである。『國書総目録』は本書を「文久三年跋」としてゐるがそれは巻一の西村公群の跋文によつたもので、巻二は慶応三年霜月の源壽忠、巻三は慶応三年十二月の嶋重稔の跋文がある。一巻一冊と、二、三巻二冊が別個に刷り立てられた事は第二章二に述べた。

二十九、元祖神功考　**一冊**

イに書名あり。内容未詳。

三十、宇迦山考　**一冊**

イロハともに書名あり。未詳。

三十一、神向山考　**一冊**

イロに書名あり。未詳。

三十二、ふみの林　**一冊**

イに書名あり。未詳。

三十三、**櫻の林　板本二冊**

イに書名あり。「巻数未定　内両巻刻」とある。本書は尊澄と、その又の師岩政信比古との問答を纏めた書物であり、尊澄は天保八年、同九年、同十三年と、信比古が出雲へ来た折に師事し、その時の筆録である。現在巻一、二が板行され、更に『日本随筆大成』に収められ活字化されてゐるが、これは「巻数未定」のうちの一、二巻ではなく、安政二年十月に初編を刊行するにあたり。その中より抄出したものである。そのことを尊澄はこの凡例に当る「とり凡ていふことども」に於て、全てで二十八巻ある中より、出川道年が抜萃したものであり、天保の頃のことも嘉永の頃のものもまぢつてゐると記してゐる。即ちこの一巻は全二十八巻の中からの抄出した一巻で『櫻の林』原本一巻とは内容は違ふこととなる。『随筆大成』の解題は、このことに触れてゐない。初編は安政二年の市岡和雄の序を以て刊行されてゐるが、その巻末には『櫻の林』と名づけたいはれが、巻十一から引いて記されてゐる。即ち信比古の号である、櫻処《さくらど》に因む名である。跋文は出川道年が記し、巻末には吉川景明が岩政信比古の著述を記したのちに、「さくらの林」とし二編から九編まで追刻の予告が出てゐる。翌安政三年に二編は植松有園の序西村清臣の跋文を以て刊行されたが、以後は刊行されずに終つた。かなり彪大な量があつた事が思はれる。岩政信比古は千家俊信門の国学者であり、尊澄の『歌神考』に信比古は序を寄せ、逆に信比古の『本末歌解』(宣長の本末歌の註解)に尊澄は序を寄せる。『櫻の林』は「出雲大神御事」から書き始める歴史文学の随筆である。序文の市岡和雄、植松有園はともに名古屋の学者で、父市岡猛彦、植松茂岳は宣長の門人である。ここに一つの学統と人物の交流が示されてゐよう。市岡和雄は尊孫撰の出雲現存五十歌撰『花のしづ枝』にも序文を寄せてゐる。

三十四、相撲縁由　一冊

イに書名あり。未詳。

三十五、湯あみの日次　一冊

イには「紀行」とあるが、ハの草稿本の題が「日次」であり、ニに於ても「日次」とあるので「湯あみの日次」が正しからう。尊澄は本書を刊行するつもりでゐたらしく、ハの草稿本書目に於て「出來」と記してゐる。ニによると「天保五年二月下旬出雲國仁多郡三澤の里の温泉にものし給へる記行《ママ》なり」とある。現在この写本が無窮会神習文車の井上頼圀編の『玉籠』二十七巻に「草稿」としてある。それによると天保五年二月二十日から五日間、佐々正綱、加藤建道を伴っての三澤温泉への紀行文である。墨付十五丁。絵一丁(正綱)あり。紀行は歌を交へ、また社寺への参拝や手那槌足那槌の陵《ママ》の考証などをしてゐる。ただこの旅には硯を忘れたので、帰宅後の二十六日に記したので「みむ人その心して」としてゐる。

三十六、ねがひの言草　一冊

イロに書名あり。未詳

三十七、千種のねさし　二冊

三十八、松の雁がね

何れもイに書名あり。未詳。殊に「松の雁がね」は巻数が埋もれ木になつてゐて判然としない。

三十九、なすらひ草　一冊

イに書名あり。木野氏の調査には「奈須良飛草　草稿　本書は出雲宿禰尊澄が嘉永二年四月二十日「准草」の題名の下に、先師宣長大人の著述せる「玉勝間」の中より説を四箇条引用して、これに注釈を加へた書である。即ち、譬といふものの事、ものをときさとす事、ふみよむことのたとへ、源氏物語をよむことのたとへ、の四箇条を採り上げて尊澄の説を輯録し、これを松壺大人の門人佳川景明が校正を加へてゐる。」とある。またこの書の「凡例言」の中に「千歳舎著撰書目」が見えてゐると云ふが、二の『止由気乃御霊』所載のものと同じであらう。

四十、遠止美水の考　一冊（附、神壽要解）

イに書名あり。『國書総目録』によると写本が静嘉堂文庫にある由である。また千家國造家の御文庫に自筆本が伝存の由（先述『出雲學論攷』）である。それによると、本書は墨付二十二丁の小冊で、天保十四年の冬に成る。『出雲國造神賀詞』中の「すすぎふる遠止美の水のいやをちに」の語句の解釈である。出雲大社の末社の乙見社を以て遠止美とする考証である。本考証は岩政信比古の意見も聞き、嘉永四年には浄書して本居内遠にも之を報じたと言ふ。その跋文に「上のくだりのおのが考へは、天保十四年の冬、神壽詞ををしへ子どもによみきかせたりし時、遠止美乃水のゆゑよし、考へ得つる説を講義たるになん」とある。更に「そも〳〵この遠止美の水の外にも、後釈に誤れることのあるを、それは別に神壽要解といふものをあらはして、つばらに論らひてむかし。」と記してゐる。尊澄が早くから『出雲國造神賀詞』に関心があつた事は、その系を継ぐ国造家の直嗣として当然の事であるが、更に宣長の後釈を発展させて『神壽要解』といふ書の企てがあつた事がうかがはれるのである。ここに扱つた書目類には、この『神壽要解』はない。ただ五十四に『神壽詞後々釋』といふ書名の存する事から、書名の変更のことも考へ得る。

四十一、斥歌人　一冊

イに書名あり。未詳。

四十二、千歳舎雑録　二十三冊

ロに記載があって、イにないものが十三種ある。書名を変更したのか、漏れたのかは定かでない。ロによれば「是は御書斎にて天保二年より、何くれと學事につきたることどもを、年毎に壱巻宛録し給ひたるなり。猶数そはむ時に、また〳〵巻数しるしいでむかし」とある。

四十三、旅のすさび　一冊

ロにのみ記載がある。「同（天保十三年）四月楯縫郡葦原神社、能義郡宮廿原堤神社、嶋根郡三穂埼大神宮などに参詣給へりし時の紀行なり」又木野氏の調査によると、「本書の表紙には「旅の壽佐飛草稿　天保十三年四月ノ紀行也」と尊澄大人の自筆の墨書を存す。本書の冒頭に「ことし天保十とせあまり三とせといふとしの四月の十日あまり四日の日、市畑の神ノ社、広瀬ノ里に鎮ります廿原の堤ノ神ノ社などに、まうてなむとゝて思ひたつ、さるハ此ノとしごろいかでとハ思ひながら、さりかたきことのありて、えものせさりしを、いかなるよきことかあるらむ、とみに思ひおこしたるなりけり、そもそも市畑の神ノ社には二度三たびも、まうでたりしかども、御いつのたふときまにまに、去年の春よりまたもとハ思ふものからことをへ奉らざりしを、その冬の頃なりけむまうでたりとさへ、夢に見たりしかども、うてに物せんには雪いとふかし」云々と旅の次第を認め、この文を更に弘化三年五月に尊澄大人自ら添削を加へて一本にしようと試みたことが「弘化三とせといふ年の五月の十日はかり松壺のあるし尊澄」といふ跋文に拠つて知ることが可能である。本文は美濃版十行罫紙二十一丁に自筆墨書を以て記し、又、本文中には和歌四十九首を載せてゐる。本書の版心部分に虫損を存す。」とある。

四十四、出雲大神宮宮号考　一冊

ロに書名のみ。ハに冊数一冊と、書名が「御号考」とある。

四十五、出雲大神宮宮地考　一冊

ロに書名のみ。ハに冊数一冊とあり。

四十六、敷地神社記

四十七、都稲荷神社記

四十八、火守神社記

四十九、建玉大人御傳記略

五十、世々のかたみ

五十一、松のみどり

五十二、千家奇事談

右は何れも口にのみ記してあり。冊数の記載もなく、如何なるものか未詳。四十九は俊信の伝記であることはわかる。

五十三、出雲國實事録

ロハに書名あり。ハに於ては「實事論」とある。

五十四、神壽詞後々釋

ロに記載あり。本居宣長の『出雲國造神壽詞後釋』をうけた書名である。四十の「遠止美水の考」で記した『神壽要解』の改名であらうか。

五十五、まなびの当都伎注　一冊

神宮文庫所蔵。なほ『麻奈飛乃当都伎』は伊勢の足代弘訓が阿波徳島の賀嶋氏の求めに応じて記した学問の入門書である。（後に『まなびのみち〳〵』と改名）この書を天保十一年に本居永平が写し、養兄内遠を経て、その門人富永芳久が写した。芳久は大社の神職であるため、本書が尊澄の目にとまり、尊澄自ら頭註を加へたのであつた。尊澄は奥書に「これの學のたつきは、富永芳久がもとより借て、やがて其日かたはらの人に巳の時すぐる比より筆おこさしめて、酉の二ツばかりにかきをへさせつ天保十四年閏九月十三日出雲宿禰尊澄　尊澄云此書ノ論ハ櫻の林十四巻につばらにいへりつきてみるべし」とある。『櫻の林』については先述したが、その巻十四にこの書の事に触れてゐるとは、気になるものである。木野氏は本書を『國書総目録』により、嘉永二年の手写本として「尊澄大人は内遠翁に入門する前年、即ち、嘉永二年に、或いは足代弘訓に就いて勉学を致してゐたのかも知れない。」と述べてゐるが如何であらうか。前掲の奥書によりそのことはあり得ないと思はれる。

五十六、山路の日次　一冊

無窮会神習文庫蔵　井上頼圀編『玉篦』二十七巻所収。墨附八丁。嘉永六年九月六日から十三日まで、出雲より伊予国今治へ行く紀行文である。吉川景明と途中まで同行し、雨が降つたり、瀬戸内を船で渡るなどを歌文で綴つたものである。「大神の恵みによりてはる〳〵の海路をことなくつきにける哉」の歌を以て終る。尊澄の著述であるものの、これは何れの書目にも採られず、漏れたものと思はれる。井上頼圀が写し置いた事が幸ひであつた。

五十七、鶴亀山考

ハに書名が見える。木野氏の調査によると、『鶴亀二山考』と題する草稿が御文庫にある由。「本書は杵築大社御鎮座地に在る鶴山と亀山の由緒を尊澄大人が考証を加へた書である。本書の成立は未詳。美濃紙八丁に尊澄大人が自筆墨書を以て認め、これを四ツ目袋綴一冊とす。本文は漢字まじり平仮名書風の書である。本書は版下本に近き浄写本である。」これによると出版の意図があつたやうである。

五十八、出雲大神宮銅鳥居銘注解　一冊

五十九、すまひ考　一冊

六十、古言集

六十一、古事記序考　一冊

六十二、長歌伊知志ノ花

六十三、近葉端文集

六十四、鴈の一つら

六十五、文章あしまの月

六十六、詞言集

六十七、鈴舎翁書翰集

六十八、諸先生書翰　一冊
六十九、花押鏡
七十、書画譜
七十一、狂歌秋の花野

以上全てハに見える書目である。巻数「一冊」が判つてゐるものは、四種で、あとは定かではない。

このほかに木野氏の報告によると、『儒道論草稿』『神乃八重垣』『神能八重垣』『神の御壽知』の四著があり、全てで七十五種の数となる。以下報告をそのまま引いておく。

七十二、儒道論　草稿

本書の巻頭には「儒道論　草稿　出雲宿禰尊澄述」の墨書を存す。而して、美濃紙十六丁を袋四ツ目綴一冊に仕立ててゐる。巻初には「世の人の漢意なる論らひわたくしに記せる史」と有る如く、尊澄大人が学問をして行く上で知ることを得た漢意に関する論争を私に記した書である。内容は主として宣長が「玉勝間」で云ふ説を敷衍発展させた文である。

七十三、神乃八重垣

「玉勝間」よりの師説を十二箇条ばかり引用して、尊澄大人が解説を加へたものが本書の内容である。

即ち、一、おのが仕奉る神を尊き神になさまほしくする事　一、よの人の神社は物さびたるをたふとしとする事　一、神わざのおとろへのなげかハしき事　一、神をなほざりに思ひ奉る世のならひをかなしむ事　一、みだれ世のあさましかりし事　一、ある人のいへること　一、もろこしの老子の説まことの道に似たる所ある事　一、古き名どころを尋める事　一、ふるき物またそのかたをいつはり作る事　一、いにしへよりつたハれる事の絶るをかなしむ事　一、古よりも後世のまされる事　一、鬼といふ物　以上の十二箇条の事共に就いて、漢字まじり平仮名書で解説を施した書である。

七十四、神能八重垣　草稿

本書の巻頭には「神能八重垣　一の巻　草稿　出雲宿禰尊澄謹輯」とある。内容より推して本書は前書を更にかき改めて追補を施したものである。一の巻は天下の政は神事を先とし神事を尊ぶ、古は神事を重くせられし事共に就いて「玉勝間」より師説を引用して尊澄大人が解題を加へた書である。二の巻は国学に就いて主としてやはり「玉勝間」より師説を引挙し、漢学、儒学、仏学と国学の関係を尊澄大人が説き起こした書である。尚、本書の文中に「酉十一月」とあるが、これは文久元年のことか。とすれば或いは本書の成立はこの頃と思はれる。

七十五、神の御壽知

本書は媛蹈韛五十鈴媛命、五十鈴依媛神、淳名底仲媛命の三柱の御神の御血筋について尊澄大人が考証を加へた書である。美濃紙十七丁に自筆墨書を以て認めて、これを四ツ目袋綴一冊に仕立てゐる。本書の成立は跋記に「明治七年戌一月廿七日」とあるので、この時を以て稿が成つたと思はれる。少しく虫損を残してゐる。

をはりに

叙上千家尊澄の著述を概観して来た。この他にも尊澄の心覚えの様なものを記した書物もある。(13) 無窮會の神習文庫の『玉籠』の中には、「尊澄蔵書」と記す写本もある。(14) また『玉籠』所収の中村守臣著『神賀詞考』の巻末には、

此ふみは中村故守臣が世にありつる頃、神賀詞の語のついでに守臣は云々の考侍るといひしを、かきてみせよと乞へりしかば、その論みづからかきてみせたるになむ、いとめづらかなる考なれば、おのがおもひよれることをもそへて、板にはゑりてんかし　松壺尊澄

と書き添へてある。(15) 尊澄が乞はれて書いた序文などは『松壺文集』に記されてゐる。また歌文に至つてはなほ彪大な量になるものと思はれる。(16)

書名のみの物もあるが、これらの著述を通して、そこに描かれる尊澄像は、鈴屋本居宣長以来の古

典への深い認識と、出雲大社の国造家の血統に裏打ちされる大社の学問についての研究者でありそれを発展させる姿である。そしてそこには神職としての自覚とともに、国学者の姿も織りなされてゐるのである。

註

（1）『和學者総覧』に七十九歳で帰幽した旨記されてゐるのは、誤ちである。『事實文編』七十四に雨森精翁の記す「千家尊澄碑文」には「得壽六十有九」と明記されてゐる。
（2）『明治天皇紀』二巻六七頁。
（3）尊澄の名は寛政十二年の「梅舎授業門人姓名録」にないが「まなびのおやとたのみまゐらせし梅舎翁」（「梅舎雑録序」『松壺文集』二巻）と記してゐる事からもわかる。
（4）のちに嘉永三年、宣長歿後五十年祭に当り本居家で催された祭事への献詠（歌題朝花）の歌集『五十鈴川』に、尊孫、尊澄以下出雲歌壇の人物十七名が歌を寄せてゐる。
（5）尊澄は『本末歌解』の序文に於て「かかれば師（中澤註、俊信）の身まかられて後は、この人（中澤註、信比古）を師としたひて、爰にも、二度三たびはるぐ\とよびむかへて、ものきき常はふみかよはしてものならひつつあれば」と、その関係を述べてゐる。この四著中、板本として上梓されたものは『本末歌解』一冊だけであつた。また本居宣長については、同書の同序文に、宣長の本末歌について「折鈴の鈴の舎の翁のはやくの世によみいでたりける此哥はしも、いとたふときうたなれ」と記してゐる。内遠との関係は大平の『餌袋日記』の序文（『松壺文集』巻一所収）に「そもく\近き年今の内遠翁にふみかよはしてものとひ、きくにつけて」とも記してゐる。『若の浦鶴』が内遠との問答の形をとつてゐる事からもその親交は理解できる。

（6）その碑文に於て略伝を記したのち「追婆良爾者。櫻乃林二毛伊辺礼婆。兎伎弓三類倍久許曾」と記してゐるが、信比古の伝記は上梓された『櫻の林』の中にはない。何れにしろ、「文化乃頃。我師梅舎翁能。教子爾那利弖」自分は「天保二年」以来「何久礼杜學毘乃道乎。問聞都留」との事である。（『松壺文集』巻一岩政信比古碑詞）。

（7）『國書総目録』はこの『歌神考』を、ウの項目で「うたがみこう」と記し、更にカの項日にも「かしんこう」と記してゐる。森銑三翁の「かしん」が正しいと言ふ説に従ふべきではあるが、ウの項とカの項とで別の記載なので、依拠した目録類の記述をそのまま採つたのであらう。

（8）『近世出版広告集成』では、これをそのまま本居内遠の著述と標題をつけて扱つてゐるが誤ちである。

（9）『湯あみの日次』の項にも、「出來」とあり、出板の予定でゐた事を明確に示してゐる。

（10）『松壺文集』の名はないが「千歳舎文集」とは記されてゐるが、これがその事かもしれない。さうすると「松壺文集」の初名は「千歳舎文集」と言つた事とも思はれる。

（11）ここに記される人物はその何れもが出雲大社、千家国造家と関係深い人物である。中言林は大社上官家で尊孫門、白石元重は権禰宜、坪内忠臣は大社上官、昌成男、尊孫の門人、佳川（吉川）景明は大社の人、五十六の『山路の日次』の同行者でもあつた。

（12）『梅舎雑録』の序は次の様に書き始める。「まなびのおやとたのみまゐらせし梅舎翁の學びの道のおほきなるいさをハ、宿の名におふ梅がえの、かぐはしく四方にかをりみちてなんありける。をぢなき身にて花紅葉とりぐ〵にあげつらはんは、なかく〵のものそこなひなるべし。　若竹の若かりし時より何くれとかきおかれしもの、文箱の中、あるはふぐらのかたつ方のほごにうちまぎりてありしを、かくてはつひにちりうせなんあたらしくて、うたひひろひあつめしたためしかなど、俊榮にはかりてひととぢとせるにつけて、梅舍雜録と名づけたるは、縣居雜録といふ書のあるにならひてなり。」そしてこの当時既に、『出雲國式社考』『延喜式祝詞訓点』『古語拾遺訓点』の他が見つからないと嘆き「ひとひらふたひらと筆すさみにかきとめられし花のさ枝をも、残るかたなく折とらまほしく」思ひ、本書をまとめたと記してゐる。

(13) たとへば『玉篦』所収の『湯原日記』の巻末に「このふみはしも吉村千秋がもとよりおこせたる官家考、玉箒考、四王寺山日記、屠児考などの中のひとつ也　安政六年　尊澄蔵書」とある。

(14) 『玉篦』の中には「尊澄蔵書」と記した本を散見する。註(13)の『湯原日記』はじめ、『須賀路の日なみ』(出川道年著、嘉永七年寅七月廿九日書卒　尊澄蔵書)『神籬傳質問』(尊澄蔵書)など。と言ふ事は、井上頼圀と尊澄の交遊関係、または何故頼圀は尊澄の書を写す事が出来たのであらうかと気にかかるものでもある。

(15) このことは五十四の『神壽詞後々釋』と何か関係があるのであらうか。

(16) 尊澄の歌は『近世名家傳記集成』の記載及び管見によると次の著作の中にある。類題鰒玉集四、五、六編　類題鴨川集三郎、同四郎、同五郎、三熊野集、鴨川詠史歌集、類題玉石集、打聴鶯蛙集、近世名所歌集二編、出雲國名所歌集初編、二編、類題河藻集、丙辰出雲國三十六歌撰、丁巳出雲國五十歌撰、類題千船集初編、二編、安政二年百首、同四年三百首、文久元年七百首、元治元年千首、類題青藍集、類題秋草集初篇、類題春草集初篇、二編、類題玉藻集初編、二編、類題嵯峨野集、玉籠集、類題和歌清渚集、大八洲歌集、類題現存歌選　明治開化和歌集、五十鈴川、花のしづ枝。

二、千家尊澄をめぐる人々

イ、本居大平著『餌袋日記』の出板

㈠

安永元年春、宣長は稲掛茂穂（のちの大平）らを伴なつて大和地方を旅した。この時の宣長の紀行文が『菅笠日記』であり、陵墓や社寺、歌枕などの当時の様子をよく記し留めてゐる。これに随行した十七歳の若き大平も、この折に紀行を綴つてをりそれが『餌袋日記』である。宣長の文章に比すれば、その記載は劣るものの、十七歳としてはその筆は立派なものとなつてゐる。

『餌袋日記』の浄書本は、いま東京大学の本居文庫に伝へられてゐるが、これを見ると大平には出板の意志があつた様ではあるが、何分若き日の文章であり、宣長の『菅笠日記』に対しての遠慮もあつたのであらう、生前には自ら刊行するには至らなかつた。『餌袋日記』の出板は大平の歿後二十年近く経た、嘉永七年になつてからであつた。

板本の『餌袋日記』には千家尊澄の序文と本居内遠の跋文がある。内遠は言ふ「文庫のすみに残れるを尊澄宿禰の松壺に便をつけて見せまゐらせしかばやがて板にもゑらすべくとしひて乞ひ給ふまに〳〵」と、千家尊澄が出板をすすめたと述べてゐる。尊澄も序文に「内遠翁にふみかよはしてものとひきくにつけて大平翁のうつし巻ならむを板にゑりてはいかにと坪内昌成をしてとはせたればしかよけむとあるままに」と自ら内遠に乞うた事を記してゐる。『餌袋日記』の出板には出雲の千家尊澄が大きく関はつてゐるのであつた。

㈡

千家尊澄は国造尊孫の長男で次期国造として育てられた。国造家からは父尊孫の叔父に当る俊信が宣長の門に入り、以来鈴屋の学統が受け継がれて来たが、改めて宣長や大平の門に入る事はしなかつた。大社ではみな俊信の門人であつたが、俊信が帰幽して暫くの後、尊澄は改めて内遠の門に入り、若山の本居家とは書状の往来をはじめ積極的に関はつた様である。『若の浦鶴』は尊澄が内遠に問うた問答書であり、『大平内遠全集』に翻字されたものは、その大部のうちの一部分であつて、かなりの量があつた事が言はれてゐる。さういつた内遠と尊澄との交流の中で、大平の『餌袋日記』の事が話題となつていつたのであらう。

なるほど『餌袋日記』の巻末には出雲大社の神職である白石元重の記した「本居内遠先生著」の紹

介があり、また、同じく神職である佐々易直が記した尊澄の「松壺御著書類」を挙げた記事がある。尊澄が内遠に心を寄せてゐたことは、白石元重が尊澄は内遠の著書目録をも編むつもりでゐると述べてゐることからもわかり、二人の関係がまた偲ばれよう。（詳細第三章一）

㈢

尊澄とほぼ同じ頃に出雲大社に神職として仕へた富永芳久（多計知）は、やはり内遠の門に連り、大社と若山との間を往来し、時には若山に滞在してその教へを乞うてゐた。また若山、大坂の書肆とも交はり、出板についてもかなりの尽力をした様で、大坂の河内屋茂兵衛、若山の阪本屋大二郎とは深い関係があつたやうだ。

現在出雲市大社町の富永家には芳久宛のこの時代の書状を多く蔵してゐるが、その中より『餌袋日記』の出板に関はるものを一点紹介しておかう。

餌袋日記上木之事

一、御上坂之節河内屋へ一丁ニ付拾三匁位ニ而彫上ヶ呉候様御相談被成下度奉希候

一、卦囲寸法等ハ菅笠日記之通りニ御申附置可被下度

一、右之通り御相談之上追而若山ゟ板下御送り可成段御申聞キ置可被成下度

一、此書本居家へ御持参被下今一應校合之義御頼被下度

一、御序文板下ハ若山ニ而も大坂ニ而もかかせ可被下度
一、佐々白石両人之跡文ハ本文之板下認候人ノ書候而も宜敷御座候
一、本文ノ板下ハ若山ニ而も大坂ニ而も御かかせ可被下候
一、先生之奥書は自筆之所御頼入可被下候
右御相談申上候間無御□被仰聞可被下候　且此余宜敷事も御座候ハバ思召次第之御取斗可被下候
以　上
八月三日　　佐々鐵之丞
冨永多計知様
(加筆)
菅笠日記ノ通ノケイ板コシラヘサセ本居家へ為送奥書先生へ認モラフ⏋
○秋元分姫路灰屋助□へ遣ス事
○長澤行
○加納行
○西田行
○本居行
外鈴社中行

この書状は『餌袋日記』上梓前、即ち嘉永六年以前の八月三日に、出雲の佐々鐵之丞易直が、若山在の富永多計知(芳久)に宛てたものである。易直が尊澄の著者一覧を本書の巻末に挙げてゐる事は先にも記したが、その事はこの書状の六番目にも言及してゐる。またこの書状からは『餌袋日記』の出板に関する興味深い事がいくつかわかる。

まづ『餌袋日記』は一丁十三匁程度で彫られてゐた事がわかる。幕末の板木彫刻代がうかがへる。私の手元にある板本は全てて二十八丁なので三百六十四匁、即ち六両程かかつてゐる。板元は大坂の河内屋茂兵衛で、他に、京、江戸等の十二書肆が名を連ねてゐる。また宣長の『菅笠日記』の姉妹品として、その寸法等が意識されてゐた事がうかがへる。

序文は千家尊澄が三丁に亘つて述べてゐるが、この筆者が紀州の福田和夫(大平門)が書いてゐる。書状は序文も本文も若山か大坂で書く様に指示してゐるが、どうやら若山で書かれた事がわかり、佐々易直、白石元重が書いた書目の一覧も、本文の板下筆者が書いた事がわかる。内遠の奥書はそのまま自筆で刷られてをり、これもこの書状の通りである。

(四)

興味を引くのは書状の末に、多分芳久が記したと思はれる備忘である。ここではまづ佐々の指示通り、菅笠日記同様の枠を作り、内遠に奥書を依頼する事が見えてゐる。また姫路の秋元安民宛の分は姫路の灰屋長兵衛を通して送つた様である。灰屋は本書の巻末にも播州姫路の書肆として名を連ねてゐる。また長澤伴雄(京都滞在中か)、加納諸平、西田惟恒と言つた、紀州の本居家ゆかりの人々への配本の件も記してゐる。最後にある「本居行」は、松坂の本居家であらうか。嘉永五年に当主有郷が逝き、本書の成る一年前の同六年に高尾宗朝(信郷)が継いだばかりであつた。

奥書を記し、本書の出板で養父大平の顕彰をいささかでも果たしたと安堵した内遠ではあつたらうが、この翌年安政二年に、江戸紀州藩邸の古学館に召されて江戸へ行き、その地で遂に空しくなつた。私は品川の旧少林院墓地の賀茂真淵墓の近くに眠る内遠の墓に参るたびに出雲の門弟の助力で本書の成つた内遠の思ひを察するのである。また芳久はこのあと出雲に関するいくつかの書物を、この河内屋を通して世に出すことになるのであつた。

ロ、千家尊澄と中村守手『歌神考』序をめぐつて

㈠

千家尊澄は国造尊孫の長子である。よつて徳川時代後期の尊澄は、次期国造としての期待と、その自覚のもとに在つたと言つてよい。尊澄の若き日の師は梅之舎千家俊信であり、その歿後は父尊孫と

共にその門に学んだ岩政信比古、また同門の中村守臣の養嗣子中村守手が挙げられる。また若山の本居内遠にも学ぶなど尊澄は斯様な環境の中で歌文をはじめとする所謂国学の教養を身につけていつたのである。

尊澄は文政十三年に、歌の神は従来言はれてゐる住吉三柱の大神ではなく、出雲の須佐之男命であると論じた『歌神考』をまとめたが、それはその後長く文庫に放置されてゐた。暫くして尊澄は信比古に序文を依頼したと見え、「嘉永七年六月」付で信比古は序文を記してゐる。然しまたどうした事か本書はすぐには上梓されず、信比古はその刊行をも見ずに安政三年に逝いた。その前年にはまたの師本居内遠も逝いてゐる。

本書が出板に動きだしたのは、守手の跋文によると「ことし文久二年の夏千巻八千巻秘めおかせ給ふ御文庫に白魚はらはむとするついでに」探し出たものであつて、それを契機に内遠の子豊穎の序文(文久二年九月付)をも貰ひ受け、その頃に刊行されたものである(但し明治二年版もある)。さういふ事で本書には本居内遠の子豊穎の序の他に、二人の師、即ち岩政信比古の序文と中村守手の跋文とがある。

この折の豊穎の序文の記述をめぐつて、守手が尊澄のもとに宛てた消息の控へが、東京都立中央図書館の「特別買上図書」中の『歌神考の跋　同校終て出せるせうそこ文』文久年写一冊(反特八一二)である(但シ同目録ハ書名ヲ歌前考ト誤植)。この書簡控から守手が尊澄をはじめ、出雲の国造家に対してどの様な認識や考へを抱いてゐたかがよくうかがへる上に、この教へが尊澄やその子尊福に与へた影響もあつたことであらう。

㈡

守手とその養父守臣については、西岡和彦氏『近世出雲大社の基礎的研究』の第六章に述べられてゐるが、重複を厭はずにその概略を述べれば、守臣は大社の社家で俊信の門に学び、その学をよく伝へたのであつた。同門に十歳下の岩政信比古がゐたが、後に信比古は守臣の学説を批判するに至つた。尊澄は初め守臣にも就いたが、後に信比古にも学び、その批判をも聞く様になつた。守臣は嘉永七年閏七月に帰幽したが、この数箇月前に信比古は『歌神考』に序文を記した事となる。

守手はその守臣の養嗣子であり父の学問をよく継承した。それは「凡人たるものは、各自その臣子の職を尽くすのみ」と言ふものであつたと言ふ。守臣は江戸へ大社の社用で下る事があり、途次尾張名古屋に配札等の関係であらうか、滞在し、尾張藩明倫館の儒者、秦世壽や、国学者市岡和雄《ニギヲ》、植松茂岳とも交はり、その学の功績によつてか、尾張侯の謁見も賜はつたと言ふ。尾張藩は藩主の好学により早くから儒学が盛んであつた上に、宣長の本居国学も根づいてゐた土地であつた。

その養嗣子守手もこれらの人々との交はりを結んだのも自然の成行きであつた。守臣帰幽後のその伝記は秦世壽が『燕斎翁《タビノヤ》略伝』として世に出した。守手はこの世壽から漢学を修めてゐる。また守臣の遺著『神籬伝』も秦世壽はじめ、先に述べた尾張の人々の尽力によつて世に出てゐる。『櫻の林』

といふ尊澄と信比古の問答録や、出雲五十歌撰『花のしづ枝』の刊行など守手が関係したと見られ、いづれも尾張の書肆からの刊行となつてゐる。

守手は国学の素養の上に漢学も修め、「その職分を尽す」と言つた養父の教へもあつて、独自の考へをもつてゐたと言へる。信比古の帰幽後、若き尊福はこの守手の教へを受けて、一つの思想形成をなしたとは西岡氏も説く所であるが、父尊澄も、守臣守手の学説には深く傾倒、尊崇する所があつたと思はれる。

㈢

守手の書簡控にはいくつかのことどもが記されてゐるが、ここではそのうちの一通「松壺の殿の御前に侍らひ給ふ人々のもとへ、歌神考の清書にそへて出せる消息文」と題するものを紹介したい。これは守手が歌神考の清書に目を通した感想を述べたものであるが、主にその本居豊穎の序文について記されてゐるものである。何れにしろ尊澄がその出板前に守手に清書に目を通すべく願つた事は、尊澄の守手によせる思ひの知られるものであらう。本文は当時常用の候文ではなく、擬古文を用ゐて綴られてゐるのも、守手の教養の一端をあらはしてゐる。

消息はこのたびの大雪の事から書き始め、自分の体が思ふ様に動かぬ事を記しつつ、歌神考に一わたり目を通しその内容を称揚するのであつた。そして豊穎の序文について「まだ年齢のほどもわかしと聞侍りしに、かく学のなりぬるは、さすがに国学道統の家つげる人なればいといとたのもしうなん」と誉めつつも著者尊澄の名について「出雲の尊澄ぬしと打つけた御ン実チ名」を文中に挙げてゐるのはよくないと指摘するのである。そしてその引合ひにこれより先に守手が周旋して名古屋から刊行した、信比古と尊澄の問答録『櫻の林』にふれ、「さきに櫻の林のはしがきに和雄有園等の御ン姓あるは御称号にそへて君としも書きてゐやまひまゐらせるさまを見しらぬやうに侍らじをや」と記すのである。『櫻の林』には市岡和雄（宣長門猛彦男）の序、植松有園（大平門茂岳男）の跋があり、それぞれ「よに名だかき松壺の尊澄君」「出雲宿禰尊澄君」と、松壺、宿禰、君との尊称を使つてゐるが、豊穎は「出雲の尊澄ぬし」とだけであると咎めるのである。

その理由として出雲国造家の尊貴さを知らぬのかと問ひ、「そは中々に皇国の道をよくもわきまへぬにこそ」「天穂日命より打はへて天日隅宮ノ御杖代とまして今の世までもたゆる事なく其職をたもたせ給へる」家柄だと記し、更に守手の師秦世壽の教へを説くのであつた。

守手がかく学の親とたのめる尾張の殿人秦ノ世壽等は　まことに神ながらとまうすべきは出雲の御杖代の君なりとも親王たちのつばらになずらひてゐやまひ奉るべしと常に〳〵教子どもにしめし侍りぬ。

先にも述べたが秦世壽は尾張の儒者、鼎の子で明倫館教授であつた。世壽は出雲国造家は皇族同等の扱ひをすべきだと教へたと記すのである。そして尾張の識者はその心を得てゐるので和雄や有園はその教へを守つたが、豊穎はその事を知らず、「かかれば豊穎が序文もとのままにて載せ給はん事世におもてふせならんのみかは尾張人のかへり思はんことをばいかにかし侍らん」と、強い口調で疑念を披露するのである。守臣も守手も出雲の人であつたが、その学統は尾張にあつたと言へるし、また徳川時代後期の尾張藩(藩校明倫館)の学風、教学とは斯様なものであつたのであらう。

守手のこの教へは尊澄やその子尊福にとつて、出雲国造家の大いなる自覚となつたのは言ふまでもないであらう。維新後すぐに神賀詞奉賀に朝廷に出仕した思ひも、国造家の「職分を尽くす」事にあつたのである。

尊澄はこの守手の指示に従つて豊穎のもとにその部分の書き替へを願ひ、若き豊穎もそれを諒承したのであらう。板本で世に出た『歌神考』の豊穎の序文は「こたび出雲宿禰尊澄君の御もとより」となつてゐる。

またこの書簡控から守臣と尊澄の関係がうかがへる所がある。守手は言ふ。

守手がをさなかりし時、父なりけるもの、岡部ノ翁が神寿詞の考に国造か□とりあはせてまをすも也云々とある所をよみて、識者中々に道をなみすと憤りし事をおぼえ侍りぬ　神寿詞のうへにつきて、世の学者がいふ所に異なる父の考も種々侍りつそは別チにまうすべし。

と、守臣は真淵の考へが国造家の家格をよくわきまへてゐないものだと批判して、独自の神賀詞についての著があるといふのである。守臣のこの書は『神賀詞考』と言ひ無窮會神習文庫中、井上頼圀が写しまとめた『玉篋』一八七に収められてゐる。しかも本書は尊澄の筆写本を頼圀が写したものとおぼしく、巻末に尊澄の次の識語が見える。

此ふみは中村故守臣が世にありつる頃、神寿詞の語のついでに守臣は云々の考侍るといひしをかきてみせよとこへりしかばその後みづからかきてみせたるになむいとめづらかなる考なればおのがおもひよれることをもそへて板にはゑりてんかし
松壺尊澄

尊澄は守臣の神賀詞の考にいたく感動して、出板の意図をも記してゐるのである。ここからは尊澄の守臣に寄せた思ひがうかがへるのであり、その教へが培はれてゐたことを示してゐる。

〈付記〉

なほこの書簡控にいま一人論はれてゐる人物がゐる。近藤芳樹である。芳樹は安政三年に大社に詣で自著『大祓詞執中抄』の序文を尊孫から頂戴した。それを「塩冶」で貶めたと富永芳久から聞き、守手は芳樹を痛烈に批判するのであつた。この塩冶は出雲の神門郡塩冶村の波多野主殿を指すのであらう。『近藤芳樹日記』（山口県文書館蔵）天保十年十二月十三日條に波多野主殿信成の入門記事が見え、芳樹の門人であつたことがわかる。守手はその場に居合はせたら叱りつけたとまで述べてゐるが、芳久は同席してゐたのであらうか。

八、中村守臣の遺言

中村守臣は徳川時代後期の出雲大社の神職であり、養嗣子守手と共に大社に関する幽顕論をはじめ、明治初期の千家尊福に至る、出雲教学に影響を与へた人物である。(1) 当時守臣・守手父子は、大社を代表する学識の所有者として、高く評価されてゐて、又歌人としても名高かつた。

三河西尾の岩瀬文庫に、松江の歌人森爲泰旧蔵の『中村守臣遺稿』一冊が蔵されてゐる。爲泰は幕末から明治八年まで生きた。天保初年に杵築の千家尊孫の門に入り、歌学を修め、また守臣にも就いてその思想をも学んだ為、かやうな守臣の詠草(しのぶ草、朱櫻岡集、朱櫻岡大人詠留、朱櫻の落葉など)等の遺文を整理した遺稿を蔵するに至つたのであらう。朱櫻岡は守臣の号である。

この中の「しのぶ草」は平垣鈴平が編んだもので、爲泰の筆で「朱櫻岡大人神さりまし時鈴平がものしける歎きの書なり」と書きつけてある如く、守臣の臨終記となつてゐる。守臣は嘉永七年閏七月七日に齢七十七歳と七に縁ある日に逝いたが、この「しのぶ草」はその時の様子を実に詳細に記してゐる。

なつかしや朱櫻岡あたらしや守臣大人　月ごろこころを尽くしけるかひぞなきあはれやまひにふしたまへるほどのありかたをだにかきとどめむとおもへるをりしも鈴平吾兄のいちはやくしるせるを見ればやがてくはへむとおもふふしもなかりけり。

と序文に加藤昌晨が記したが、守臣の死はその臨終記を綴る程に大社の人々に影響を与へたものであつたと見える。

「しのぶ草」は、七月二十八日、既に病床で「よわりのみゆかせ給」ふ状況から書き起こす。病状が重くなるにつれ国造家から見舞の使者が訪れ、閏七月に入ると病気平癒の祈願祭が行はれ、一千座の大祓などが修された。五日になるといよいよ病状重く、言ひ伝へる事があると召集がかかつた。

守臣は枕辺に集つた人々に対して次の如き遺言をしたのである。即ち出雲の大神は幽事をしろしめした以降の名を大物主命と言ひ、高産巣日神が治めた幽事の御譲りを受けて名の改つたもので、御職を譲つた高産巣日神は高木の神と御名が改つたのである。ついで「御子事代主命顕事の御補佐ましけるほどは事代主なり　御父大神幽事司どり玉ひて天にまゐ昇り給ひし時顕事の御補佐は児屋根命にゆづり給ひて、ともに天に昇り、又御父神のしらせる幽事の御補佐を永くとりもち給ひぬ　故御名も大倭物代主命とあらたまらせ給ひぬ　こゝをもて弥御父子ともに幽事棟梁の大神と心得べし　ゆめ此事わするべからず」と言つたといふ。ここには幽顕統治の守臣の考へが示されてゐる。よつてこの事は何に書かれてゐるのかと誰かが質問した所、

翁宣く、いづれ書にも見えさせ玉はぬこそ口をしけれこの神の御稜威の綾にかしこき御功をしれるもの守臣をおきて皇国の内にある事なし（中略）先にあらはせる神籬傳に（中略）大神の御功をときあらはししかば（中略）いよゝ大神の大御稜威を八咫鏡と共に明らかにして八坂瓊のごとく大地

にかゞやかせよ、其千萬の御功の傳は神代巻二冊と五十音一枚の外あるべからず、心得たるか……

と雄々しく尊く仰言つたと言ふのである。守臣の最期の言は自著『神籬傳』について敷衍して出雲大社の大神の稜威を説く事にあつた。

この守臣の幽顕統治論が後の千家尊福の思想に影響を与へた事は西岡氏の説く所であるが、尊福は平田篤胤の幽顕論を採用するに至つた。ただ守臣と篤胤はかなり早い時期に交流があり、相互の幽顕論についてもお互ひに相識る関係であつたのではないかと思はれる。それはこの『遺稿』に収める、守臣の「五十音の表」の自序と、篤胤の跋文から明らかである。（本文は散逸してない）

守臣は遺言にも自著「五十音」の事を言つてゐるが、これは現行の五十音は同じ文字があつて四十七音のため、新字を補つて、五十にしたと言ふ音韻論である。同様に篤胤にも「五十音義訣」（『古史本辞経』）があり音韻にも興味を示してゐて、この守臣の著書に跋文を記してゐたのである。その年紀が「天保十一年といふ年のみなつき」（篤胤全集所収『気吹舎文集』も同じ）である。時に篤胤六十五歳、守臣五十歳であつた。二人の出逢ひは『気吹舎日記』(2)を見ると、早くに天保四年に「中村文大夫来る」としばしば見え、この当時既に「言の葉のはやしにわけ人る道はた同じ趣にて此守臣ぬしのこの一ひらのふみはしも、此ぬしの登れる道のしをりになも有ける」と跋文を寄せる間柄であつた。篤胤の『古史本辞経』は嘉永三年（序文）以降の刊行の由だが、幽顕論たる『霊能眞柱』は夙に行なはれてゐたので、守臣の思想に影響を与へたものと思はれるのである。

守臣は篤胤の、大國主神即ち幽冥主宰神とは別に大物主神即ち幽界統治・皇統守護神とし、この教へは死に至つてもなほ「心得よ」と遺言するまでのものであつた。名古屋滞在中で養父の死に逢へなかつた守手は、「ひとりごと」と題する追慕の記に、守臣を称へて「考へもつかざりし誠の皇國の大道を神典のうへに見あきらめてつばらかに考へ得られしは父をおきてまた誰かはあらむ」と述べてゐる。本書は守臣の考へは幕末の出雲大社をはじめ、教へを受けた松江藩士まで広く受容せられてゐた事との証ともなるものである。

註

（1）西岡和彦『近世出雲大社の基礎的研究』参照。同書に翻刻した『神籬傳』には架蔵の一本も提供した。

（2）「国立歴史民俗博物館研究報告一二八」所収　天保四年一月十二日条　出雲における平田の門人は天保九年に佐草美清、文清の二人が入門することを最初とするので、この交流は早い方である。なほ守臣は大坂の村田春門の所にも出入りしてゐる。これはそれ以前の文政期で、例へば春門の日記の文政五年九月十一日条に見える。『渡辺刀水集』三巻「村田春門日記鈔」。

第四章　富永芳久と出板活動

一、富永芳久宛河内屋茂兵衛書簡の一考察

(一)

徳川時代後期から明治初年にかけて、出雲大社の神職で北島国造家に仕へた富永芳久宛の幾多の書簡が、子孫にあたる富永虎佳氏の所に伝へられてゐる。その数は八十通にも及ぶものである。その中に芳久が手がけた出板に関することを記した書簡があり、その当時の状況を把へる事ができる。本稿はそれらの書簡中、大坂の出板書肆河内屋茂兵衛が富永芳久に送つた十一通を、主に取りあげ、杵築の芳久が大坂の河内屋とどの様なやりとりをして、自著を刊行してゐたかの一端を述べてみたく思ふ。尤も芳久がこれらの書簡に対して、どの様な返事をしたかは、その書簡が残つてゐないので定かではなく、推定の域を越えないものであり、またこれらの書簡も、その内容から日付の順に安政三年の九月から同年の十二月と言つた短期間に交はされたものであり、断片的な記述である事も考慮すべきで

はあるが、それでも興味深い内容を含んでゐるので、ここに紹介旁々考察を加へてみることにする。

(二)

書簡の受取人である富永芳久は北島国造家の学師として、また徳川時代後期には出雲における著名な国学者として、千家国造家の中村守臣、同守手父子と相並ぶほどの学識があつたと言ふもののその伝は『國學者傳記集成』にも不載である。文化十年、富永通久の男として杵築に生まれ千家俊信に学び、のち本居内遠に入門した。[1] 楯津（多計知、多介知）とも称し、維新以後は楯津の名に統一してゐる。

芳久の学問的興味は、神職として当然の事ながら、神道、神社、神学、の方面、ついで和歌歌学、また語学音韻等にわたり、更に出雲風土記の訓詁解釈と言つた広範囲にわたる。それは富永家蔵の芳久の『楯之舎書籍目録』からも芳久の旧蔵書が、所謂国学の各方面に及んでゐた事が思はれ、その知的興味の所在が那辺にあつたかがうかがへるものである。[2]

北島全孝は芳久の紀州行にあたり「芳久が紀の國にゆく馬のはなむけすとて」と題して、

帰すべき折なわすれそ桜田にことばの花のともはあるとも

と餞別歌を贈つてゐる。また「富永芳久が博く書ども学びたるを」と題した歌もあり、北島家学師としてその学識が高く評価されてゐた事を示してゐる。

当時の若山は国学の中心的な存在として、本居大平の後をうけた内遠がをり（安政二年歿）、また本居家を取りまく紀洲藩士にも篤学の人物がゐて、若山に滞在して教へを乞ふ者が多かつた様であり、芳久もその一人であつた。千家国造家においても国造尊孫の男尊澄自らが内遠の門に加はり、古典に関する種々の疑問を書簡を以て応問したことは、その問答集『若の浦鶴』からもわかるものである。(3)

芳久は明治十三年九月に年六十七で帰幽したが、その著書として上木されたものは本書第二章に既述の歌書五点と『出雲國名所集』『出雲風土記假字書』『活語の近道』の八点であり、他の著述は未刊のまま今に至つてゐる。主に上木されたものが歌集である事から、芳久の出板の意志はまづ歌集の上梓にあつた事が言へよう。

一方書状を送つた河内屋茂兵衛は大坂の出板書肆である。同じ河内屋の屋号の書肆は京坂に多く存在したが、茂兵衛は岡田群玉堂と称し、享保から明治に至るまで、大坂心斎橋筋、順慶町角（のちに北久太郎北入町に移る）にあつた。幕末期には広く和歌や国学系の書物の出板をしてをり、芳久に宛てた書状同様に、萩原廣道へその著『源氏物語評釋』の刊行に伴ふ、河内屋の廣道宛の書簡二十五通が『大阪府立図書館紀要』二五（平成二年三月）に翻刻されてゐて、これも当時の出板事情をうかがふに足る内容となつてゐる。

㈢

芳久宛の河内屋からの書簡をその日付順に並べると、内容から順を追つて記載事項の錯乱もなく、ある年の九月より十二月にかけての一連のものである事が言へる。中に「辰」とその年の、干支を記したものがあるので、この書簡は安政三年辰年に書かれたものである事がわかる。これによればかなり短期間で、芳久からの返事を受け取つた事が読み取れる事や、出雲への出発や大坂に立ち寄つた際などには来て欲しい、などと言つた記述、また、京の板木師が云々、と言つた内容から、芳久は此の折りに大坂近辺の、京以外の町にゐた事となる。書簡に若山の宿である大和屋武兵衛、また西田（惟恒）の名も数箇所みえる所より察して、芳久は若山に滞在してゐたやうである。富永家は出雲大社の配札の檀場を紀州に持つてゐた関係などからこの地への往来があつたのであらう。またその折に大坂の河内屋と何かしらの交際をもつ由縁があつたと思はれる。また若山の出板書肆阪本屋大二郎との交流も、大二郎から芳久に宛てた一通の書簡が示してゐて、その事は本章二に触れた。この十一通の書簡から断片的ながらも芳久が関与した自著四点の、出板に関する状況がうかがへる。それは『丙辰出雲國三十六歌仙』『出雲國名所集』『出雲國名所歌集』二篇と『出雲風土記假字書』であり、それに付随して板下書き（筆工）や板木師（彫工）との交渉がうかがへ、当時の出板文化がどの様なものであり、注文する側と請け負ふ側、またその職人達の動きなどが知られるのである。芳久が京坂といつた地を遠く離れた雲州杵築の人でありながらも、この様に河内屋とのやり取りをした事が、この様に書物を刊行して残す形となつたのである。この事は芳久に限らず地方の文人で三都の書肆に出板を請け負はせて本を出板した人々に共通して言へる事なのであらう。

いま、日付順に書簡を見てゆくと、四種の自著の書物をはじめ他の事に話が及ぶので本稿は『丙辰出雲國三十六歌仙』、『出雲國名所集』、『出雲國名所歌集』二篇、『出雲風土記假字書』、及びその他の記事の順に見てゆく事とする。

(四)

『出雲國三十六歌仙』（丙辰出雲國三十六歌仙とも言ふ）は芳久の編輯にかかる。紀州若山の西田惟恒序文一丁、芳久序文一丁、本文九丁半、中山琴主跋文半丁、芳久の著書等の案内半丁全てで十二丁半の小冊である。その編輯過程については序文、跋文に記されてゐる。(4) その記述によると安政三年正月には既に、原本は完成してゐたことがわかる。また芳久と西田惟恒との交流があつた事も、惟恒の序文からわかる。河内屋からの書簡中、「西田」とあるのは惟恒を指す事は明らかである。芳久はこの様に出雲地方の著名歌人の歌をこの様な「はかなき」小冊にまとめて「年毎にかゝるすさびに」「春毎にかゝること葉の花さき匂は」せようと言ふのであつた。毎年刊行するとの意志は、その後翌安政四年の『丁巳出雲國五十歌撰』、安政五年の『戊午出雲國五十歌撰』となつた。

この『出雲國三十六歌仙』の記事が載るのは九月二十七日付書状からである。

一丙辰三十六かハ京都方へ校合直しニ遣し御座候間直し出来参候ハヽ、摺本奉入御覧候。

短い一文だが正月に原稿が成つてゐた本書は九月末に校正直しに出してゐた途中であつた。ついで十月十五日に校正(二校か)直しが上つたとみえ、

一丙辰歌仙校合直し、此間出来、校合本並直り摺本差上申候間定而御入手御覧と奉存候、

とある。初校と二校を筆者に届ける事、今日と同じである。

芳久はすぐさま受領した旨を回答した様で、同月二十四日付書簡には「丙辰校合出来、摺本奉差上候所御入手之趣安心仕候」と見える。その二日後には「一三十六歌仙板下料彫刻料金壱両にて出来申候」と告げてゐる。その後なにごともなかつたとみえて、十一月中頃に完成した様である。(5)十一月十六日付書簡には「一丙辰三十六歌仙今日出来ニ付奉差上候」とあり、以下、

覚

一四拾五匁　九分つヽ　丙辰三十六歌仙五拾部内廿部ハ今日尊君様紙包にて差出し申上候、御落掌被遊可被下候、残り三十部雲州大社宮内坪内平大夫様へ御来状ヲ入レ、紙包賃先払にて今日出雲屋へ出し候、

右之通ニ御座候間、此代銀七十一匁三分七リと御一所ニ大急ニ御差越可被下候事願上候、実ハ仕

立物ハ私方も夫々現銀払、殊更元直段同様にて差上候間、銀子御延引にてハ以後仕立物之御世話ハ御断奉申上候。

これによると『出雲國三十六歌仙』は五十部刷り立てられた。費用は一冊九分で計四十五匁であつた。うち二十部は若山の芳久の元に、残りの三十部は出雲杵築の出雲大社の社家の坪内昌成の所に届けられた。昌成は千家尊澄に仕へてゐたと見え、昌成を通して千家国造家はじめ大社の人々に配られたとみえる。河内屋はその紙包代も併せて請求してゐる。またここに言ふ仕立物とは個人的な配り本を言ふのであらうか。「殊更元直段同様にて奉差上候間」など、儲けを気にしてゐない奉仕的な態度である。それゆゑ代金を早く支払つてもらはないと今後の仕事は世話しないなどとまで言つてゐる。

この様に完成した歌集ではあつたが、六丁に誤りがあつた様で、これは「来春板木師下向之時」に、後述する『出雲國名所集』の「湊」の字の訂正と共に行ふので、「年内ハ出来不申候」と告げてゐる。だが更にまだ大きな間違ひがあつたとみえて、十二月三日付書簡は次の様な詫び状となつてゐる。

一丙辰三十六歌外題之不調法並ニ私方ニ而別段彫立本ヲ拵へ廿部若山御手元へ出し、三十部雲州へ出し、並ニ直段も九分は間違ひニ候、四分五リかへニ御座候趣、是迄両度迄大和武衛へ向別段状其外紙包之中へ書状ヲ入レ委細奉申上候、定而一々着仕り御承知被下候ハんと奉存候、

一京都板木師　下地之丙辰三十六歌仙外題板出候趣ニ而昨日板木下り申候間、最早外題ハ下地之ヲ用可申候彼是不調法ヲ奉申上候段御高免被遊可被下候奉願上候、

○此度私方ニ而別段彫刻之外題板ハ出雲之二字すくなく仙ヲ選と仕候不調法御高免被遊可被下候、加様之麁息ヲセマイと思ひ早速外題形ヲ御頼申上候所一向御沙汰ヲ不被下ゆへ私方にてハと哉角と案じ過し板下ヲ書せ彫刻仕候訳ニ御座候、

一今日外題形御越し被下難有奉存候へ共もはや下地之外題板出申候ゆへ是ハ不用ニ御座候間御返済奉申上候御落掌被遊可被下候、御手元之壱冊表掛なし本ヲ御幸便ノ時に私方へ御越し被下候へバ如元仕立直しヲ仕御返済可仕候、

これによると芳久は本書の書名を『丙辰出雲三十六歌仙』としたかつた様である。ここに見える大和武衛は大和屋武兵衛で若山米屋町あつた芳久の定宿であり、外題についての詳細は既に二度に亘つて連絡済みだと言ふのである。それなのに芳久からは回答がないのは若山にゐなかつたからであらうか、ともかく板下を作つて彫刻したとの事で、その折に「歌仙」の「仙」を「選」と誤り、また出雲の二字を落とし「丙辰三十六歌選」としたと言ふのである。本書の内題には「出雲國三十六歌仙」とあり、その事を伝へてゐる。また値段も「九分」は間違ひで、一冊「四分五り」であつた。十二月十四日の「算用書」には「丙辰三十六歌仙五拾部」の値が「廿二匁五分」と明記されてゐる。

斯様に初板に五十部刷り立てられた『丙辰三十六歌仙』であつたが、その後も刷り立てられたのであらうか。外題に仙と訂正されたものを私は目にしてゐない。以下二種類続く五十歌撰もそれほど多く刷り立てられなかつた事と思はれる。本書簡から「丙辰出雲國三十六歌仙」の一冊の値段や彫刻板

下料などがうかがへる。

(五)

『出雲國名所歌集』と『出雲國名所集』は似通つた名称であり、『國書総目録』なども混同して表記してゐる。前者は歌集であり、二篇まで刊行された。後者は歌枕名所集である。編者が共に芳久である事が更なる錯乱の原因となつたやうでもある。この河内屋書簡から、『名所歌集』二篇と『名所集』は、共に安政三年十一月に出板された事がわかる。この月には先にも述べた『丙辰三十六歌仙』も世に出た。ただ『出雲國名所歌集』二編は嘉永六年五月の芳久の序文があり、『出雲國名所集』には嘉永五年三月の北島脩孝の序文があるので、二著ともにその頃には既に稿成つてゐた事がわかる。刊行までに三、四年かかつてゐる事が言へるのである。

さて二著の刊行の経緯を知るため、その序文等を註に記しておく。二著とも刊行部数が少ないためである。(6) これによると本書は初編同様に出雲の神代のむかしを偲ぶ歌を集めて、初学びの人たちのたつきのためにまとめたと言ふのであつた。一方『出雲國名所集』は北島脩孝と芳久の序文がある。(7)『出雲國名所集』は出雲國風土記にならつて、歌詠むための出雲の歌枕の名所を挙げたものであつた。

さて、『名所集』については九月二十五日付書簡に初めて見える。

一名所集校合直し出来申候ニ付、則

覚

一名所集本壱冊校本直し済摺本拾三枚、摺手間銭代若山へ出し賃取かへ、外ニ壱両受取書、

〆

右之通今便ニ差上申候間、着之砌御改御入手被遊下被下候、

『名所集』は九月二十五日に、その校正刷を芳久の元に送つてゐる。丁度『丙辰三十六歌仙』を校正に出す頃であり、並行して作業は進んでゐた事がわかる。「摺本拾三枚」は『名所集』の丁数十三丁と合致するものである。

ついで十月十五日付書簡には、

一名所集同歌集

右両品製本被成度趣被仰付奉畏候、何時ニ而も御用本御申附可被下候、早速製本可仕候、且又右板木ニ疵ハ出来居不申候間、此段御安心被下候、

一右若山西田様より御新板品御入用御注文有之候節、製本いたし奉差上候而宜敷趣被仰附承知仕候

芳久は『名所集』『名所歌集』ニ編は既に板木が完成して、河内屋の元にあつたとみえて、ともに製本の依頼をしてゐる。校正ののち別の本屋に製本を依頼する事もあつたのであらうか。また校正の

折に板木がよく刷れてゐない箇所でもあつたのであらうか、芳久はその事を板木に傷があるのではと問うた様で「板木ニ疵ハ出来居不申候」と答へてゐる。更に西田惟恒から注文があつた時は製本するやう頼んだやうで「承知」してゐる。惟恒は本書の刊行に蔭ながら何かしらの援助をしたのであらう。

ところがどうしたことか『名所集』には「湊」の字が誤つてゐた様であり、その訂正が必要となつたのだが、板木師の都合がつかなかつた様である(これは後述)。大坂の書肆河内屋は板木の作成を京の板木師に発注してゐた様である。五日後の十月二十日付書簡は言ふ。

一京都板木師下坂之幸便無御座候ニ付名所集等之直し出来不申候、未下地之侭ニ御座候、態々板木師呼寄候へバ京上下之船ちん並ニ雑費ヲ私方ゟ弁へねバ相成不申候、元来どなた様之御著述ニ而も板木師ニ板木之有ル間ニ落なく直しヲ仕り、其後板木ヲ取寄ル事ニ御座候左もなくバ板木師下坂之幸便ヲ待か、上下之船賃其外雑費ヲ出して態々板木師呼寄ルかニ御座候、依而当年内中に下坂幸便アレバヨイガと奉存候、

少々の校正の誤りでも、板木が板木師の手元にあれば何なりとも訂正は可能だが、『名所集』については既に校正済であつたと見えて河内屋の手元にあつたやうだ。それゆゑわざわざ板木師を、京より呼び寄せると、淀川の上り下りの船代も河内屋が負担しなくてはならない。他の用件で下坂の板木師があればと書き送つてゐる。出板に当つての興味深い一件である。

その二日後の十月二十六日書簡には、

一校合直し京都板木師之幸便無之御座候間大坂にて板木師ヲ壱日やとひ為直可申候、左もなければ十一月七日迄に本出来不申候、

とあつて、京からの板木師の下坂の見込がないので、大坂で一日板木師を雇つて直させると言ふのである。次に述べる『名所歌集』二篇（以下二編は省略）、の訂正と共に板木師が必要となつたのかもしれない。また十一月七日を刊行予定日としてゐたのであらうか、この日まで間に合はせようと努めてゐることがわかる。また同日付書簡ではまた『名所歌集』についても書き及んでゐる。

一醍醐様御序文御仰之趣意ヲ板木師へ誂へ申候、近々出来次第摺本可奉入御覧候、
一カタ書ノ御尊名、
一ケイ板下、
右二品奉差上候間御覧之上早々御越し可被下候、板木師へ刻誂度奉存候、御延引ニ而ハ十一月七日迄ニ出来不申候、
（中略）
一三分　醍醐ノ十一字板代　外ニケイ引手間、

『名所歌集』には公卿醍醐忠順の序歌がある事は前に記した。そこに本来なかつた忠順の官職名を四角罫線で囲つて「醍醐三位中将藤原忠順卿」と書き加へた様で、これはその返事である。すぐ見て返していただかねば十一月七日に間に合はないとまた述べてゐる。忠順の官職名の追加には手間賃が

「三分」かかると請求してゐるのも興味深い。
　これに対して芳久は返事を書いたと見え、その回答を十一月十一日付で芳久の元に送つてゐる。それには、

一醍醐様御序うたつづけ順の字直し
右直させ申候間すぐに摺らせ申候

とある。芳久の注文は醍醐忠順の歌の書体の続き方と、名前の順の字の彫り直しにあつた様で、すぐに直させると言つてゐる。書簡は更に続けて『名所歌集』と『名所集』とに及んでゐる。

一和歌二篇傳次　醍醐様
　　　　　　　　豊穎
　　　　　　　　富永
右之通承知仕候、仰之通之義させ可申候、
一名所集七十冊
一和歌二篇七十冊
右本明後十三日迄ニ出来申候間其内十三冊宛若山大和武衛向ケ尊君様へ奉差上候間此紙包若山へ着仕候迄若山ニ御滞留被遊可被下候奉願上候、御出立之跡へ紙包着仕候而者無詮事ニ奉存候間此段認而奉申上置候、

一右両品私方へ残り五十七冊づゝニ御座候、是にて御國へ御持かへり之部数ハ宜敷御座候哉、御出坂之上にて急に本入用と被仰下候而ハ迚も間ニ合不申候間若まだ本御入用ナレバ御状ニ而御仰越し置可被下候、

『名所集』『名所歌集』ともに七十冊、十一月十三日に完成すると告げてゐる。十一月七日に間に合はなかつたもののやうであり、また『名所歌集』については醍醐忠順の序歌をすぐ直すと言つてゐるので、作業は並行して行なはれてゐた様である。序歌と序文を寄せた醍醐忠順と本居豊穎及び芳久の「傳次」とはその順をさすのであらう。

この両者の初板は七十冊であつた。先の『丙辰三十六歌仙』が五十冊であり、何れも小数部の刷り立てであつた事がわかる。そのうち十三冊を若山の定宿大和屋在の芳久が受け取つてゐるが、必要なら連絡あれば工面すると言つてゐるものの二刷以降がなされたかは定かではない。また出板には費用がかかるのは当然で芳久も金の工面に苦労した様であるが、板元も支払ひには気を揉めた様である。二著刊行後の十一月十六日付書簡には支払ひの面で苦言を呈してゐることが見える。芳久には耳が痛い事であつたであらう。書簡は言ふ。

一名所集歌集トモ仕立被仰下候ハ、部数通り之代金御添御注文可被下候、金子御添へ不被下時ハ仕立いつ迄も延引仕候、別而冬ハ表紙や板摺共至而いそがしく中々聊宛ノ品容易に急に出来不申候、此段不悪御承引被遊可被下候、

注文の折には仕立代金を添へてほしいと言ふのである。

またこの日付書簡で『名所集』の中の「湊」の字を訂正する旨の記述のある事は、既に『三十六歌仙』の折にふれた。七十冊できた初板の『名所集』の「湊」の字は「湊」と誤つてゐたのである。

一湊ノ字大一字小字七字名所集ニ有右ハ京板木師へ直しニ登し申候、当五日ニハ板木私方へ下り申候間何時ニ而も右本御注文被仰付候、

十二月三日付書簡は、「湊」の文字の訂正板木が京から戻つて来る事を告げ、何部でも注文してほしいと記してゐる。刈谷中央図書館村上文庫の『名所集』の湊の字は大字一字小字七字とも誤字のままなので、これは初刷七十冊のものの一冊と思はれる。『名所集』は二刷以降刷り立てられたとも考へられる(8)。

以上、『名所集』及び『名所歌集』の刊行に伴ふ芳久と河内屋のやりとりが伺へる。板木を直しに京へ行つたり、大坂で彫り師を頼んだり、細かな点で様々な興味深い実態がうかがはれるものである。そしてこの二著の刊年が安政三年十一月であつた事はこゝより明確にわかるのである。従来この両著とも序文の年紀を刊年として扱はれてゐたのだが、これは訂正されねばなるまい(9)。

㈥

先述の三著が芳久の関はつた歌集で、その何れもが小形の書物であつたのに対し、次に述べる『出雲風土記假字書』は百丁を超える芳久の力作で、これは大本として上梓された。当然の事ながら十一通の書簡においても本書の刊行についての言及の占める割合が多くなるのもやむを得ぬものであつた。本書状から見ると『出雲風土記假字書』の出板に向けての話は九月二十七日付書簡から始り、年内は初校の校合の形で終つてゐる。而も半分の五十三丁分である。この点から考へると本書が世に上梓されたのは翌安政四年以降であつたらう。架蔵本の奥付には刊年は明記されてゐないが、河内屋が板元である事は明確である。

本書は表紙見返し半丁に紀州の小林敬義による内容説明の口上が記されてゐる。その年紀には「安政三年八月」とある。ついで公卿四條隆生の序文（同年月）が一丁、本居豊穎序文二丁（安政三とせといふ年の八月ばかり江戸の御館にこのごろあらたにつくりたてられたる古学館にてしるす）、芳久自序「出雲風土記假字書のゆゑよし」（安政三年八月二十八日）二丁半、本文百二丁、その後に堀尾生津麻呂跋文（安政三年八月）二丁、奥付半丁といふ構成になつてゐる。

芳久が本書を書いた経緯はその自序に述べられてゐる。則ち、国引坐八束水臣津奴命や　蛤貝比売の事は、記紀には記されず、『出雲國風土記』にのみ記載されたもので、それゆゑに「神代のありさまのこまやかにしらるゝ」ものであると評価するのであつた。ついで文政の頃に梅舎千家俊信について、この記について教へを受け、岸崎時照の抄や内山眞龍の解なども見たものの、写す事もできずにすぎてしまつた。天保の末頃に後藤垣内本居内遠のもと、若山に出て師事し、伴信友の異本を校勘した本などを見て、この解を作る事を志したといふ。自分は出雲に生まれ大神の神恩をいただいてゐる身ゆゑ「この記あきらめてしか」と思ひ立つたと言ふ。よつて出雲へ帰国後本書を仮名書きにして広く、若い人々にも読める様にと、『假名日本紀』や『神代正語』に倣つて書いたものと言ふ。要するに『出雲國風土記』を平易に読める様にしたもので、そこには歴代大社に仕へてきた神職としての自覚が働いてゐる。ついでその事を凡例に言ふ。

此記書ヶるやう、寛政といひし頃、梅舎大人の桜木にゑりて、世にほどこらし給ひし訂正本の訓を旨として、古事記傳、内山ノ眞龍の解、伴信友の校合本、平田篤胤の古史成文、岡部東平の説、其外見聞ヶる先達の考へをも合せ、猶読得がたきことどもは藤垣内ノ大人にとひあきらめ、己がさかしらをも加へて、草仮字にうつし、傍に本書の文字、また正字をも附ケてかくはなしつ、猶委しくハ参解にいふべし。

本書の成立は大方右に記した如くで、豊穎の序、堀尾生津麻呂の跋文も同様な事を述べてゐる。此処に言ふ『参解』は芳久の著であるが散佚して内容は不明である。芳久が『出雲國風土記』の訓解をはじめ、その注釈に心を寄せてゐた事はその著書に、この風土記に関するものや、また蔵書の中にもこれに関する書物の多い事からもうかがへるものである。豊穎は内遠の長子であり、安政二年に逝いた内遠の後を嗣いだが為に、ここに序文を寄せたのであらう。跋文を書いた堀尾生津麻呂は、芳久と親交のあつた西田惟恒の同族である。惟恒は紀州の西田家を継ぐ以前は、京にゐて堀尾氏を称してゐた。『國學者傳記集成』に載せる内遠の門人録中「年不詳弘化四年迄」の入門者中に、京堀尾信恒以下の堀尾一統の所に生津麻呂の名は見出せる。(10)

(七)

『出雲風土記假字書』に関する記事が最初にあらはれるのは九月二十七日付書簡である。

（前略）
サテ被仰付置候出雲風土記彫刻料並板下筆料直段積書御尋ニ付、早速板木師並筆工江も御草稿ヲ以夫々引合則直段書参申候ニ付、今便奉差上候間御入手可被下候、尤各々無如才引合決有候直段付ニ御座候間左様御承知被下候、
　御預り之出雲風土記草稿
一右品二冊今便御返し申上候間慥御入手被下候、
一右品弥々御彫刻相成可申候節、何卒御用被仰付度奉願上候、（以下略）

これによるとこの年の八月二十八日付で序文を記した芳久は、早速その草稿を河内屋に送つて、彫刻筆工等、出板に向けての見積りを依頼した事がわかり、その返事が一箇月後に届いてゐるので、草

稿完成以来かなり急いだ様である。その他別の事を述べたあと、文末に「二匁出雲国仕立代」と見えるので、彫刻筆工等の代金が二匁であつた事がわかる。また草稿は二冊の形であり、河内屋はこの出板には乗り気であつた様で彫刻の際は何卒用命してほしいと願ひ出てゐる。ついで十月十五日付書簡は次の様に記してゐる。

（前略）

出雲風土記筆料彫刻料直段書奉差上候所御入手御承知相成候段、来正月書品被上　板下彫刻ニ取掛り、いつ比迄ニ出来候哉御尋被下候所、先ツ弥々御彫刻ニ決定仕候ハヽ、草稿御遣しニて筆工へ渡シ、せつミへ書揃させ、其の上板木師へ渡シて彫刻出来揃月日限應對可仕候事故只今ニ而ハいつ比迄ニ山来申候事不相分申上難候、

一右品百丁辻ニいたし、神代正語躰ニいたし、三冊の義掛入用御尋相成候得共、夫等ハ彫刻等さつはり出来之上ニて直段積りいたし可申上候、

芳久は彫刻、筆工料を見て、その上で来年正月から作業を始めたらいつ出来るかと、その完成日限を尋ねた様だが、草稿を筆工に書かせた上で板木師が彫るのでわからないと答へてゐる。また芳久は宣長の『神代正語』に倣つて三冊仕立てにしたいと言ひ、その値段を聞いてゐるが、これもわからず、出来上つた上で見積りをすると回答してゐる。出板の途中でたびたびの見積り依頼があつた事がわかる。その一方で、本書の芳久の序文にも、また豊穎の序文にも『神代正語』に言及してゐる通り、芳

久は本書を宣長の『神代正語』と関係して意識してゐた事がわかる。本書簡は更に言ふ、

一風土記彫刻被遊候義他言不仕候趣被仰付承知仕候決而御他言ハ不仕候間其義御安心思召被下候、

卦

一系板之義ハ出雲風土記ニハやはり別段彫刻被成下而奉願候、

芳久の『出雲風土記假字書』は、この時点で河内屋を板元にする事に決めた様である。その事は他言しないので安心せられたいと言つてゐる。次の卦板はこの後もたびたび書簡に記されてゐるが、板面の周囲の匡郭か書物の一丁の行数の事のやうだ。草稿にはこの匡郭の指示がなかつたのでそれを必要だと言つてゐると解釈したがいかがであらうか。

ついで十月二十七日付書簡はいよいよその作業が始つた事を告げてゐる。この書簡は『出雲風土記假字書』の事のみ記されてゐる。

（前略）

然ば出雲風土記御上木相成申候ニ付、上巻壱冊草稿御送り被下慥受取申候、右板下書せ可申段奉畏候、早速筆工方へ相渡し可申候、尤四方ケイハ御草稿之ケイニ可仕候事か猶又風土記之ケイ別段彫刻仕候而遣り可申哉御尋申上候、

一御手本ノ壱冊之小口ニ御口上之趣承知仕候、当筆工成丈念入書せ可申候、

一筆料之所々、金壱両也御送り御遣し被下慥入手受取申候間御安心被下候、

一右書出来揃之義御尋被下候得共、板下出来揃申候而校合も相済而板木師へ渡候節彫上り日限引合可仕候只今ハいつかも相分不申候、然し正月中抔の被仰付候得共迚も左様ニハ出来間敷く奉存候、

一板下出来而板木師方へ板下相渡し可申節ニハ彫刻代金不揃分御渡し置可被下候、職人之事故金子ヲ早く相渡不申候而ハ彫刻延引仕候間此段以前奉申上置候、先者右如此御座候、以上、

書簡は『出雲風土記假字書』の上巻の草稿を受取つたと言ふ事から始り、四方のケイを、草稿通りにするのか、『風土記』のケイにするのか、どちらにするかを尋ねてゐる。草稿がどの様なものであつたかがはつきりしないと、この記事はよくわからないものである。

また小口に口上を記すので筆工に入念に書かせると記してあるのは、表紙裏(見返し)にある小林敬義の口上の事を指す事と思はれる。また、河内屋は筆料の一両を受け取つてゐる。一方で板下がいつ出来るかの問ひには、いつになるかは不明であり、正月中にはとても出来ないと言つてゐる。さらに板下が出来て板木師に渡す時には代金を支払つてほしいとも述べてゐる。職人の事だから代金を早く渡さないと仕事が延引になると心配してゐるのである。支払ひについては別の所にも記されてゐたが、重なつた時期にいくつもの出板にふみ切つた芳久の苦心と、板元の心配もうかがへるものである。

『出雲風土記假字書』の芳久の草稿は細かな字で見苦しいものであつた様で、筆工が板下を作るのに苦労した様である。芳久は金一両を送つたとみえ、十一月十六日付書簡は次の様に言ふ。

一出雲風土記仮名筆料へ金壱両御越し被下忝慥受取申候、早速筆工へ誂へ仕候所、元来いつも御草稿筋立不申ごて〳〵いたし有之候ゆへ筆工考へて書ねバならず、夫に手間ガトレテ甚迷惑之よし小言ヲ申居候、併引請認ルに相成申候ゆへ早速御草稿之ケイ板ヲ取出し付、みのへケイヲ為摺筆工へ渡し申候、然ルに今日別にケイ板ヲ為彫候よふ被仰下候へ共、右記合ゆへ間ニ合不申候間もはやケイ板ハ為彫不申候、此段御断奉申上候、

一筆工へ昨日私直々催促ニ参候所よふやく六丁出来御座候、夫ゆへ誠ニ〳〵きびしく掛合仕候所、来り有ル御草稿五十四丁有内六丁出来、跡四十八丁ハ十二月五日六日迄ニ無相違書終候、此頃ハ外方も急ギ物受取有候へハ、短日殊更御草稿ごて〳〵いたし有て中々性急に出来不申旨申居候、勿論外筆工者筆料グツト高直猶亦冬ハドノ筆工もいそがしく私方之思ふ様ニも参り不申候、

草稿の芳久の乱筆を筆工が考へながら書くので手間取つて迷惑してゐる。そのため美濃紙へケイ板を摺らせて筆工へ渡したと言ふが、これは何を意味するのであらうか。五十四丁あるうちの六丁までしか出来てゐず、残りは十二月五、六日頃までかゝるとの事である。外の仕事もあつて忙しいとのことだが、他の筆工に依頼するともつと金がかかると言ふのである。四十八丁を二十日程でしあげるとの事から『出雲風土記假字書』に関はつた筆工は一日三丁程を書いてゐた事となる。ケイ板については次の十二月三日付書簡にも見える。

一同ケイヲウス用五十枚被仰下承知仕候則左ニ奉差上候、

覚

一弐匁弐分ウス用ケイ拾　手間トモ

〆〆五十枚

右今日奉差上候御落掌被遊可被下候、但しケイ板ノ下地ノ先ノ鼻ゲイヲケヅラセ候よふ被仰下候得共、是ハ入用ノケイ板にてケヅル事出来不申候、勿論此出雲風土記ニ付ケイ板彫刻料ハ尊君様へ不奉申上候、他家之ケイ板ヲ借用して御間ニ合せ候訳柄ニ御座候、

ケイ板とは何をさして言ふのか不明だが、他家のものを借用するので芳久にはケイ板の彫刻料は請求しない。それゆゑ「鼻ゲイ」も削れないと答へてゐる。

斯様な応酬のあつた『出雲風土記假字書』であつたが、何とか板下も出来上り、芳久は校合をして返却した様で、それが訂正されて芳久の手元に戻つて来たのは十二月中頃であつた。十四日付書簡は言ふ。

（前略）風土記五十三丁御校合被成下慥受取申候、直し相済候ニ付今日左ニ奉差上候

覚

一風土記板下五十三丁

外ニ御草稿壱冊

右今日奉差上候、御改御落掌被遊被下候奉願上候、（中略）

一筆工もはや少々手透ニ相成候ゆへ早々認候間跡御草稿急々御越し可被下候、則筆者　其段中参候、御草稿とかくごて〳〵いたし有之候故、手本にハ甚困り入候よし何卒成丈御丁嚀ニ御草稿ヲ御拵へ可被下候、跡から増筆ハきつふイヤガリ先第一ハ筆料ヲ直上ゲヲシテモラワネバならぬと中候、依是随分御丁嚀ニ御草稿ヲ御拵へ可被下候奉願上候、

一跡御草稿ヲ御越しの時亦々金子御手當御越し可被下候奉願上候、（以下略）

五十三丁分の筆工直しに目を通して、さぞ芳久は感慨深かつた事と思はれるが、五十三丁は半分の量であつた。こゝでも草稿が「ごて〳〵」してゐて見苦しいと苦情を述べ、後からの書き足しは筆料を値上げする原因ともなるので止めてほしいと記してゐる。筆工職人は書物の表面にこれと言つた名前もあらはれないものの、板元や筆者とのやりとりの上で種々の苦労が強いられた事がわかる。このあと「六十三匁六分出雲風土記五十三丁筆料」と算用書に見える。

芳久宛の河内屋書簡はこの日付を以て終る。当然このあとのやりとりもあつた事であらうが、その詳細はわからない。このあと板木師へ回つて摺り立てられるに至るが、安政四年中の刊行となつたのであらうか。この書簡からではその一端しかうかがへないのは残念だが、この時期に芳久は随分と出板に精力を用ゐてゐた事がわかるものである。『出雲風土記假字書』はこのあと、河内屋茂兵衛を板元にして京の河内屋藤四郎、江戸の須原屋茂兵衛以下江戸八店と相板として刊行されたのである。

(八)

以上芳久書簡より芳久が関つた『出雲國三十六歌仙』『出雲國名所歌集』一篇、『出雲國名所集』『出雲風土記假字書』の出板状況の一端を記してみた。この他にも書簡には様々な情報を記してゐるので、そのいくつかを記してみる。

一活語うい学御彫刻被為遊相成可申ニ付、彫工直段並筆工直段御尋被下、早速夫々引合別紙ニ直段書奉差上候間御入手可被下候、何卒御用御申越可被下候、

右品御草稿假渡し申上候間後入手可被下候、

十月二十四日付書簡は、芳久の『活語うひ学び』の件での返事を記してゐる。この時点で芳久の文法に関するこの著書草稿は出来上つてゐて、その出板を考へてゐた様である。これは明治十年に刊行された『活語の近道』と関係するものであらうか。筆工、彫工の値段を聞いた様だが、遂にこれは上梓されるに至らなかつたと見える。また芳久は河内屋を通して書物の注文をしてゐて、河内屋は大坂にないものは江戸にまで連絡して取り寄せてゐる。それは『國史纂論』や『小学』『和名抄』『類聚名義抄』などである。

『國史纂論』は山縣禎の著で天保十年刊(弘化版もあり)であつた。

一國史纂論

右之品段々省略仕候得共、此比ハ頓と本無御座候間宜敷く御断奉申上候、其内江戸表　本参候ハ、
御知せ可申上候、然し急キ御入用ならハ御地ニて御省略御求被遊候、（十月十五日付）
一國史三《ママ》論、此頃本無御座候間本出来参次第後便奉差上候、（以下略、十月二十四日付）

この当時『國史纂論』は大坂では出回つてゐなかつた様である。またこれを省略した本があつた様で、これなら入手できた様である。『國書総目録』によると十巻五冊本と三冊本がある。

古学二千文、平田門生述
右吟味致候へ共無御座候間直段わかり不申候、此段御断奉申上候、（十月二十日付）

『古学二千文』は平田篤胤門下の生田萬の著である。萬は館林藩士でのちに幕政を批判して、天保八年の大塩平八郎の乱について柏崎で挙兵し討ち死にした。『古学二千文』はこの当時「無御座候」の様であつた。気吹舎の蔵版として嘉永二年の序跋を付し世に流布したのはこの頃の事であつたのであらうか。芳久が平田派の本書を求めてゐた事は興味深いものである。

嘉永のペルリ来航後、世の中は種々騒がしい状況にあつたものの河内屋は世間の出来事には触れず、只管商用の事のみを書簡に記してゐる。商人としてのある種の誠実さによるものであらうか。私などはやゝ物足りなくも思はれる。

(九)

以上は河内屋茂兵衛から富永芳久の許に送られた書状の考察であつたが、次の一通も興味深い内容を含んでゐるのでこゝに記しておく。これも富永家文書中の一通で、出雲大社の坪内昌成が芳久の所へ宛てたものの様である。坪内昌成については先述したが、当時国造の男であつた千家尊澄への取次は昌成が行なつてゐた様であつて、尊澄の意志も文中に斟酌できるものと思はれるので次にあげる。

先刻申上候義失念致申候、別紙百人一首序之歌義、京師中山氏へ早々御懸合御取斗可被成下候様、謝義之義者出雲百人一首板下筆耕之義引受御世話申上候間何分此義宜敷御願申上候、尤いづれの堂上方にても宜敷候間御取斗可被下候、

當地百人一首者秋太にて致申候積りニ存候、出雲名処集二編十行者一行之中、山川のみにて二三字ノ処御座候、余程行中ニすき間相見え申候、此百人一首十行中すき一行もなし、通称小名付相除申候へ者、今一應秋太へ懸合被申候相成候へ者、當地本同様製本致度存候河茂へ此度之様子略写一枚御遣し百首十行大略御聞合早々御返事可被下候、同直段位候へ者、秋太へ申遣候間早々河茂江御取合御返事之儀可然候、縁ケイなしにても宜敷候様存候、猶御勘考可然存候、ケイだけにても刻料下直ニ相成申候訳也、

本書状は「出雲百人一首」の計画があつた事を示してゐる。尊澄の撰による『出雲現存五十歌撰花

のしづ枝』は、安政四年に刊行されたが、この奥付に『出雲國百歌仙』の嗣刻の広告が出てゐる。この『出雲國百歌仙』がこゝに言ふ「出雲百人一首」なのではないだらうか。『花のしづ枝』は名古屋の迎歡堂菱屋九八郎方より出板してゐる。(11)

問題なのは本書状の作成年代である。この書状には日付も宛先も記されてゐないが、富永家に蔵されてゐる事と、河内屋茂兵衛方に見積りを出す様に求めてゐる所から、述べて来た通り河内屋に自著を刊行させてゐる縁のある芳久を見込んでの依頼であつたらうと思はれる。また昌成が自ら百人一首を撰定したとは考へられず、昌成が仕へた千家尊澄が、その『花のしづ枝』の後の百歌仙を撰定したのであらう。すると本書状は『花のしづ枝』刊行後間もない頃であらうと思はれる。序歌を京の「中山氏」に依頼したとの事であるが、これはのちに「いつれの堂上方にても宜敷候」とある事より、公家の中山家を指す事と思はれる。安政四年当時中山家の当主は大納言忠能であつた。千家尊澄の妻婦美子(冨美子とも)は広橋光成の五女で、この頃には室を京の公家より迎へてゐたので、それなりの関係やつながりをもてたのであらう。

さて昌成は本書の出板元を「秋太」にしたいと述べてゐる。この「秋太」は大坂の秋田屋太右衛門をさす。秋田屋は田中氏、宋栄堂と号し、文化二年創業以来幕末明治にかけて大坂心斎橋筋安堂寺町に出板書肆を営んでゐた。秋田屋は二百点余の蔵板をもつ大店であつたが、更に二代目太右衛門(慶応元年歿五十三歳)は秋麿とも言ひ、鈴木高鞆の『類題玉石集』に歌が採られてゐる。その点からもわかる通り、書肆として多くの文人と交はり、国学系の人物としては近藤芳樹、中島廣足、物集高世、萩原廣道などがゐる。中でも頼山陽との交流が、この店を『日本外史』の板元にする事となり、同書の名とともに秋田屋の名は幕末には有名だつたのである。(12) ただもし「河茂」こと河内屋茂兵衛が秋田屋より安く請け負ふなら、それに任せると述べてゐる。

結局この本は上梓にも及ばなかつたゆゑ、どちらの書店に落ちついたかは判らないものの、第二章に述べた通り、千家方の著作書が名古屋書肆をその板元としてゐたものが、こゝでは大坂の書肆を撰んでゐる事となる。「出雲百人一首」はどの様な形のものを予定してゐたのであらうか。従前の五十歌撰等に倣つたならば、それは小本であつた事となる。『出雲國名所歌集』二篇との対比がその事をよく表はしてゐる。一枚十行で作者名に「通称小名」を除けばすつきりすると述べてゐるし、周囲の縁罫はなくともよいとも言つてゐる。それがない方が値段が下るなどとの出板事情もうかがへて興味深いものである。なほ百人一首の出板が頓挫した理由は残念ながら書簡からは伺へず不明である。

(十)

以上富永家文書中、芳久の出板に関する一端をうかがへる資料の紹介とともに当時の出板状況を記してみた。芳久はこの時期にかなり積極的に河内屋等の書肆に取り入つてはいくつかの書物を上梓した事がうかがへる。徳川時代後期には出板はある意味で財力があれば出来たものの様である。またこの時期には歌書をはじめ多くの書物が世に公刊されると言つた状況があり、それなりに広く国民の需要があつた事も考へねばならないであらう。

芳久の関はつた歌書歌集の類の、一回の刷り立てが少数部であつた事は、当時の一回の刷り立て数として興味深いものであるが、あるいはこの少数は私家版(配り本)としての数であり、商品として世に頒布する事を目的としてゐなかつたのではないかと思はれる。『國書総目録』を見ても『出雲風土記假字書』以外のこゝで触れた著書は所蔵先も少なく稀な書となつてゐる。また本書簡によつて『出雲國名所集』『同名所歌集』二篇の刊年も明確となつた。序跋文の年次を以てその著の刊年とする事は、この当時の書物としては慎重に扱ふ必要があると言ふ事が言へるのである。それにしても芳久のこの時期の出板に対する意欲は何であつたのであらうか。安政期の芳久の大社での活動、また大社を取り囲む社家をはじめとする人々の学問的な状況など何かしらの影響があり、また逆に芳久の活動がそれらの人々に影響を与へた事もあつた事と思はれる。

註

（1）芳久は初め千家俊信について学んだが、天保二年に俊信が帰幽した後は若山に赴き本居内遠の門に加はつた。東京大学の本居文庫蔵の内遠自筆の年譜である『後藤垣内年譜稿』（請求番號本居帙 73-1362M）

によると芳久の入門が天保七年二月七日であつた事がわかり、且つ又その年の「五月六日　寄宿十六日發足」と若山の内遠の許への滞在が記されてゐる。内遠の門人は数多いものの、芳久の入門を斯様に格別に記してゐる点は注目でき、内遠の芳久に対する配慮がうかがへる。その様に見てみるとこの年譜(内遠が歿する安政二年の春までの記事あり、十月四日歿)には芳久の若山滞在記事が細かに記されてゐる。二回目は天保十年で「二月廿八日より三月十七日迄多介知寄宿」とあり、以下、天保十一年「五月三日ヨリ冨永多介知寄宿六月十三日迄《ママ》(イ九日發足)出雲へ發八月又來」天保十二年「五月七日ヨリ多介知寄宿七月十三日」とある。毎年の様に若山に滞在してゐた様で(こののちその記述がなくとも嘉永三年の條に「多介知」と読めるが他は判読不能)、その学業に対する思ひの高かつた事がうかがはれる。なほ芳久の詳細な伝記である、富永家蔵『富永楯津履歴書』を『大社町史紀要』七号に翻字した。芳久の著述目録も付載されてゐる。

(2) 拙稿「富永芳久旧蔵『楯之舎書籍目録』の一考察」國學院大學日本文化研究所紀要九七号参照。

(3) 芳久の所に尊澄がその疑問を問ひ、その答へを綴つた「松壺君尋問ニ付答書」と題する一綴が富永家文書にある。壬申とあるので明治五年である。この綴りの中には「福按」との書入れもあるので千家尊福も目を通した跡が見える。

(4) 『出雲國三十六歌仙』西田惟恒序。

八雲たつの大御うたのかぐはしきは神代よりみちたらひゆくゆゑよしにやあらむ　いまの此いづものくに人たち故事まなびをみさかりにして　それが中に名だゝるうたをえらびて　桜木にゑりてかをりをよもにつたへちりうせざらむことをはかりて　杵築の友のもとよりおこせけるを見もてゆくに　げにしらべのいとたかくきこゆるはいふもさらにて　めでたきすさびとゆかしくもう

れしくもおぼゆるまゝに　そのくにのみとやの城のへにすめりし翁が末裔にて　いまは紀の国の殿につかへまつる　高しなの惟恒しるす　安政三年正月

『出雲國三十六歌仙』富永芳久序

國もせにさき匂へること葉の花は　野にも山にもみちてはあれど　せばきまどのうちにてハ、る〳〵と見わたすのみこそあれ　色さへ香さへこまやかにはいかがはしらんまして春秋も数をさへはかりてついでたれば　むねとすべきをおのづからもらせるもあるべし　さるはいとはかなきすさびなれども　年毎にかゝるすさびにものせんとておもひたちぬれば　来ん年をまちてこそと安政のみとせといふとしの春のはじめ　杵築宮のみや人　みなもとの芳久　道のさかえをこひのみがてらしるす

『出雲國三十六歌仙』中山琴主跋

八雲の道のもとたつくにとうたよむ人のおほかなるも　神代の路たえずめでたきためしにして春毎にかゝること葉の花さき匂はむこと　いかにめでたからじやは　中山琴主都のやとりにしるす　安政三年正月

（5）第二章にも記したが、鈴木高鞆編『佐波のあら玉』は、安政三年文月に出雲の地でこの『三十六歌仙』を入手した事に刺戟を受けてまとめられたものであり、月に誤りがなければ七月には出版されてゐたのか問題が残る。

（6）『出雲國名所歌集』二篇　醍醐忠順序歌

出雲國の名所のうたのあつめたるをみて

とり〳〵のつらねあげたることのはにしらぬいづものみるばかりなる　忠順

『出雲國名所歌集』二篇　本居豊穎序文

歌はいにしへの手ぶりをならひさま〴〵にをかしきその世の心ばえをさとり、言霊の奇しく妙なる隈をもわきまへしるわざにて　やがて学びの道のたすけなれば學びに心ざゝむ人はかならずまづよみならふべきことなりかし　富永芳久がおもひおこせるこの書ももとかの國の風土記の神世のことのあと古き名所どもの多く残りてたふときをいかで世に廣くしらしめむと思ふものからうひ學びのともは　たゞ耳遠くのみ思ひてあればまづその國の名所のかの書に出たるをよめる歌どもをだにもつどへさらに人々にもよませて　つぎ〳〵世に出さばおのづからその名所の歌よみ出むとては　かの本つ書をもよみわきまふべくやとて　そがちなみを風土記に見えぬ名所をよめる歌どもをもともにつどへてかくはなりつるなりとぞ　歌はえらびとゝのへたるにもあらずただ名所の入たるは見きくまに〳〵つどへたるなれば　よしあしはいはずこの人もとより父が教子なるがとにかくに　学びの歌にいたづくがおむかし　くまたかゝるたぐひの書どもゝやう〳〵世に数多くなれるは学びの道のあまねくみさかりになりゆくしるしにこそとよろこばしくもうれしくもうち思ふまゝになむ　　本居豊穎

『出雲國名所歌集』二篇　富永芳久序文

故事學の世にみさかりになりゆくまゝに　須佐男命の八雲たつの御歌にはじめ給ひけむことの葉の道も　あまねく大八嶋の外まであふぎしぬぶことゝぞなれりける　あはれその雲の立いでけむこれの出雲國の　神代のことのあとふるき名所ども誰かはしぬばざらむ　それしぬぶらむ遠きさかひの人々のよめかつはまなびのたつきにもとつぎて集めたる此歌こそなほいゝやつぎ〳〵に同じ心にいにしへしぬばむことの葉もがもとこひのむものはみなもとの富永芳久　嘉永六年五月

（7）『出雲國名所集』北島脩孝序文
よくこそ神ならはめ　といひけむをしへ言も神代のことのあとをたどりえてこそあらめ　この芳久があつめたる名所どもよ　春のあした鶯谷にいたりてはうむきひめの神のふることをしぬび秋のゆふへの鹿の音をき丶ては秋鹿里の名をむつましみ　おほよそ歌よみの見るものきくものにつけて　おもひいでむ神代の故事なむおほかれば　そをやがてこ丶ろのたねとしてよくこそかむならはめとおもふよしをひとくだりかきそへつ
嘉永五年三年　出雲宿禰脩孝
『出雲國名所集』富永芳久序文
八雲たつ出雲國は　千尋栲縄百結むすび柱は高くふとく板は廣く厚くつくりましけむ大神宮をはじめまつりて　奥津藻のもとも尊き皇神等のしづ宮にしづまりませれば　風土記ちふうまし御典の望月のかけずはふれず傳はれるもたへなることわりにぞ有けらし　かれその事のあとをたどり出むに皇神のぬひたらはしましたる嶋の埼いそのさきおちず　これの名所どもに八雲の御歌に神習はむうた人のことの葉の眞玉しら玉五百津集につどへて栲縄のいやひろに傳へなば高橋浮橋そをはし立にして宮柱高くたふとき神代の御故事の八十の隈々御饌の勘養かむかへあはせ天の真魚喰世にあまらかにまなび之なむたづきにもと　大神宮の御杖代つかへまつらす君の御楯と代々つかへまつる源富永芳久嘉永の五年といふとしの春百八十縫の楯舎にしるす　田中清年書
（8）「湊」の字が誤ったまま刊行されたか、それとも刊行を少し延ばして、訂正して刊行したかは定かではなく、二刷があるとは明言はできない。
（9）『出雲國名所歌集』二編の豊穎序文稿が二通（嘉永五年、同七年）ある。（第五章三の註参照）芳久は嘉永五年の編輯後豊穎に序文を依頼し、豊穎も書いて送つた様だが、何らかの事情で採用されなかつた。現在の豊穎の序文は、嘉永七年の稿を三分の一程度にしや〻文面を変へたものである。豊穎の序文から考へてもこの刊行が嘉永六年ではありえない。

(10)『國學者傳記集成』一三二一頁 なほ同記に見える堀尾三子と、若山の西田惟恒は同一人物である。生津麻呂は角之進、彦蔵と称し、同じく一族の堀尾光久の編んだ『近世名所歌集』初二編に歌が見え、また豊後の物集高世編『類題春草集』、惟恒編の『文久二年八百首』にも見える。堀尾一族の一人であり、『近世三十六人撰』の三篇を自ら編んでゐる。この堀尾氏は出雲とゆかり深い氏であつた事は、堀尾信恒の歿後十三回忌に追慕の歌を集めた『信恒翁霊祭歌集』の跋文に孫である堀尾光久が「その遠祖は天正のころ豊臣太閤に奉仕して出雲隠岐の両國を領し、堀尾帯刀先生吉晴といふ、その舎弟は出雲国三刀屋城主堀尾掃部氏光といへるが、その子六左衛門氏成……」と、京に定住する以前は、出雲の領主であつた事を述べてゐる。惟恒も『丙辰三十六歌仙』の序に同様の事を記してゐる。芳久と惟恒は内遠同門の仲で相互に親しい間柄であつたので、その跋文は出雲ゆかりのその同族である生津麻呂が書いたのであつた。勿論惟恒の人選によるものであらう。

(11)他に「京恵美須屋市郎右衛門 江戸山城屋佐兵衛 大坂河内屋茂兵衛 尾州名古屋菱屋久八 雲州杵築和泉屋右衛門」と合板になつてゐるものがある。

(12)『大阪府立図書館紀要』二一号(大阪府立中之島図書館刊、昭和五十九年十一月)「秋田屋太右衛門来翰集」による。

(付記)

本稿の発表(平成十八年三月)後、芦田耕一氏により、『出雲国名所歌集』と題して名所歌集初二編と名所集が翻刻刊行された。（同年六月刊）その解説は本稿と同じく富永家の書簡を用ゐて書かれてをり、本稿と重なる指摘がある。ただ『出雲國名所歌集』二編の刊年を嘉永六年としこの書簡にある安政三年を醍醐忠順の序歌を加へた二刷と考へてゐる。

二、富永芳久と出板書肆

イ、紀州書店阪本屋大二郎の書簡

紀州若山の出板書店阪本屋大二郎は、若山滞在中の出雲の富永芳久が、明日帰国すると聞いて一通の書付を送つた。阪本屋大二郎は野田眉壽堂を屋号とする書店で若山昌平河岸にあつた。当時、阪本屋は若山に大二郎の兄喜一郎が営む世壽堂、その分店の阪本屋源兵衛（津田萬壽堂）があつた。兄喜一郎は、文化三年の創業と言ひ、文化六年に若山に移住した本居大平を初めとする国学者や歌人と交はり、大二郎と共にその方面の書物を出板する事で売上を伸ばし、三都に次いで若山の出板業界の名を世に高からしめた人物であつた。

さて、その書付は、挨拶の後明日芳久が出雲に帰ると聞いて、不足分の書籍代を請求することから書き出してゐる。

覚

子二月八日　　六拾五匁　　鶯蛙集十部

丑五月六日　　七拾匁　　柿園詠草十部

五匁七分　　歌葉琹

九月廿五日　　拾匁　　和歌作例集

〆百五拾匁七分　　内五拾匁七分受取

これによると芳久は百匁の借金があつたやうである。

ここに言ふ『鶯蛙集』は本居豊頴の編になる類題歌集の『打聴鶯蛙集』、『柿園詠草』は加納諸平の歌集、『歌葉琹』は『國書総目録』にも不載で如何なる書物か不明、『和歌作例集』は長澤伴雄の著作にかかる古歌を類題した作例の歌集である。

この書状により当時のそれぞれの書物の値段が分かつて興味深く、また芳久が歌書を集めてゐたこともわかる。

更に書状は次のやうに続く。

一、過日は名所集二編御受取書付御遣し被下慥受取申候

一、右直《ママ》段は過日も申上候通り仲間賣七匁五分定御座候毛頭余分は不申上候当時金子に相成候は
は七匁にても宜敷御座候
一、初編和泉屋分直段引下げ申上候様仰出聞奉存候
右は諸入用相掛り申候故無拠直段相成候へ共毎々御心入之程難有奉存候間六匁五分替に可仕候
尤和泉屋より定候分丈と思召被成候
一、亥十月十一日　八匁五分立替　名所和歌集初編四十五部
一、本箱三本
一、子三月十六日　七匁弐分立替　鴨川集三郎三部
　　　　　　　　　六匁四分立かへ　紀國名所百首五部
一、丑五月廿日　七匁立かへ　鶯蛙集十五部　本箱三本
　　　　　　　内六十四匁　金壱両受取
　右和泉屋分御座候
一、御集序分二丁被□候様之手間ちん御尋相成共五分位か奉存候冊数次第にて又々直段も相違可
仕候、
一、明朝参上得尊顔萬々奉申上候
　　　十一月十四日

和泉屋行書状何卒御願申上侯　（富永家文書）

ここに挙げる書目のうち、『名所和歌集』については後述する。また、『鶯蛙集』については先に記した。『鴨川集』三郎とは長澤伴雄編になる類題歌集の三編である。『紀國名所百首』は本居大平編の歌集であり、いずれも和歌関係書である。

まづこの書状の年代を考へるに当たり、ここに見える七種の書物の刊年からの推測してみると、嘉永七年（安政元年）あたりであらうと思はれる。この七種のうち一番時代の下がるものは、加納諸平の『柿園詠草』の嘉永六年であり、この年は丑年であつた。『柿園詠草』の跋文は嘉永六年十一月二十三日であり、十一月跋文の書をその年の五月に求めると言つた矛盾があるものの、ここに見える『歌葉栞』は未刊の書のやうで、その代価をも請求してゐる事より、『柿園詠草』も刊行以前に予約の形で支払ひをしてゐたとは、考へられないであらうか。何れにせよこの亥、子、丑の年代が嘉永四、五、六年であることがわからう。

次に問題なのは、ここに言ふ『名所歌集』とは何をさすかである。この当時、名所歌集と名のつくものは、嘉永四年に堀尾光久によつて編まれた『近世名所和歌集』初編、嘉永七年（安政元年）刊の同二編の他に、芳久が自ら編輯した『出雲國名所歌集』初編（嘉永四年に刊行された）の三種があつた。『出雲國名所歌集』二編は安政三年に漸く刊行されてゐるのでその可能性はない（第一章参照）。この書状によれば名所和歌集の二編を確かに受け取つたと芳久が書き送つてゐる所からみると、これは『近世名所和歌集』二編であらうと思はれる。この書には出雲歌人が五十人余出詠してをり、勿論芳久の歌も見え、また跋文を記してゐる。阪本屋は跋文筆者に先に一部送つたのである。これが安政元年刊であるので、『柿園詠草』も刊行後間もない頃であつた事となる。

さて、この書状は興味深い事どもを示してゐる。まづは、出雲の和泉屋助右衛門と言ふ地方書店の事である。書状は『近世名所和歌集』二編の値段をめぐつて、阪本屋と和泉屋との間で値段について問題があつた事を言ふ。和泉屋助右衛門は出雲大社の門前の雲州杵築に幕末から明治初年まで書店を営んでゐた地方書店である。杵築と言ふ小さな町にもこのやうに書物を扱ふ書店があつたことは、それなりの書物の需要があつたことを示してゐよう。

芳久の編んだ『出雲國名所歌集』は初編の奥付には、京の恵美須屋市右衛門、江戸の英大助、大坂の河内屋茂兵衛とこの出雲の和泉屋助右衛門、阪本屋大二郎の名が見え、これらの書店がここに言ふ書物仲間なのであらう。また、『近世名所和歌集』二編の奥付には、阪本屋兄弟の名が見える。その仲間については詳細は不明である。

当時の金相場は六十匁が大方一両であり、これはその時々で流動的であつた。書状は続けて『近世名所歌集』二編の値段を仲間賣り七匁五分にしたと言ふのである。また初編については和泉屋分の値段を引き下げるやうにとの依頼を受けて和泉屋の分だけに限つて六匁五分にしたと告げてゐる。このやうに仲間売りの値段を定めつつも、場合によつては値段を引き下げてゐたことがわかる。和泉屋は初編を四十五部も求めてゐて、出雲ではその初編に三十三人の出詠者がゐた事から、需要もあつたことが知られ、そこにこの町での書店の存在理由があつたのであらう。また本箱も扱つてゐたやうである。阪本屋は出雲の和泉屋助右衛門に書物を送るとともにその立て替へをもしてゐたので、芳久はその催促も受けたことであらう。

このやうに出板を請け負つた書店は、地方の売り弘め書店との連携をとつてゐたやうである。和泉屋助右衛門が斯様に売り弘め書店に名を連ねるのは、管見の限りでは、天保九年刊の千家尊孫の『比那之歌語』からである。尊孫は出雲国造であり大社の宮司、以下和泉屋助右衛門の名は出雲大社関係の歌人の著作に見出される。

この文末の御集は芳久の編になる何かを指すのであらうが、多分『出雲國名所歌集』の二編の自らの序文二丁分の板下の彫刻代であらう。手間賃の値を尋ねてゐるが、それも冊数次第で変はるとのことで、現代の出版事情にも似てゐるものがある。

なほ、阪本屋大二郎は大治郎とも書く。兄喜一郎は和歌の嗜みもあつたやうで、熊代繁里の『類題和歌清渚集』他いくつかの歌集に野田尚壽の名で歌を寄せてゐるが、そのいずれもが自分の書店を板元にしてゐる。詠史の歌が多く、源義朝や武田信玄などを詠んでゐる。

ロ、京都書肆恵比須屋市右衛門の書簡

本書簡の京都の書肆、恵比須屋(蛭子屋とも書く)市右衛門は、国学者本居宣長の門人である城戸千楯の息の城戸千屯の事である。父千楯は宣長亡き後も四十五年程、随分と長生きして、弘化二年に六十八歳で逝いた。井上和雄の『慶長以来書賈集覧』によると、店はその後を息の千屯が嗣いだとある。だが、本書簡によると父千楯在世中に、別に書店を開業してゐたやうでもある。千楯の店は京の錦小路通新町東入北側で、千屯の明学堂は、寺町蛸薬師南であつたので住所からもそのことは考へられる。其れは姑くおき、千屯も父に習ひ、文政十年に本居大平の門人になつてゐる。然し国学者としては父千楯に及ばず、また歌人としてもさまでの活躍はなかつたやうでもある。千楯が歌人として天保九年の『平安人物志』に載るのに対し、千屯はその後の嘉永の人物志にも名はみえない。

この千屯が出雲の富永芳久に宛てた書簡が一通、今、出雲の富永虎佳氏の所に伝へられてゐる。先にも触れた通り書肆を営み書物の注文の伺ひをとる一方で出板書店として歌稿を集め歌集を編纂すると言つた彼の一面が伺へる内容になつてゐるので、ここに紹介しよう。

八月廿九日出尊書相達候　難有拝見仕候　追々冷気ニ相成り申候所　先以其御地御家内様御揃ニ而御機嫌能御座候程珍重之義ニ奉賀候　就者此度玉たすき　間席庖丁御本御注文仰ニ付難有仕合

ニ奉存候　早速仲間吟味仕候処何方にも無御座候間右ノ代り　鈴屋翁像　萬葉借字　追考さし上
可申上奉存候も　是又當地ニ無御座候間　其段御使之御人へ申上候処左ニ候ハハ先ニ此程御為替
被下候金三朱御預り申置候而当預より特に代品物吟味仕出次第早々国元へ送り可申様仰被下候間
仰ニ随ひ右金子ハ慥ニ御預り申上置候　追而御注文之品出次第さし上申し候間　左様被存候　若
又万々一御注文之品無御座候ハハ金子御返済可仕候　乍併平田大人玉たすき全部三冊物ニ御座候
処　未弐冊より出板不仕候間右弐品手ニ入次第さし上可申候　直段者甚高料成物ニ御座候　其外
直段御尋被下候等々(破損)さし上申候後便御注文仰被下様奉希上候
八嶋の浪之義當春申上候哉　此度相談申し候ニ付御社中様仰仕合思候も御座候ハハ御加入の程申
候
尤右ノ集ハ京地ニ撰者無御座候間御銘々様御自撰之御歌御出詠被下候ハハ其まま早速彫刻可仕候
間不苦候ハハ御歴第御詠出の程可被下候　十月晦日迄ニ御預被下候ハハ御間合可申候間左様思召
被下候　先者貴答申上候

九月十二日

城戸市右衛門

富永様

書簡は時節の挨拶に続き、芳久が注文した、五種の書物、すなはち玉襷、間席庖丁、鈴屋翁像、万葉借字、追考の事に及んでゐる。これらの書物が当時の京都では払底してゐたやうであり、手元に無い旨返答してゐる。見出し次第国元へ送ると記してゐる。平田篤胤の玉襷もまだ三冊揃ひでは、出まはつてゐなく、また高値であつた事も分かる。更に自ら編んでゐる、八島の浪への歌稿の呼びかけをしてゐる。

さて、この書簡が差し出されたのは、いつのことであらうか。文中に平田篤胤の玉襷についての記事がある。芳久は玉襷の三巻までを求めてゐるが、それに対して、未だ二冊までしか刊行されてゐないと告げてゐる。そこで篤胤の養子鐵胤の『気吹舎日記』（国立歴史民俗博物館研究報告一二八）を見ると、天保五年八月三日条に「玉たすき四ノ巻献上本持参」とあり、また同五日条に「玉たすき三冊入壱帙遣」とみえ、この頃には三巻までが刊行されてゐたことがうかがへる。玉襷はここにいふやうに初期は三巻で売り広められてゐたやうであるが、書簡に言ふやうに、一、二巻だけで前売りされてゐたのかもしれない。先の日記によると、天保二年三月十九日に「玉襷三ノ巻彫刻初」とあり、同八月十四日には本居大平より序文が届いてゐる。刊本の大平の序文の年紀は「天保二年六月十八日」とあり、そのことを証してゐる。なほ、同三年二月四日の日記には「玉襷摺立ニ付板木屋併ニ板摺辰五郎来」とあり、この頃に玉襷三巻は摺立てられたやうである。さうなるとこの書簡は天保の三、四年の頃のものと思はれる。然し一方、ここに見える歌集『八島の浪』は、天保七年秋に千屯の手によつて刊行されてゐる。

本書には「天保六年冬」の藤井高尚の序文がある。この期の書物の序文の年紀と刊年との取り扱ひには慎重を要するものの、この刊記には、「天保七丙申五月官許」とあり、刊年は信用出来さうである。十月晦日までに歌を貫へれば間に合ふと言ふ事は、本書の凡例の末に、「こたびの歌ハ去年あつまりたるかぎりをゑらせたり」とある所と合ふ。そのやうなところから、天保六年の事といへまいか。天保六年頃には『玉襷』は世に広く出回つてゐた筈であるが、なかなか手に入らない状況であつたやうである。(1)平田の書物は書店を通して販売するよりも門人の手から手へと販売され、そのことは篤胤の歿後を嗣いだ鐵胤により更に強められていつた。高値になるとはその事を言ふのであらうか。後に嘉永三年神祇伯資敬王の序文が付けられる事となるがこれは再版本であらうか。

さて富永芳久はこのやうな千屯の『八島の浪』の歌の勧めに応じなかつたやうである。刊本として世に出た『八島の浪』には百六十五人の歌人の歌が、類題別に載せられてゐるがここには芳久を初め師千家尊孫社中の歌人を見出せないのである。天保七年には加納諸平の『類題鰒玉集』は三編まで刊行されてゐたし、出雲に於いても同十三年には『類題八雲集』が編まれるなど、このやうな類題歌集の編纂熱は高まりつつあつた事と思はれる。あと十年後なら出雲歌人の歌が多く載つたかもしれないと思ふ一方で、芳久にこの様な声がかかつた事も重視せねばならない。千屯の芳久観である。なほ不思議な事は、『八島の浪』の編纂に当たり然るべき選者が「京地ニ無御座候」と述べてゐる事である。よつて歌はそのまま載せると断つてゐるのである。此の事は本書の凡例にも同様に述べてある。だが

『平安人物志』を見るまでもなく、当時京には多くの名高い歌人がゐた筈であり、父千楯もゐたのである。千楯は六十一歳、歿するまでまだ数年はあつた。近親への憚りがあつたのであらうか、千楯の歌は巻末に長歌のみを採り、他の歌を載せずにゐるが、千屯自身の歌は幾つもみえる。この事も不審であらう。

千楯は晩年書店を千屯に譲つたのではないだらうか。本書の序文に藤井高尚が「此集は城戸の家の今のあるじ千屯」と記してゐる。千屯は今の当主であつた。また市右衛門を嗣ぎ、書店を営んでゐた事も続けて述べてゐる。「千屯あざなを市右衛門といふ、そのすみかはみさとの寺まちといふまち蛸薬師のみなみにて、たなに書あまたつみおきあきなふ家になむ」と。高尚は、千楯と深い関係のあつた者ゆゑ、これは正しい記事であらう。一枚の書簡から思ひつく事どもを記してみた。

註

（1）やや時代が下がるが『玉襷』二巻の事について、天保十二年三月二十一日付内池永年の内遠宛て書簡は「此書二の巻書林仲間連印難出来絶板ニ相成候よし」（『福島市史資料叢書五〇』一二三頁）とありまた同天保十三年三月九日付永年あて内遠書簡に「二ノ巻上木無之ハ子細アリ」（『同叢書五八』一九八頁）とある。池内永年は福島の国学者。

第五章　地方の国学者から見た出雲歌壇

一、森爲泰と三河の村上忠順

幕末維新時の歌人の交流の一端

(一)

出雲松江藩士で、松江の歌壇を率ゐた森爲泰《ためひろ》より、三河の国学者であり歌人であつた村上忠順《ただまさ》に宛てた書簡からその維新当時の国学者歌人を取り巻く様子を考へてみたい。爲泰は松江藩士、忠順は三河刈谷藩医と言ふ各々表向きの職務があり、また爲泰は文化八年生れ、忠順はその翌年生れと、年齢もほゞ等しい二人の間柄であつた。忠順に就ては、既に熊谷武至、簗瀬一雄らによつて様々な研究がなされ(1)、その人物像は明らかにされてゐる(2)。忠順の学統は多岐に亘り(3)、早くより学問に親しみ若年の頃には糟谷磯丸、石川依平に学び、ついで紀州の本居内遠や熊代繁里に学んだ。謂はば紀州本居派の考証の学統をひき、歌をも学び、加納諸平、西田惟恒らと交はつた。嘉永六年には父の歿後、刈谷土井侯の侍医を襲職、維新を迎へた。その間、『散木弃歌集標注』はじめ、幾多の歌書注釈書をまとめ、また出板し、一方で三河地方の歌人を率ゐて歌壇を形成し、『類題和歌玉藻集』を二編まで上梓するなどの活躍をしてゐる。慶応二年には京の警備に上り、また維新時には有栖川宮熾仁親王に召されて駿府に出仕、その後、宣教使、教導職など拝命し、明治十七年に七十二歳で逝いた。斯様に維新前は藩医の子、また幕末を藩医として迎へ、維新後は中央とやゝ近い関係にありつつも、一貫して歌人国学者の地位にゐた人物であつた。

一方森爲泰の伝記は忠順ほど明らかではない。松江藩士累代の家に生まれ、天保期に大社杵築の千家尊孫から歌を学び、尊孫率ゐる鶴山社中の一員として活躍し、幕末には松江藩士らに歌を教授したと言ふ。黒船来航時には藩士として相模浦賀に警護に当つた。その伝記は松江の四光院の墓誌に記され、また『松江市史』の引く所である。また『國學者傳記集成』はその略伝を次の様に記してゐる。

文化八年二月に生る。(中略)千竹園と號す。中村守臣、千家尊孫宿禰に従ひてものを學び、又弓槍剣馬に秀で出雲琴をよくす。門人二百人に余けり。松江侯に召出されて、皇學館歌學訓導となり、出雲歌集を撰ぶべき仰を受く。明治四年三月、年六十にして家を男永雅に譲り、朝夕歌と琴とをものす。明治八年四月十六日歿す。年六十五。(4)(以下略)

斯様な爲泰ではあるが、忠順とは対照的に維新後は表面に立つ事なく、その晩年は松江の歌壇の中心人物である事に留つた。

現在、愛知県の村上斎家に、この爲泰から忠順に宛てた書簡が二十一通ある。その年紀の特定は大方難しいものの、内容から察して幕末期から明治初年に及び、年齢で言へば両人共四十歳後半から六十歳台、忠順にとつては『類題和歌玉藻集』(文久三年初編刻成る、慶応元年二編刻成る)の編纂の時期、爲泰にとつては、藩の歌道奨励の一方で藩士としての勤仕の頃から晩年に至る時期のものである。また時代としては幕末から維新にかけての変革期の時であり、この時を出雲三河と離れた両歌人がどの様に時代の変化を受けとめたかの一側面を伝へてゐる。尤もこれは爲泰からの情報であつて、忠順がこの書状に対して如何様な返答をしたかは不明であるが、爲泰側からの書状であつても、興味深いものがあるのは確かで一つの時代の証言となるものである。

(二)

現在、村上家所蔵の爲泰書簡には、1から21までの番号が附してあるが、之は村上家で適宜附したものであつて年代順ではない。本稿に引用した書簡末に記す番号はそれを便宜上使用した。書簡は全て毛筆で巻紙が使用されてゐる。宛名は内容から考へて、維新以前(明治元年)のものは「忠順君」とあり、その後のものは「村上先生」「村上大人」「村上承卿様」となつてゐて、爲泰にとつて何かしら心境の変化があつたのであらうか。先にも述べたが爲泰は忠順の一歳年上に当る。

この両人の出逢ひはいつ頃であつたのであらうか。爲泰は天保四年に尊孫の門に加はり(5)、歌は天保十三年に千家尊孫の編んだ『類題八雲集』に採られてゐて、千家家蔵『八雲集作者姓名録』に「爲泰　松江家士　森左馬允」と見えてゐる。この年に爲泰は二十二歳であつた。その後爲泰の歌が幕末盛行の類題の和歌集に採られるのは、長澤伴雄が編んだ嘉永四年の『類題鴨川集』の四郎集からであり[(6)]、並行して編まれてゐた加納諸平の『類題鰒玉集』には五編のみに四首採られてゐる。ついで同じく伴雄の編になる『鴨川詠史集』（嘉永六年刊）に一首、西田惟恒編『三熊野集』[(7)]（安政五年）、秋元安民『類題青藍集』[(8)]（安政六年）にあり、忠順との関係で言へば忠順編の『類題玉藻集』[(9)]の二編と『類題嵯峨野集』[(10)]に見えてゐる。

爲泰は『類題鴨川集』の関係で伴雄と交流のあつた様で、

先年紀州長澤伴雄遍ニ（中略）相成酒好ニて日々酒をたのしむと申越候ニ付小生ハ下戸ニて水と牡丹餅家内ニねだり候など丶申遣候或ハ伴雄屋敷廿五軒四面と申越手前ハ廿三軒四角之屋敷など、互ニ申かよハし候事ども有之候⑪（数字は村上家の分類番号、以下同じ）

と、伴雄の消息を忠順に伝へてゐる。伴雄の免官が安政二年、獄死が同六年十一月なので、この書状は安政期のもので、二十一通の中では古い方である。忠順も『類題鴨川集』に歌を採られるのは、爲泰と同じく四郎集からであつた。忠順と爲泰の二人の交流は安政の頃から、和歌を通してあつた様である。

天龍川とか富士川とか水あふれ出候節、磯丸といふ人ニ君命ありて、せき留の歌よませられたるといふ事むかし耳底に残り居候処（中略）遠州土麿ハ長歌之先生菅根集ニて承知仕候此人けしからぬ能書只一度見し事御座候所遠國故其外一向見當り不申もしくは近國ニ候へハ数多く御所持とも被成候哉　御所望被下度心地仕候是のミならず同國ニハ数人先生有之候而石川依平斗江戸往來ニ両度對面いたし歌共認貰候へ共其余一枚も所持不仕候　野生年賀ちらし三州遠州両國へ白石近江と中杵築大夫ニ頼ミ置候処泉下之客と成あハれ夫切ニ成候て三州ハ君よ御恵ニ預り候へ共　遠州ハ一人も無之又吉田岩上登波女三十年以前杵築國造家へ往遍之比より承居候　高名ノ人ニ御座候此人の短冊ハ去年か御恵被下彌々賞翫不淺珍重仕居候⑨

これも初期のものと思はれるが、斯様に短冊の贈与が行なはれてゐた事がわかる。忠順は嘗て岩上登波女の短冊を贈り、今回もまた三河歌人のものを贈つた様であり、そのお礼を述べると共に遠州の栗田土満の短冊がほしいと言ふのである。また石川依平には江戸下向の折に会つて短冊を貰つた事を記してゐる。依平は忠順の師であり、安政六年に歿した。土満はまたその師である。岩上登波女は大平門下で文久二年八十二歳で歿してゐて、三十年以前からその名は知つてゐると記してゐる。短冊のやり取りのことは他の書状にも見える。また年賀のちらしを、出雲大社の配札と共に配つてゐた事がわかる。こゝに言ふ白石近江は大社の北島家の権禰宜である白石家の者であらう。『類題八雲集』には白石裕茂（壱岐）の歌があり、幕末期の類題の撰集には白石元重（淡路）の名が見えるがここに言ふ近江ではないものの為泰とは何らかの関係があつた事と思はれる。

興味深いのは磯丸の天龍川の歌徳の話を、聞いてゐる事である。(11)磯丸は忠順の若年期の歌の師で、爲泰はそれを知つての事であらうか、洪水を除けた歌徳を称揚してゐる。この事は、「天龍川のあれけるとて歌よみてよとありければ」と題し、

もとの淵もとの瀬をゆけひと筋に水も道ある御世をまもらば

と、文政八年の洪水時に詠み、この歌が神威に通じて洪水より村を救つたと言ふものである。(12)この話は歌人の間では広く伝へられゐたものと思はれる。

（三）

爲泰の師は千家尊孫国造であつた。(13)先の⑨の書簡に於ても「三十年以前杵築國造家へ往遍」と、天保期に出向いて歌を習つてゐた事を記してゐる。(14)また、

國造尊孫君今年七十歳春賀會アリ御詠始社中祝詠送れり　爲泰三十余年以來歌道ノ師君ナリ何卒御祝詠一首御送り御頼申事⑱

とも言つてゐる。尊孫は慶應元年七十歳賀を迎へた。その祝詠を依頼する手紙にも、自らの師が尊孫である事を記してゐる。これに對して忠順は祝歌を送つたと見え、

師君七十賀御詠御望之所此度御出詠被下大慶不浅奉存候　早速送り可申國造殿御父子定而御悦可

被成難有ものと奉存候　且又御父子之御詠歌御好被下承知仕候　尊孫君分ハ随分所持仕候へとも尊澄君ハきひしく書兼られ既ニ子息永雅ハ十六才ニ相成候節名付親ニ頼則永雅と名貰候其節　御短冊をと頼置候処　爾今出來不申候　然とも貴君より御頼ミ之段急便申遣して出來可申奉存候⑩

爲泰は七十賀祝の歌のお礼を述べたあと、尊孫尊澄父子の短冊を所望した忠順に對して、尊孫のものは手元にあるものの尊澄はなか〳〵短冊を認めてくれないと報じてゐる。爲泰の長男永雅の命名は尊澄であり、七十賀歌を集めるなど爲泰と千家国造家の長期に亘る交流もうかがへる。

爲泰は忠順詠の七十賀歌を届けたものの、すぐに短冊はいただけなかつた様で、それに言及した書状がある。『歌日記』の元治二年六月十三日條には、十八人分の祝歌を尊孫の許に送つた事が記されてゐるので、この書状はその前後のものの様である。因みに六十賀の折は松江から三十九名の歌が送られてゐる。

尊孫君御父子の短冊御所望之段早速御詠遣候節書状ニて願置候へとも其後いまだ御受書出来不仕候⑦

忠順と千家国造家の交流は、斯様に爲泰を通してなされた様で、直接の関係はなかつた様である。実は忠順はこれ以前に『類題和歌玉藻集』初編を編み、その折に、千家尊澄がその序文を寄せてゐる。これは尊澄の文集『松壺文集』にも収められてゐるが、この序文に於て尊澄は忠順を風流士と頌へ、木ノ國の人が奨めるので一文を書いたと記してゐる。忠順と尊澄の仲介をした人物は、紀州の人物であつた事がわかるが、尊澄は本居内遠の門にも学び、且つ又忠順も内遠及びその僚友門下と交流した関係で、その手段はあつた事と思はれる。忠順が千家国造家の長男尊澄に、自編の撰集の序文をと思つた事は、当時の全国歌壇における尊孫尊澄父子の位置にあつた事は言ふまでもなく、斯様に両父子に直の門人として心安く通じあへる爲泰と書簡の遣り取りが出来る事も忠順にとつては幸せな事であつた。爾来尊孫は忠順の類題の撰集の意志を尊重し、自らの歌と共に鶴山社中の詠草をまとめて、明治初年までたび〳〵忠順の元に送つてゐる。(15) いま村上家に存する父子の短冊は、この後送られたもの、様である。

(四)

爲泰の書簡の随所に記されてゐる事は、書状の返事がなか〳〵届かないと言ふ事と、自分が差し出した書状がうまく届くかと言つた心配である。忠順は刈谷から離れた堤村(現豊田市高岡町)に住んでゐたが、松江からの書状は早くて一、二ヶ月かゝり、半年はざらでまた戻つて来る事もしば〳〵あつた。現在の郵便制度からは想像できない状況ではあるが、その様な中でも情報の把握は可能であつた様だ。

又御著述ものにて御医官之趣ニ承知仕候　刈谷侯之御家中ニ御座候哉　又其御手懸りに無之故御勝手ニ住居相成候訳カ　又刈谷御本宅ハ何町の何丁共ニ御座候哉⑪

先にも引いた初期の手紙には忠順の刈谷における居所を伺ふ文面がある。

當春御國ちりう迄仕出し候之封物此度差返し候とも御地へ之通路不案内故之事と相聞候　以來池鯉鮒ニ御知音共御座候ハヾ其方迄爲届候而其御知音より貴家へ相達候呉様相成候へハ弁理急助又江戸人罷趣候ものニ相頼候ニもちりう宿何某まて達置呉候様ニとハ至而頼安訳ニ御座候間　ちりう御知人ニ兼而御頼其人名前爲御知被下候へハ其方へ尋付而送り申度奉存候⑧

書簡の戻つて来るのに困惑した爲泰は、東海道の池鯉鮒宿に誰か知人はゐないかと尋ね、藩士の江戸往来の折にその所に届けるので、あとは忠順宅までその人に届けて貰ふ様に頼み、または藩士の江戸往来の折に直接忠順宅にまで持参させたりしてゐる。街道沿の家なら書状は容易に届いたのであらうが、堤村の如く街道筋より外れた場所では容易に届かなかつた事がわかる。『歌日記』明治六年一月三十日條には「熊代繁里に消息して三河刈谷はあまり遠くて便り六かしなど云て詠て遣しける」とある。若山よりも不便だつたことが判る。

竹内久左衛門東京へ行候ニ付一書相頼ちりう永田氏迄相頼置候処行さに永田へ頼置帰さニ返事出候①

一書仕門人大野泰東京へ参候ニ付託し置候然処その始歩行ニて可参旨申ニ付貴家へ参上一宿奉願候へと申可入事ニ御座候処出立日傳言いたし呉候ハハ歩行路相止兵庫ゟ舟ニ致し候旨、貴家へ参間敷旨申越候⑤

諸平の『類題鰒玉集』以来、当時盛行した類題の和歌集の編輯の為、全国から募つた歌稿の宛先は、その編者宅ではなく大方その中心的な出板書肆であつた。それは京・大坂・若山と言つた様な大都市にあつて、歌稿を届けるのに容易な場所であつた事と思はれる。(16)忠順宛の歌稿も、玉藻集の刊行に当つた若山の阪本屋宛に届けた事であらう。阪本屋は鰒玉集以来の多くのこの種の歌書を刊行してゐる事でも著名であつた。これも斯様な書状の配達状況から見れば、歌を広く集める為の一つの智慧であつた訳である。維新後前島密が痛感し、郵便制度を創始するのも、斯様な状況があつたからである。ただ斯様な状況の下でも書簡を差出し、返事を書き、短冊を交換し、歌稿を送るなど、情報の収集に努めてゐた事は高く評価されてもよいであらう。

(五)

慶応元年、忠順は三河を初め全国より歌を集め編輯した『類題和歌玉藻集』二篇を上梓した。この二篇に爲泰はじめ松江の門人二十五人の歌が採られてゐる。(17)忠順は爲泰に二十四部を送り、更に三河の社中の短冊を二十枚送つてゐる。爲泰は大変感銘し、また、

別して忠篤千元公敬へハ御挨拶御詠御恵　今日十日會の節押頂おどり上りいづれも悦罷在候厚く御禮申上候⑩

と述べてゐる。門人吉見忠篤、藤江千元、井山公敬の喜ぶ様がうかがへる。更に「玉藻集石州へ一部國造家江一部送り可遣旨被仰下承知仕候近日御出候」と記してゐる国造家へは爲泰が仲介してゐる事がわかる。この石見の国人は誰であらうか。二編には伊藤祐命山本利宣の二名の石見人が見える。

この玉藻集二編は、爲泰の近辺では好評を博した様で、爲泰自身も続刊に大いなる期待を寄せたと思はれ、別便で「玉藻四編料歌御送り可申上と去八月同集数多御恵被下候節触出し候　十月中ニ候様諸方へすゝめ置候」⑦などとの配慮を示してゐる。同書簡は更に藩主の歌道奨励の事を記してゐる。

國君御夫婦とも歌道御好被遊候ニ付旧冬玉藻集御送之分二部差出候処　小生ハ子息の迄か家内迄出し候とて御悦被下候由傳承仕候（中略）抑又家中之者大勢玉藻ニ御選出ニ相成候処すへて野生弟子筋之趣と御称賛被下候由も承傳候　右様之事ニ御座候へハ三編御出板ニ相成候ハゞ可成丈急便御送り出候奉願候⑦

当時の藩主は松平定安で、嘉永六年に封した。(18)以来幕末まで松江藩最後の藩主として存在した。この書状によると定安は歌道を好み献上した玉藻集に、爲泰の子、妻をはじめ門人の歌が多く採られてゐる事を「称賛」されたと言ふ。爲泰の面目躍如たる思ひのうかがへるものである。また同じ事を別便に、

君侯御夫婦近來歌道御好ニ付　此度御送り被下候玉藻集一部献上仕候処今一部と御所望ニ付二部差出し候　且又愚詠をも少々差出し大慶仕候　尤近來歌之事ニ付御内意御近習之人迄恭仰之事有

之故の趣ニ候（中略）君邊歌道御相手ハ古き學友水谷甕彦とて六十余才紀州ニて諸平鰒玉集撰候比ハ少々歌とも遣し候へとも其後御近習勤ニて詠歌他へ出し不申人ニ御座候（中略）有之次第歌道少し芽を出し候方ニ御座候而大慶仕候へ共何様多用書見歌之添削相出來不申込り入申候此参四編御成就ニ相成候テ御送り被下候ハヾ一番ニ又上へ差上可申と奉存候⑩

これによつても藩主松平定安の歌道に寄せる思ひが判る。こゝに言ふ歌の事についての「御内意」とは、この後、爲泰を藩校皇学館の歌学訓導に命じ、更に藩の事業として『出雲歌集』の編纂を爲泰に下命するに至るのであるが、爲泰は忠順の『類題和歌玉藻集』二編が、藩主他自ら門人に与へた影響を感謝し、「歌道少し芽を出し」と、その盛況になりゆく様を告げ、三編四編の刊行を鶴首して待つのであつた。なほ、藩主の歌道の御相手が水谷甕彦であつた事がわかる。甕彦の伝は不詳だが、松江藩士で爲泰の指摘どほり『類題鰒玉集』の四編以降に歌を採られてゐるにすぎず、わづかに富永芳久編の『出雲國名所歌集』二篇に一首あるのみで、この玉藻集はじめ当時編まれた他の類題の和歌集には歌を見出せない。藩主定安が、御相手甕彦を差し置いて、爲泰に歌学訓導を命じたのも、爲泰のかかる歌道への精進と、門人の育成の態度にあつたのであらうと思はれる。(19)

水谷甕彦が明治の初年まで生きてゐた事は、明治六年九月十二日に行はれた旧藩主室の光彩院の霊祭の記事から判る。『千種園雑録』一巻に収める「光彩院様御霊祭會式」によると、当日の歌会の会頭が水谷甕彦で、以下判者森爲泰、行事足羽美生、助吟仙田守夫、詩吟森永雅と見える。当日の出席者は三十人で、うち六人が女流であつたが、その殆どが爲泰の門下の松江藩士及その婦女であつた。

(六)

実際に爲泰は門下の詠草をまとめて忠順の元に届けてゐて、それが現在の刈谷市立中央図書館の村上文庫に蔵されてゐる。例へば「文久四年子二月玉藻集二編料爲泰詠草」と題するものがそれである。これは文久四年の日記からの歌の抜書をはじめ、息永雅の歌稿、自らの周辺の出来事を詠んだ歌である。また自ら五十歳賀を迎へた折に「寄出雲名所祝」の題で門人や知友が詠んだ歌、同じく「寄竹祝」の題で詠んだ歌が収められ、また「慶應元年九月十三夜會詠歌」と言つた、その日爲泰の元に集つた爲泰門即ち千竹園社中の歌などが綴られてゐる。先の「寄出雲名所祝」の題の賀歌を詠んだ人数は百四十七人の多きにのぼる。幕末の松江藩の歌道の盛行ぶりは、この綴りから理解できるのである。(20)

斯様に送られて来た爲泰門下の歌稿ではあつたが、忠順はその三編を編む事が叶はず、草稿までは成つた様だが遂に世に出す事はなく、維新以後に形を変へて『類題嵯峨野集』として世に出た。それが為に本書には松江の歌人が四十一人採られてゐるのである。(21)

また忠順は爲泰初め全国から送られて来た歌稿を無駄にするにしのびず、『類題嵯峨野集』と並んで編んだ『千代の古道集』（未刊、但し碧沖洞叢書にて油印）にも松江初め多くの歌人の歌を採つてゐる。更にまた紀州の西田惟恒の歿後、頓挫してゐた歌集のうち、『元治元年千首』をようやくの思ひで明治七年に刊行し、その中に先の千竹園爲泰五十賀歌百四十七人中、二十三人二十三首の歌を採つてゐるのである。本書は爲泰歿後の刊となり、本人は見てゐない事が悔やまれるのである。

何れにしろこの事から松江藩では幕末にかなり和歌創作が盛行し、爲泰の率ゐる千竹園社中の歌壇が存在してゐた事が指摘できよう。尤も松江の歌壇はこれ以前に爲泰同様に千家尊孫に学んだ小泉眞種ほか、数人の歌人等によつて築き上げられて来たもので(22)その最後を爲泰が指導したと考へた方がよいかもしれない。そして藩主の歌道奨励もあつて、松江を中心とする『出雲歌集』編纂の気運が高まつていつたのである。山陰山陽地方の地域的な歌壇の歌集としては、天保十三年に早くに『類題八雲集』の出た事は既に記した。ついで鳥取(因幡)藩では中島宜門らによつて安政三年に『類題稲葉集』、それより早く岡山においては藤井尚澄らによつて嘉永三年に『類題吉備和歌集』が編まれてゐる。そしてこの『出雲歌集』はそれらの後に続くもので幕末期のこの地域を始め、全国の歌人の和歌の集大成を意識したものであつた(23)。

(七)

『出雲歌集』の編纂の下命は明治三年一月にあつたやうである。一月十八日爲泰は藩校皇学館訓導を命ぜられた。このとき和歌引請の仰出があつた。大社の中村守手は爲泰の登用を喜び「八雲立つ出雲の國の言の葉の道は今こそあらはれにけれ」との祝歌を寄せてゐる。ついで三月十四日に学館での和歌始めが行はれ、中村守手、横山永福、木村和男他三十二人が参集した。『出雲歌集』の企画はこの時に話し合はれたやうであり、二十日にはその具体的な打ち合はせが行はれ、翌二十一日には諸国歌人に触紙を配ることが決められてゐる。四月五日には大社の島重老に依頼を出してゐる。今愛知県の村上家に残るこの時の「諸国歌人への触紙」には次のやうにある。

大日本の歌おつるかたなくとり集めて出雲集と号け杵築大社へささげ奉り其余れるを普く国々へおしひろめむとす　古き新しきをいはず国所姓名をしるして取次所までとくおくり出したまひてよ　天下の諸君たち

明治三年午三月　　出雲松江藩　　森爲泰

同　廣瀬藩　　堀重雄　　輯

同　杵築社中　　島重老　　校

同　廣瀬藩　　細野安恭　　発起

この後に歌稿の集め場所として京、東京、大坂、尾張、紀伊の八書店の名が挙げられてゐる。最後には「未年中集　中年出版」と刊行予定の年が明記されてゐる。明治五年に刊行の目標があつた(24)。出雲歌集の編輯は出雲大社へ奉納と言ふ意味もあつた様で、細野安恭はその撰者に頼まれた返事に「大社江歌集奉納仕度存上候ニ附杵築ニ而嶋重老廣瀬ニ而堀真衛重雄、私三人撰者ニ相立候様先達頼越候得共…」と記し、初めはこの三人で撰ぶ事だつた様である。勿論爲泰の依頼であらう。それを安恭の願ひによつて、「安恭重雄両人輯重老校」と言ふ形にしてゐる。

また『千種園雑録』の二巻には、この編纂に関はる藩への文書の届出の控が綴られてゐてその大方の経緯がうかがへる。この年紀が午、未とあり、明治三、四年の届出であることがわかる。

右書面中村先生方へ相認して仙田守之持参いたし候処、異存無之旨従前去年細野、堀、森三人相談ニて取窮席末之書面…中村先生へ相達候所至極承知之旨と申聞候

出雲集

一、序文國造様

一、巻題尊孫君

一、末文中村先生

右者去三月廿一日細野安恭堀重雄爲泰方へ來り申合之條也

これによると出雲歌集の具体的な相談はこの時に、細野、堀、爲泰の三人で相談して決め、序文を国造千家尊澄、題歌を千家尊孫、跋文を中村守手が書く事にしたことがわかる。(25) 松江藩の編とは言へ、杵築を無視する事はできなかつたのである。また蔵板元は松江の修道館であつた事も次の文面からうかがへる。

出雲集編輯並修道館御藏板御儀定ニ相成候一件書面差出候様学校懸　申来候ニ附左之通書面差出候　明治三午年三月七日同書之通高井管務へ入内見候上ニ而桃教授江相達　森勘兵衛

出板については、修道館蔵板の旨を午六月(明治三年)に西京東京へ伺ひ出たところ、本が完成したのちに願書を差し出す様にとの返事を受けてゐる。『雑録』は凡そ斯様に『出雲歌集』の刊行に伴ふ事務的な内面を記してゐるが、その頓挫にまでは言及してゐない。また『歌日記』も明治五年(六年途中)までしかなく、この頓挫の事には触れてゐない。

(八)

『雑録』『歌日記』の記事と共に、爲泰が忠順へ送つた書簡を見れば、『出雲歌集』の編纂の過程がよくうかがへる。爲泰の尽力とは裏腹に、維新後の混乱は厳しいものがあつた。

玉藻集板ハ御近方之素人彫と先年被仰下候処　當時ハ如何又板下之清書等ハ如何被成候哉今度思立候集三都も追々高値ニ相成候彌當所之彫師ニ及相談候所　勢子之十人もなくてハと事六ケしげニ申出候処却而京大坂ノ方可然ものか此ハ不弁理候事も有之(中略)出雲集触紙漸出來差上候今便先三百枚次ニ小生年賀之分倅共　相添候様申出是又三百枚ハ送申候　御やかましき事ながら諸方御知音先可成丈ケ御配り奉願　別而東國北國邊此方ゟ便り無之候無落様御尽力奉願候⑳

この書簡で歌集の板下の清書や彫刻について忠順に質問をしてゐる。この「今度思立候集」は『出雲歌集』の事である。維新直後の物価の高騰は、出板書肆業界にも及んでゐたのであらう。ついで『出雲歌集』の触れ紙が出来たので三百枚送るので、東国北国の方に隈なく配布してほしいと願ふのである。爲泰の『出雲歌集』は松江を中心として全国の歌人の詠を採る事を考へたものであつた事がわかり、忠順の人脈をもあてにしてゐたのであつた。

出雲集料歌漸五六百人斗り相集候へども遠國之分絶て無之候　世の中不行届ニ成候（中略）玉藻集御撰残り詠草名護屋ノ永楽迄可出候　それより大坂秋田屋迄來り候様御仕向奉願候　出雲集先藩御論定ニ相成居候事ながら近來新縣へ申送りニ相成候由之段いまだ何共御差図無之候も　萬一やめよとの事ニ相成候とも兼て國造家と中合置候事も有之此集ニ於ては是非撰集度心組ニ御座候⑥

七月十五日付

本書状は廃藩置県後のものであり、明治五年のものと思はれる。出雲歌集の歌はなか〳〵集まらず、忠順に玉藻集の残りの詠草の提供を促してゐる。出板には大坂の秋田屋が行ふ事となつてゐた事がわかる。(26) ただこの事業は松江藩の事業として始めたものの、新県島根県が引継いだ後に、何の沙汰がない事を心配し、何とかしたいとの心情を吐露してゐて、世の中に対する爲泰の嘆きと不安が示されてゐる書簡である。

次の書簡控は『出雲歌集』編纂の協力者島重老が明治三年十一月に帰幽した事による混乱を伝へて

ゐる。書簡は言ふ、

島重老先生死去之由爲知ニ而始而承知驚入事ニ御座候　何とも残念之至而絶言語候　右代校之儀被仰下両人申合候処是切島之名消失候も残念之事ニ御座候間同人息重養も年來之歌人ニ御座候得者親之跡を継せ御致し度御座候様相談いたし　左ニ候ハヾ其始校之儀重老先生へ頼遣候節返書ニ國造家御老君方へ御相談申上候而校合可致と申來居候決も御座候へハ　重養取斗呉候ハヾ御内々國造家ニも御手傳被下　又諸國へ便りよろしき所いづれ杵築にて世話方取置申度……

これは嶋重老の死によつて、代りの編輯協力者を、息重養にしたいと言ふ、細野安恭、堀重雄連名での爲泰への書状控である。十二月とあるが、重老の死が明治三年十一月であつたので、その直後である事がわかる。年末に重養はこの事を承知し、年が明けてから爲泰は既に刷り終へてある「触紙」に、嶋重老校とあるのを直すべきかを重養に問うたところ、一月三十日付でそのまま改めないでよいとの返事を受けとつてゐる。二月九日爲泰は藩の学官桃節山に重老のあとを重養が代つた事を告げてゐる。また、重老の死後、代役を重養にする事を中村守手に告げてゐる事にも注目できる。爲泰は尊孫の他にもこの守手、父の守臣にも師事してゐるのである。

また忠順に向けても、

出雲集之儀先藩之節御議定御入用等も御払ニ相成候筈之所　新縣ニ相成其後申送りニ相成候へともいまだ何事も無之万一やめよと申事ニ相成候とも　自力ニ撰成就爲致度と存候へハ必集歌の段

御周旋奉頼候　よの中不弁理ニ相成候故カ遠國よりハ絶て出來不致心せき事ニ御座候　出雲集撰候程と頼ミ候島重老翁身まかり候間玉藻御撰残りの詠草尾張名護屋迄ハ送り、夫より大坂秋田屋太右衛門方まで届候様御仕出候被下度奉頼候且又右集ハ長歌も加へ度（中略）右様と訳ニ相成候實ニ心細奉候島重老右之次第ニ付息海老夫重養父跡代り相頼受込呉候　而両人力を合成就爲致候つもりニ御座候万一半途ニて歿し候とも此集ハ是非成候様扱置候（中略）且又右集ニハ長歌も加へ度、森田先生被傳入御送り被下たく御頼申上候御社中御方々へも厚く御頼可被下候⑤

文末に「去年九月三百年以來之御主人ニ奉別…其後ハ力落申候…」など、廃藩を示す条があり、⑥同様明治五年のものと思はれる。嶋重老の死を嘆いたものの、『出雲歌集』は自力でも刊行すると言つた強い意志と、長歌も入れたいとの抱負を記してゐる。七月に差出した⑥書簡ののちに、一ヶ月経ずしてまた斯様な内容を忠順に伝へてゐる事は、いかに忠順を頼りにしてゐたかといつた二人の深い交誼が思はれるのであつた。また『出雲歌集』撰進に対する爲泰の熱い決意にも感じる所がある。こゝに言ふ森田先生は三河の森田光尋であらうか[27]。

爲泰は明治八年に逝くが、忠順の元に届いた二十一通中「明治六年一月三十日」の日付の書簡が、最後のものとなる様だ。この年の一月に師千家尊孫が逝き、天保以来出雲歌壇を率ゐて来た巨星墜つの思ひを感じた筈である。爲泰はその事にはふれずに只管出雲歌集をと言ふのであつた。

出雲集料追々御周旋被下いづれも〱無難相達候大慶不淺奉存候世の中相変し候歌集り兼心遣か

ね申候如何哉心永く集候外無御座候右集先藩之時上へ御藏板ニ御議定相成入用不残御払ニ相成筈ニて大ニ勢付候所後□移り替る世の成行ニて今ニてハ先上木之見込無覚候へとも何様撰置候ハ、時節至事も可有候と諸方申遣近來頻りニ取懸居候事ニ御座候④

先に依頼した歌稿が届いたとの御礼を述べると共に、もはや『出雲歌集』は上木が出来ないだらうが、いつかその時が来るやもとの諸方からの励ましによつて、編輯に取りかかつてゐるとの事である。

出雲集撰候程と頼み候嶋重老翁身まかり候時に、雲がくり行へしられぬ雁恋て鳩は軒ばに立ぞ迷へるとよみ候(中略)鶴は飛び亀は海にぞ入にけりひとりかはづをよには残して　ながらへて事は遂げんと諸ともにちぎりし言葉何わすれけむ

右様之訳ニ相成実に心細奉存候

重老帰幽後の「心細奉存候」の表現に爲泰の情が察せられるものである。広瀬藩の担当の堀重雄は明治五年一月に帰幽した。「杵築にも廣瀬にも又かゝりけりのこる松江は何としてまし」杵築の重老亡く、広瀬もこの編輯のあてになる人がなく、自分一人が松江に残された悲しみを歌ふのである。

然し爲泰の努力は空しく、この翌々年のその死によつて『出雲歌集』は草稿過程のまゝで空しくなつてしまつた。廃藩によるその主体がなくなつた爲の頓挫であり、晩年の爲泰の深い悲しみと憤りでもあつたらう。爲泰は『歌日記』の明治五年一月十七日の条に「出雲集編輯途中にして残念無限」とその思ひを書いてゐる。そして何度も何度も、或は執拗に繰り返された歌稿依頼とその強い意志を忠

順は一番よく承知してゐた筈であり、爲泰の死を最も悼んだのは遠く三河にゐた忠順ではなかつたらうか。

㈨

書簡は本来公表されるものではなく、それゆゑにその人のその時の感情を露はに表現してゐるし、当時のありのままの情報を提供するものである。爲泰書簡よりその事のいくつかを拾つてみよう。

長征先御止ニ相成諸人悦居候、一橋公様御□ニ相成度ものと世擧て申候如何様相成ものか(中略)
蓮月製ちょく一右両品誠ニ大慶則永雅凱陳之日開き申候て人々ニも見せ父子賞翫無限奉存候(中略)貴君ハよく〳〵御眼宜敷と被察御書状いつも御細字かの高橋持帰候分先月廿七日例所より日暮て帰宅家内差出候　直ニ披見仕候処さつぱりよめ不申　眼鏡二枚相用漸よみ申候　私ハ目あしく四十斗　めかね相用候へ共見えかね　いつも是ニハなんぎ仕候
貴君之状いつもおもしろく　屏風ニ共張る老後のたのしミニと奉存候へ共　御細書わなな〳〵ニて　當時は諸国とも紙高直ニ相成候へハ　一つハ御倹約之訳かと先月廿七日夜妻に申上候　大笑仕候　㉑

第二次長州征伐が慶応二年七月、家茂の薨去で中止になつた事を告げ、世間では慶喜の動静を噂してゐると言ふ。忠順は京の蓮月尼と交流があり、蓮月の焼いた猪口を爲泰に贈つたとみえ、息永雅が京の警衛より凱陣したらこれで祝杯を挙げると告げてゐる。また次の忠順の細字についての感想は面白いものであり爲泰の様子がよくわかる。忠順の細字はその著述からもわかる通りであるが、冗談として「大笑」したなどその人間性の一面を見せてゐる。

皇女御東行御旅宿　御製奉恐入候　珍しき御事ニ御座候(中略)尤今十八日代官役被申付　当分多用委申添削も難相成云々

皇女東行は和宮の下向を言ひ、旅中で詠まれた歌に恐縮してゐる。この歌の事は爲泰の「爲泰詠草」に記し留められてゐるが、この情報の伝達には目を瞠るものがある。この書簡は(文久二年)四月廿八日付のものである。爲泰は幕末の松江藩にとつて、かなりの精勤をしてゐて、役所に出ては家に帰らぬ事もあり、多忙を極めてゐた中での門人への和歌の添削、歌稿のとりまとめをしてゐた事が判る。松江藩は松平氏であるが為に維新時は勤皇か佐幕かで藩論が分かれ、明治元年の鳥羽伏見戦では山崎の警衛につき、二月に藩論を勤皇に統一したものの、一方で三月から隠岐島で騒動が起こり、その鎮圧を初め、翌年の隠岐県設置まで多繁な日々が続いた。九月には奥羽へ出兵し、その間に山陰道鎮撫使西園寺公望が下向し、朝廷への帰順を表明したりしてゐる。

先以二月当地へ鎮撫使御趣國中大騒動　万民の発心無限事難尽言語候　其上隠岐一揆大騒ぎ極々之難事心労御察し可被下候にて薄氷を踏居候　一切

すべなくて息つかるるハ世也けりおもふかたきはありとしれども
行く末はいかにまがりて流るべきみなもとにごる水のしたなみ
など詠候　是にて御深察可被下候（中略）三月以来病気ニ相成五月迄引籠　六月　出勤ハ致し候へ
ども　甚不歩行ニ成退役三度申出候へども許容なく……（中略）右病気ニ付隠岐國度々渡海可致筈
を是迄逃れ居候事　年来信心仕候一徳かと社中の人々申居候　⑬

隠岐の騒動とは明治元年九月に、島民が隠岐は以後松江藩の支配は受けず、朝廷領であると主張して、代官を追放した事件である。本来爲泰は隠岐へ渡るべき所を、老齢と病気で逃れ、其れを社中の人々は喜んだと言ふのである。忠順も維新時は江戸へ出たり、駿府へ出仕したり、京へ警護に出たり多忙ではあつた。

以上松江藩士で歌人であつた森爲泰の村上忠順宛の書簡の中から、当時の様子や爲泰の動静を伝へるものを紹介してみた。忠順がこれらの書簡に対し、如何様な返事を記したかはわからないが、この幕末期に絶える事無く文通をした二人の仲は、相互に歌集（撰集）の編纂の苦心と言ふ絆で結ばれてゐたことであらう。爲泰を囲む松江の社中が有り、爲泰自身は杵築の千家尊孫の門下として鶴山社中の一員であり、また忠順は三河の歌壇を率ゐ、また紀州とも通じる人脈があり、その一方で『玉藻集』の初二編を編むに当たつての全国歌人との交流があつたのである。三河と雲州松江と言つた離れた土地でありながらもそれは実に緊密なものであつたと思はれ、そしてそれは全国にも繋がつてゐたのであつた。

註

（1）忠順については、熊谷・簗瀬編『村上忠順集』一から三（村上家版）、熊谷『三河歌壇考証』、同『続々歌集解題余談』一、二、『簗瀬一雄著作集五近世和歌研究』等に詳述されてゐる。その旧蔵の蔵書の大部分は刈谷市立中央図書館村上文庫に所蔵され、その内容は『村上文庫図書分類目録』によつて判る。なほ愛知県豊田市は忠順の業績を称へ、村上忠順翁顕彰会を組織し、同会は会報並びに村上忠順叢書の刊行をおこなつてゐる。筆者は同顕彰会の会員として会報に小文を書いた事もあり、本稿に紹介する森為泰の書翰もかかる関係から忠順裔孫の村上斎氏から御提供を受けたものである。

（2）明治書院『和歌大辞典』の記載は次の通り。「江戸期歌人・国学者　村上。字は承卿。号を蓬廬・四方樹、書屋を千巻舎という。文化九（一八一二）年四月一日～明治一七（一八八四）年一一月二三日、七三歳。三河国刈谷藩の医師である。植松茂岳・本居内遠に学び、歌は磯丸や石川依平の添削を受けた。天保五（一八三四）年から年次詠草が残つてをり、生涯に詠んだ歌数は五万首を超える。『村上忠順集』（昭四四）は文久二（一八六二）年頃成つた自選歌集から熊谷武至・簗瀬一雄の抄出したものである。忠順の編著はすこぶる多く、刊行されたものに類題和歌玉藻集・詠史河藻集・類題嵯峨野集・三河の玉藻・千代古道集・蓬廬歌談・名所栞・雅語訳解拾遺・散木弃歌集標柱・古事記標注・標注古語拾遺・頭注新葉和歌集・天飛雁がある。またその集書は著名で現在刈谷市立図書館に村上文庫として保存されてゐるものは二五一〇冊である。」（以下略）簗瀬一雄稿、六二八頁。

（3）『和学者総覧』によると、その学統を受けた者に渡邊綱光・本居内遠・植松茂岳・糟屋磯丸・石川依平があげられてゐるが紀州の熊代繁里の門人帳にその名が見え、繁里もその師にあたる繁里歿後にその家集『櫻蔭集』を編んでゐる。

（4）『國學者傳記集成』一五〇四頁、なほ『和歌大辞典』にも、この記事と同じ爲泰の略伝があり、加へて「歌集に千竹園集、爲泰詠草などがある。また弘化四（一八四七）年から明治に至る歌日記の原本が岩瀬文庫に蔵されてゐる。（以下略）」とある。宗政五十緒稿。また松江四光院の墓碑には「皇朝學に志厚く中村守臣翁に教を受けかたはら出雲琴の曲を習ひ千家尊孫宿禰に属て敷島の大和歌の長き短きおくかを極め　月を経年を積てその教子も二百人に余れり　かかれば少將松平君も愛給ひ皇學館の歌の訓導に挙げ給ひて　屢歌奉らしめ御前にめして頂戴物数度賜りぬ　はた出雲歌集撰ぶべきのよさしさへおはしましき」とある。明治八年に六十五で逝き、遂に出雲歌集は編まれなかつたものの、斯様な歌集を編む事が可能な程、松江藩には歌道が根づいてゐた事が言へる。

（5）西尾市の岩瀬文庫には、弘化四年から明治五年に至る『森爲泰歌日記』（『小竹園雑記』とも）十二冊が所蔵されてゐる（但し年次数冊を欠く）。また爲泰の雑記帳である『千種園雑録』四冊がある。この両著は爲泰の幕末から明治初年に至る動向を簡潔ながらよく示してゐる。爲泰の千家尊孫への入門の年は『歌日記』の明治六年一月五日条の、尊孫の訃報を知つた悲哀の情を述べた記事には「爲泰御門に入奉りしハ二十三の時にして今年四十一年の間御教授給りし事　今更思ひ出ていとありがたき事になん」と記されてゐる。これによれば爲泰の入門は天保四年と言ふ事になり、尊孫の鶴山社中の結成はその頃既にあつた事と思はれる。また『雑録』巻一の「御杖代兼國造尊孫君御詠」と題する尊孫の歌綴りの奥書には「右爲泰入門後はじめて送られし詠巻写　天保六年比」とあり、この頃に社中の活動がなされてゐたことがわかる。
(6) 所載歌数九首。なほ同五郎集には十首あり。
(7) 所載歌数十七首。なほ巻頭立春詠は、熊野連広村　熊野連正葛の次の三人目。なほ息永雅は十一番目にある。
(8) 所載歌数五首。なほ巻末の古風歌にその内の二首あり。
(9) 所載歌数十七首。後述するごとく爲泰は門人の詠草を一括して送つた。
(10) 所載歌数四首
(11) 『鴨川集』四郎集に、嘉永五年七月に鴨川の水が溢れ、その折に詠んだ伴雄の歌が届いたので、其れを同じ松江の細野安恭に見せると題した爲泰の歌がある。
(12) 『漁夫歌人糟屋磯丸』百六十四頁にもこの事に就いて記してある。
(13) 千家尊孫及び尊孫一門の事に就いては本書第二章、又『大社町史』中巻第十一節の出雲国学の項(中澤執筆)参照。原青波『出雲歌道史』は松江歌人まで言及してゐない。
(14) 爲泰は『歌日記』の明治六年二月二十一日の条に、四十年昔の千家家の歌会の様子を、この年の元日に逝いた、師尊孫を偲びつつ次のやうに記してゐる。「むかしけふ二月二十一日の杵築にあつて西の殿の御庭なる櫻さき出しければ、櫻花といふ題出されて御殿につらなれるハ、尊澄君俊栄君尊朝君嶋重胤千家之正赤塚孫重爲泰なりけり　時にその巻の秀逸は……(中略)……今およびをり見れば四十年の昔也けり　其比重胤之正孫重ニ平岡雅足をそへて杵築四天王といへり」千家一門の杵築の人に加へ、松江の爲泰が一人加はつてゐる事に注目できよう。また天保十一年一月に、千家尊朝が亡くなつた折に爲泰は嶋重老に追悼の消息をものしてゐることは、尊孫の『類題眞璞集』に「同じ頃(中澤註、尊朝歿後）松江士森爲泰が嶋重老が方へおこせける消息をみて」と題する尊孫の詠がある。天保十一年当時の親交がうかがへるが、二月二十一日の記事は尊朝の生存中である。なほ、墓誌によると中村守臣にも歌を学んだと言ふ。守臣は千家家の学師として養嗣子守手と共に千家一門に国学を教へたが、『和歌大辞典』の記す守臣を桂園派とするのは、黒岩一郎の『香川景樹の研究』（五五八頁）によるものであり、一概に守臣を桂園派と断じることはいかがか。岩瀬文庫には爲泰旧蔵『中村守臣遺稿』がある。

（15）刈谷市立中央図書館蔵「出雲詠草」ほか。

（16）例へば長澤伴雄の『類題和歌鴨川集』四郎集などは、御詠草取次所として、京和泉屋治兵衛、大坂秋田屋太右衛門、若山阪本屋喜一郎、同大二郎を挙げてゐる。

（17）『類題玉藻集』二編の刊行が慶応元年三月であつたことは、現在村上家蔵の、『玉藻集』編纂上梓にあたつて各地から送られてきた金品や忠順の歌の控へである「玉藻二編進物」と題する記録帳からわかる。その慶応元年の条に「閏月廿七日　イヅモ爲泰廿四部　此内一部出雲國造へ出」とあり、爲泰の受取つた二十四部の傍証となる。また翌年の九月十四日の条に「爲泰二部」とあるのは、後記の通り藩主からの要望によつての依頼の二部であらう。（本記録は忠順の手控への書き付けのため年次を追はずに折々に書き付けたものでこれが翌年に当たるかは悩む所）また、慶応二年八月十一日の条に、尊孫から「金百疋」が送られ、返礼として桑名急須を送つた事が記されてゐる。この時尊晴からも百疋、同十三日には森爲泰から金弐百疋が届いてゐる。

（18）爲泰はそれ以前に前藩主松平齊貴にも歌道の件で召されたことがある。

（19）爲泰は安政三年に富永芳久が編んだ『丙辰出雲國三十六歌撰』に、その一人として撰ばれ、また二年後の同人撰『戊午出雲國五十歌撰』にも撰ばれてゐて、出雲の歌人として聞こえた存在であつたと言へよう。

(20)『類題和歌玉藻集』二編には「村上忠順が五十賀に読書延齢」と言ふ題で爲泰以下門人の歌が記されてゐるのは、爲泰が社中の歌を一括して送付したのであらう。そして歌集が上梓されて送られて来たのを爲泰は通覧し、門人の歌が幾つ二編に採用されたかを数へて忠順に告げた「玉藻集二編撰出順」と題する八月廿九日付の書翰がある。松江歌人の採られた歌数や、その人物評をも載せ、それは出雲歌壇中、松江歌人関係の状況をよく示すものとして〔資料〕として翻刻しておいた。そこに爲泰が尊孫の門人である事を、文末に「三十余年来歌道の師君」と記してゐる。また当時は松江の歌人の指導に当つてゐたこともわかる。「集渡ス」とあるのは歌集を手渡しした事を言ひ、「集送ル」はやゝ遠地なので送つた事を言ふのであらう。地方在番や隠岐への出張もあつた様である。また歌集の作者名の相違なども鋭く指摘してゐて、爲泰の歌への執着がわかる。殊に藤原古徳子と太田倭文女、また自分の妻咲女に就てはその人物と共に歌の評が如実に表はれてゐる。倭文女は国造の孫とあるので、その理解のために尊孫の子について千家和比古氏の御教示を次に記しておく。一、尊澄　長男七十九代国造　二、俊栄(基主)梅硒舎俊清の養子、梅硒舎三代　三、女子(早逝)　四、比佐　日御碕検校小野高安妻　五、五郎丸(早逝)　六、尊朝(薫丸)　七、利喜　松江藩士太田監物妻　この子が倭文女　八、篤麿(早逝)　九、有(阿理)千家恒主(尊之国造の三男尊昌の長子)の妻　なほ忠順はこの書状で爲泰からの指摘を受けたものの刷り直しや訂正をする余裕がなかつたと見えて、現在流布する『類題玉藻集』二編はそのままになつてゐる。

(21)但し本書は元来忠順が維新時に京の警護の為に嵯峨野に出張して、その地で編んだ歌集で(『千代古道集』も同じ)京の歌枕を書名とした。その歌稿に全国の歌人の詠を加へたため詠者は多いが採られてゐる歌数は少なく、爲泰も四首に過ぎない。

(22) 例へば天保十三年刊の『類題八雲集』にもかなりの松江藩士の数が挙げられる。また『雑録』巻三には安永二年の石見国柿本社の奉納歌集が綴られてをり、中に文政期の「石見國高角社一千一百年奉納五十首」などが見え、そこに松江藩士の歌がある。

(23) 『雑録』巻二には出雲近辺の歌道の盛行を次のやうに記してゐる。「三四十年以来弥増す歌道世に行はれ　諸國之撰集夥敷事ニ御座候処別而因幡國ニハ稲葉集　石見ニ而ハ近世百歌撰現海集など出来候所出雲ニ出雲集無之何とも羨山敷事と兼て存候処……」ここに言ふ近世百歌撰は多田清興が刊行した歌集である。清興の名は『歌日記』に散見する。

(24) 『歌日記』の明治四年一月十四日条に、東京へ旅発つ千家尊福に、出雲集の歌を集めてゐる事を東京の歌人に触れ回つてほしいと告げ、さらに忠順宛の書翰を同行の人に託してゐる。「東京へ千家尊福君ものせらるとて今日松江江差給ふよししらせ来れゝば出雲集の事どもよきにはからひ給ひてよと頼遣しけるついでに、三河國苅谷へ状頼ミ送りけり」また、この事を細野安恭らに告げてゐる事は、『雑録』巻二の二月十日付の安恭らの書翰に「一、千家尊福君東京へ御越ニ付撰集之儀お□□□被成候而　彼地之中傳周旋御頼ニ被成候由承知仕候」と見える。

(25) この事は『雑録』巻二にも「國造様　仙《ママ》家様　御両公御相談との事承知仕候」とも見えてゐる。

(26) 触紙に見える書店は京　恵比須屋市エ門　吉野屋仁兵衛、東京　山城屋佐兵衛　岡田屋嘉七、大坂　秋田屋太エ門　河内屋茂兵衛、尾張　永楽屋東四郎、紀伊　坂本屋喜一郎である。

(27) 光尋は三河国渥美郡年足八幡宮祠官であり、明治三十一年歿七十一歳。忠順や爲泰よりも年下なので「先生」と言ふ表現が不審。或いはその父光義の事であらうか。

資料　松江歌人関係資料（森為泰書状　村上忠順宛）

玉藻集二編撰出順

三十六首　集渡ス　吉見吉雄
九首　同　松井言正
七首　同　藤江千元
十一首　田川義静　出奔人　再度御加入御無用
三十六首　集渡　太田倭文女
数不分明　集送ル　外山正樹　國中海邊出張
　但霞ノ歌　稲迄七首ハ姓歌毎嘲リ有之　夕落葉
　下巻星之歌迄十四首姓なし　三州林正樹と雑
タルカ　此内貴家賀詠男子産　安政五年□の歌
四首ハ為泰慥ニ覚在　正樹ガ歌ナリ八橋ノ詠林
ナルベシ
十四首　集送ル　足羽美生
　隠岐國御代官　去子ノ年ヨリ來ン卯年迄在嶋
一首　香西亀文　飯石郡在番　松江ヨリ十五里
八首　集渡　井山公敬　隠居ナリ

四首　井原篤之　文久三亥五月死
七首　土岐國彦　今年八月廿五日死
六首　集送ル　三上吉利　仁多郡出張　松江ヨ
リ十五里
九首　同　仙田陣斯　隠岐嶋前防人
一首　坂田當義　歌道極て不精ナレバ集不遣
六首　集渡　吉塚景命　御家内附之
十七首　為泰
六首　集渡　朝比奈武敏　者頭ナリ
三首　大嶋天　古人ナリ井山公敬実父
十二首　集渡　乙部真樹　御番頭ナリ
七首　同　樋野重成　者頭ナリ
八首　高橋正臧　去子春ヨリ来寅マデ在江戸
七首　永雅
四首　集渡　藤原古徳子

此方之詠四首出之内二首ハ貴家ノ賀外、題之分全て夏月と里雪と二首也　古徳子ハ三千余石代々家老神谷源五郎娘　当主源五郎姉ニテ一家老四千七百七十石　大橋茂右衛門嫡子主税英風妻ナリ　英風ノ歌紀州へ遣シ集ニ出然処英風五年以前死去故、古徳子神谷ノ客人トナリテ帰居ナレ共大橋ノ人也　故ニ大橋ヨリ再縁ノス、メアレ共古徳子他江嫁行心ナクシテ亡夫ヲ祭リテ有　サレド猶両家共再縁を□□し趣ナリ　大橋当主筑後英風ノ弟也　扨英風歌道好マレシヨリ古徳子モ若年ヨリ志厚ク今年三十三カト覚ユ

歌道のみならず寛仁ノ徳行アリて人の仰ギ尊ブ人也　詠歌も数を尽してアル也　倭文女ハ監物妻、國造尊孫ノ娘ニテ國造ノ孫ナレハ歌の筋ヲ受テ詠歌ハ秀才ナレ共学徳ナク、古徳子ニ大ニ人物オトレリサルヲ此集ニ三十六首ト四首トノ違アリテ爲泰中心痛無限依テ及理集爲　送レルニ返書ヲ見テ安心セリ何卒以来御撰歌被下候て大ニ甲乙なき様ニ奉願候只詠歌のミ見る時は倭文女勝れたれども　人物同日ニ論ずべからず（省略）野生が心痛御察し可被下候太田監物ハ本知三百五十石　當時足高百五石ニて大番頭也　サテ又古徳子ノ返書差上度候へども封重ニ相成候へハ写し懸御目候（写し省略）

五首　咲女　古人

是ハ爲泰ガ先妻永雅ガ實母ニて五首出タレトモ姓ノ片書ナシ　下巻七夕祭出始ナリ　咲女ハ歌人ニアラズ　野夫本牧在陣中文おくれる度毎に一二首づつ奥に書付在之候　歌に少しハ心を入候訳かと思悦候所帰国候上一向歌之□取いたさず　或時歌はなどよまぬと申たるに自分ハ歌詠心なしとこたへぬ　本牧ノ文ニハ歌送れるハいかにと云ニ余りふつゝか成用事斗申も如何　もとより夫か好みし歌なれバ少しも笑草ニ可成かとの考ニて候事なり　又旅したらハ可詠と申せり　三十年之来同居いたし候へども□□□右之次第然所帰国して一年を経　死去せり　そこで先年永誰が右本牧文を取出し候其内より二三十首抔出て紀州と貴州とへ送り申たる也　咲女死して五十日之間ニ悲ノ愚詠二百五十首斗別ニ一人言と題して一巻アリ　右様候志の歌数首御加入誠ニ恐入候事ニ御

座候　是より事を思へば古徳子などは千首出ても不足之議と奉存候　右之次第故先年差上候詠巻之外歌一首も無之候
三首　内藤高行
是ハ爲泰が實弟　十五歳ノ時廣瀬三万石ノ御○主、當所ノ御末家御家中へ養子ニ遣したる也　歌の稽古いたした事もなく只事ニ尽てそが頭出たる歌まれ〳〵あり　此高行も姓ノ片書落たり
四首　大塚孝徳
但螢　月恋　今一首あり右四首出し候処是も姓の片書落たり
〆
此間風邪ニ引籠居候ニ付御集拝見候処誠におもしろき事ニ御座候　社中一同大悦無限奉存候幸在宿到候ニ付細々御許被下候事
八月廿九日　爲泰
忠順君

千竹園門人席順

此人別ハ御出題等アレバ何時詠デ可差出社中ナリ
足羽美生　吉見忠篤　吉雄改名
右格別執心
藤原古徳子　松井言正　藤江千元　三上吉利　仙田陣斯　中村久慶
右両人ノ次也
外山正樹　井山公敬　太田倭文女　高橋正臧　朝比奈武敏
右六人ノ次也
巻頭二番目尊晴ノ片書國造ト有　アラズ姓名録ニ出雲大社ト有　是ヨリ國造尊孫ノ弟部屋住ナリ
國造家ニハ下官ニ下ラズ故ニ二三軒位ハ部(屋)住両家共古来ヨリアルナリ　姓名録ニ尊澄ヲモ國造ト有　アラズ國造尊孫ノ嫡男家ヲ可継人ナリ　國造ニテモ部屋住ニテモスベテ懐紙杯ニ出雲宿禰某ト多ククカクナリ
國造尊孫君今年七十歳春賀會アリ　御詠始社中御祝詠送れり　爲泰三十余年以来歌道ノ師君ナリ
何卒御祝詠一首御送り御頼申事

二、森爲泰と若山の長澤伴雄、西田惟恒

森爲泰『小竹園雜記』より

(一)

紀州の長澤伴雄は本居大平、内遠の統を引く国学者歌人であつた。藩政に関して罪を得て非業の死を遂げた為にあまり良くは見られてはゐない様だが、徳川時代後期和歌史上、加納諸平の後を継ぐ形で『鴨川集』を五編(五郎集)迄刊行した事は、幕末の全国歌壇へのよい刺戟となつた筈であり、また殊に『貞丈雜記』や『武雜記』の校訂補註など、有識故実の考証に長じてゐた点は認めてもよからうと思はれる。(1)にも拘はらず『國學者傳記集成』もその伝を載せず、昭和に成つたその続篇に於て初めて取り上げられ、戦後に於ては山本嘉将の『近世和歌史論』を初めとする諸平研究において描かれる対象になつたに過ぎない。『鴨川集』は諸平の『鰒玉集』と並ぶ幕末歌壇盛行史に特筆すべきものであり、その影響は明治まで及んだ。(2)

また、伴雄の失脚後、紀州において、『鴨川集』に倣つて同様の歌集を編んだ人物に西田惟恒がゐる。

『三熊野集』はじめ『安政年々歌集』(『文久二年八百首』まで)などかなりの歌集の編纂に努めてゐて『近世三十六歌撰』二編以降、更に『清渚集』(3)や『春草集』(4)など、他の歌人の撰集の校定にも協力してゐる。『鴨川集』はじめこれらの歌集が全国の歌壇社中や歌人から歌を募る事によつて成立したと言ふ事は、積極的に歌を投じた地方歌人がゐたと言ふ事になる。それらの人々には長澤伴雄や西田惟恒はどの様な人物として把へられてゐたのであらうか。また地方でありながらその軼事が伝へられてゐる場合もある。

本稿では出雲松江藩士であり、出雲大社の千家尊孫門の歌人であつた森爲泰の歌日記から、当時のこの二人の動向の一端をうかがつてみたく思ふのである。

(二)

森爲泰《ためひろ》は幕末の松江歌壇の中心的人物である。文化八年の生まれで、長澤伴雄が文化五年の生まれなのでほぼ同齢の間柄であつたといへる。伴雄編になる『鴨川集』に出雲歌人が採られるのは三篇(三郎集)からであり、(5)四郎集からはこの爲泰をはじめ四十七人もの松江藩士の歌が採られてゐる。これは爲泰がその社中及び藩士に呼びかけて、歌を出詠したことによるものと思はれる。四郎集の刊行は嘉永五年であり、同じ年に『鰒玉集』の六篇が刊行されてゐる。よつて爲泰が歌稿を送つたのはそれ以前の事であるが、二人の関係は斯様に『鴨川集』を仲介にして結ばれたものであった。

爲泰には幕末の弘化から明治六年に至る歌日記『小竹園雑記』十二冊が残されてゐる。(6) これによると幕末維新時の、松江を中心とする、歌会の記事をはじめ、藩士の動向、爲泰に関はる歌人の風評などが記されてゐて、当時の様子がうかがへる。これは歌日記の体裁をとり、正月から順を追つて折にふれた歌を記してゐるが、その内容は歌会に限らず、世の動きや悲喜交々の折に詠んだものを記し留めてゐて、日記の記事が長い詞書の様になつてゐるものがある。

爲泰は『鴨川集』はじめ、当時の類題の撰集の料に自らの歌稿を送る事に腐心していた様で、嘉永期の歌日記には至る所に次の様な記事がある。

（嘉永四年）

・歌の頭に㊀印有ハかも川五郎集に遣し云々

（嘉永五年）

・長澤伴雄方より細野安恭がもとへ遣してよとおくりつける消息を広瀬へ送るとて

細野安恭は出雲広瀬藩士で歌人、爲泰とは仲がよかつた。(7) これによれば伴雄の手紙を仲介してゐる事がわかる。

（嘉永七年）

・㋹此印賀茂川五郎集料ニ再送ス　同年六月運送五郎集ニトテ送リシカド間ニアハズ六郎料ニナ

ル　又朱ニテ、印ハ鰒玉八編料ニ遣ス

・鴨川五郎集の詠草とりあつめて紀州へ送るとて

・鴨川四郎集ニ詠歌あまた選出せるを見て長澤伴雄かたへその挨拶によみて遣しける

・○此印ハ加茂《ママ》川六郎料ニ遣シタリ是より卯ノ五月迄ノ詠一緒ニ遣ハセリ

（安政二年）

・○印加茂《ママ》川六郎料ニ遣ス

これらの日記の記事から、爲泰は自分の歌が初めて「鴨川集」の四編（四郎集）に採られた事を喜んだ事がわかる。ここで「あまた」とあるが爲泰の歌は十四首見出す事ができ、自作をはじめ、松江の自分の社中の詠をも含めた謂ひである様だ。ついで五郎集のために歌稿を送つたが、それは間に合はないので六郎集の料になつたとも記してゐる。五郎集に爲泰は歌を採られてゐて、この歌稿は五郎集追加のものであつたのであらう。五郎集も、『鰒玉集』の七編もこの年に上梓されたので、何れも未刊となつた幻の六郎集、鰒玉の八編の料に宛てられたものであつた。ただし諸平が途中まで編んだ鰒玉八編草稿（正宗文庫蔵）に、爲泰の歌は記されてゐない。何れにしても爲泰は歌が溜まつて来ると折々に自ら撰んで伴雄の元に送り届けてゐたのであつた。嘉永七年当時、伴雄は既に職務を免ぜられてゐた状況であつた。

㈢

伴雄は安政二年六月五日、更に罪を得て捕縛され揚座敷入となり、同六年十一月に悲憤のうちに自刃した。五十二歳であつた。

木の国長澤伴雄は通称衛門と云て世にまれなる大丈夫にして、殊に皇国学に秀で著述せるがあまたあるが中に、先年消息して「兵器図考証、装束図考証と申大著述十ケ年斗前より筆を立かけ、装束の方は百巻既に脱稿いたし、兵器ノ方も大いに此節まで脱稿いたし、是ハ古書に見えたる兵器の名を出し、古画古物によりて図を附録したる書にて、伊勢家の武器考証をグつと委しくしたる書に御座候、終身の業にて、もし中空にて歿し候はゞ子孫に跡を続かせ可申様居候処、案外早く筆稿出来、此節まで二百二十冊出来上り申候、右之中初編十五冊當年中之清書いたし度、専ら取懸居候事云々」と言ひおこせたるは安政二年卯春三月斗の事になん。

爲泰は文久二年の歌日記の中で、急に伴雄の事を思ひ出したかの様に綴り、そこには兵器図考証と装束図考証に熱意を以て執筆に集中してきた伴雄が自ら語る書簡を引用してゐる。これによれば現在一部散軼してしまつたこれら二種の大部の考証が大方書き上つてゐた事かうかがへる。それ以前の弘化四年の伴雄の跋文のある『武雑記補注』の巻末には、「兵器図考証凡百巻　装束図考証凡五十巻」の他、十三種の伴雄の著述目録が記されてゐる。また下つて嘉永二年刊の『鴨川集』次郎集の巻末の同著述目録には「兵器図考証百巻　古来ゟ古画に見えたる武器を併せ考て記す　装束図考証五十巻神武以下今の強装束になりての比まで官職を古書古画によりて記す」とあつて、十年程費やしてゐた力作が、いよいよ安政二年時点で二百二十巻ほどになつて、初編から順次刊行の予定でゐた事もうかがへて興味深い。伴雄が本書にかなり打ち込んでゐた事は歿した後も子孫に跡をつがせると記してゐる事からも言へる。自分が死んだら、蔵書は売つて金にせよとの蔵書印を捺へた伴雄であつたが、この入魂の著作の一部が眠つたままなのは惜しみてもなほ余りのあるものである[8]。

伴雄の捕縛がこの年の六月であつたが、爲泰はそのやうな事は全く知らずに伴雄へ宛てて返事の手紙を書いたものの、何とも言つて来ない。

　夏過、秋もふ月八月とまつに何の音信もなかりければ、いかなればかく打絶ぬらんとうしろめたくて、いつごろにか有けん消息しけれど猶いらへなかりしに、長月十日家の会なりければ人つどへる折しも、木の國よりの届ものなりとてもてきたれるを見るに、坂《ママ》本屋喜一郎とあれば、いといぶかしくひらき見るに、先生海防策著述せられし罪によりて人屋に入られ玉ひぬ、必世になもらし玉ひそ、兼而殊にねもころにものし玉へるほどにしらせなるになん（中略）とあるをおのも〳〵驚きさわぎてたゞくりごとのみいひあへり

松江の爲泰の元に伴雄の捕縛の通知をした者は紀州の出板書肆阪本屋喜一郎であつた。阪本屋は『鴨川集』の刊行にも与つてゐるので伴雄とは深い仲であつたのだらう。爲泰は一点も上梓した自らの書

物はないが阪本屋とは懇意であつた事が伺へる。また伴雄の捕縛の原因が『海防策』の執筆、即ち筆禍として公表されてゐた事なども伺へる。

(四)

伴雄の捕縛の状況は、諸平が室谷賀世に送った書簡（室谷鐵腸編『歌人書簡集』(9)）によると「五日昼後同人所持之品御吟味に付、同人を白布に而ク、リ置捕手五十人にて家を囲みてめしとり、其夜明揚りやへ入」であつたと言ふ。同じ事を『南紀徳川史』には、

右永く揚座敷入命ぜらる、時、役人数名不意に其家に踏み入拘留せんとす伴雄机に侍り讀書したる後より白布にて巻き捕へしに、捕へられながら、三首の歌を詠て男某に書せしむ其一に　水無月の照る日の影はさしながら着たるぬれぎぬほすひまもなし

と記されてゐる。白布でくくつて捕へた点は共通してゐるが、歌を詠んだ事は歌人とは言へ緊迫感に欠く余裕の様で不自然であるが、或面では伴雄の人柄を示してゐる。

紀州を遠く離れた、松江の爲泰もこの伴雄が捕縛された時に歌を詠んだ事を聞いてゐた様だが、その歌そのものについてはわからず、気懸りであつた様である。翌安政三年爲泰は江戸出府の折に遠州伊達方に石川依平を訪ね、偶々伴雄の話題となつた折に、

石川依平がり尋ねて逢し折をしむべし　伴雄大人五十人のとりて来りて駕籠にかきのせて白布もて十重はたへいましめてかき帰れりとなん、其時に「白ぬのにか丶るべしとはおもひきや」とよめりしよしなると、情なき事ならずやとかたれり。

といふ。依平も捕縛の事を知つてゐたのである。そこで爲泰は更に「その下の句はととふに年老て打忘れぬ」と依平は答へたといふ。そののち爲泰はこの下の句を知りたく思ひ、自分の歌の師である千家尊孫はじめ大社関係者、その他に尋ねたが、知る人はゐなかつた。時は流れ、八年後の文久二年十一月三日に石見の多田清興が爲泰のもとを訪ねて来た。清興は父多田景明が撰んだ『當世百歌仙』を整理して上梓、こ丶に爲泰もその一人として一首を採られてゐた。さて先の伴雄の話題になつた時に、なんと清興はその事を知つてゐたのであつた。「清興が學の友なる金子杜駿ハかの折かく伴雄がり尋ねて物語りしてありしほどにかのとりて来りし也しかば、からうじてのがれしとなんされば白布にかかりしありさまはいふも更なり人やに入りし後の歌をも聞つけて帰りしとぞ」金子杜駿《もりとし》は石見の人で、のちに萩明倫館に学を講じた。紀州にも度々行つて伴雄や諸平について学んだと言ひ、清興とは親密な仲であつたと言ふ。その杜駿が書きつけた三首は、

白布にか丶るべしとは思ひきやゆふかけてこそ神はいのりし
君が為捨てん命をいたづらに人やのうちに朽はてんとは
死してだにかゞやくべきを生ながら朽はてむも有世なりけり

であつた。伴雄捕縛の折にその場に居合はせた者の筆記とは言へ、『南紀徳川史』の一首とは又違つたものであるが、当時この様な噂が流れたのも事実なのであらう。『鴨川集』編輯の歌人としての伴雄の評判の一端がうかがへる。

後に明治四十年にその遺稿を長澤六郎がまとめて世に公刊された伴雄の歌文集『絡石の落葉』には、この折の伴雄の歌三首が著録されてゐる。

安政二年六月幽囚の身となりて家を出る時

白布にかゝるべしとは思ひきやゆふたすきして神は祈らし

水無月の照日の影はさしながら着たるぬれ衣ほすひまもなし

色かへぬ松のみさをは放たじと思ひし絡石も末は見えけり(上巻五六丁表)

これによれば『南紀徳川史』所載の水無月の歌はこゝにも見える。金子杜駿の伝聞の三首の中では、白布の歌のみが正しかつた事となる。但し語句が多少変はつてゐて、当時の情報の伝達とその曖昧さのうかがはれるものである。

以上、伴雄の書簡の引用から始まる爲泰の『歌日記』は、文久二年十一月に多田清興が爲泰の許を訪ねた折に、思ひ出した様に一気に語つたものである。今は亡き伴雄への思ひが急に込み上げてきたのであらう「此三つの歌聞より胸ふたがりて」と記し「赤玉のあかき心はゆふ懸ていのりし神も照さざらめや」と追慕の歌一首を書きつけてしめくくつてゐる。

爲泰は伴雄が自刃した頃の『歌日記』には敢へて伴雄の記事は記さなかつた。それは阪本屋から口止めされた事に因るのであらうか。伴雄の歿後三年、清興によつてもたらされた情報によつて、俄に堰を切つたやうに伴雄の事を記しつけた爲泰の思ひは複雑なものであつたであらう。以上は伴雄の情報である。

(五)

徳川時代後期の和歌山に於て、和歌国学史上に西田惟恒(菱舎《ひしのや》)も重要な位置を占めると思はれるのに、さほど注目されてゐないのは何故であらうか。惟恒は本居内遠の門下で、早くから幾つかの著作を物してゐる。殊に諸平、伴雄の失脚や歿後には、その後を追うやうに幾つかの撰集の歌書を編み、また校合なども行つてゐる。『三熊野集』はじめ『安政二年百首』以来の年々歌集の刊行などは全国の歌人からの注目を受ける様になつていつた筈である。松江の森爲泰は諸平の『鰒玉集』四編以来の歌人として、惟恒の『三熊野集』にも歌は載り、『安政五年四百首』から歌が採られてゐる。惟恒と爲泰の交流は安政期から始つた様である。爲泰の『歌日記』には安政七年二月晦日条に「紀州西田惟恒より頼ミの歌遣すとて」とあつて、三首の歌が記されてゐる。同年の四月十五日条には「西田惟恒が五十賀寄紀伊國名所祝」と題して二首の歌が記されてゐる。(10)

西田惟恒の生年は、『地下家傳』の記す堀尾三子の記述の文化十三年をそのまま信用してゐる(『和学者総覧』等)が、この『歌日記』の安政七年の記述を採ると文化八年となる。この折集められた五十賀の歌は惟恒亡きあとその意志を嗣いで村上忠順が刊行した『元治元年千首』に九首あるが、そこに爲泰の歌は採られてゐない。爲泰は萬延二年八月には惟恒より送られて来た『萬延元年六百首』を見て、その感想を歌にして惟恒へ送つたり、殊に同書に自分の五十賀の祝の歌(寄竹祝)を見出して喜んだりしてゐる。(この折の爲泰五十賀の残りの歌が『元治元年千首』にある。)また文久三年には惟恒から栞を贈られて、お礼の歌を詠んでゐる。この様に両人は歌書を通して親しい間柄であつたが、慶応元年初夏、惟恒は逝いたのであつた。その事を一年以上経た翌二年九月二十日に知つたのであつた。[11]

その日の『歌日記』は「西田大人奉霊前」と楷書で記したのちに次の様に書きつけてゐる。

木の国西田内蔵惟恒翁は著述書数多なるが、諸集に爲泰が歌も加へて、年高く互にいとねもごろに思ひ頼み来りしを、いにし年(中澤註去年　慶応元)の卯月ばかり消息せられしを、その返事七月一日に送りて、師走まで待しにいらへなかりければ、いかになどいひ送りて、今年春(慶応二)の、嘉例いつものごとく言て、去年は他国にもや出られし、音絶てなど言遣して猶返事まつに、年毎の佳詞だにいひおこせられざりければいよ〻いぶかしミ思ひて、和歌山の書林阪本がりへ尋書三度まで遣はせしかど是も又返事せざりけり　如斯ていかにしてかこと問紲さましと思ひわづらひて、月日過来しつゝ、刈谷へも尋ね置しかど、此ほど心つきて富永芳久がり問置しけるに今日返書

おこせたりけり、見るに菱舎の主は去年の五月ばかりとか、根の堅洲国にまかりぬと風の便りに聞てなどあるに驚きおもひて、

頼み深く道に懸べし翁はや退りけりとよ根の堅洲国

音絶し年の一年恨みしは亡き世しらざる心なりけり

親しき仲の人物を亡くした事を知つた爲泰の驚きと悲しみがよく示されてゐる。これによると慶応元年卯月に惟恒から手紙を貰ひ、返事を書いたものの、その後便りが来なかつたと言ふ。今年の年賀状の返事も来ないので、いよ〱不審に思つて、紀州の阪本屋方へ三度も問うたが返事は来ない。刈谷の村上忠順(12)に尋ねてもはつきりしないので、大社の富永芳久に聞くと、昨年の五月に逝いた事が初めて知らされたと言ふのであつた。出雲大社の社家の富永芳久は惟恒同様本居内遠にも学び、安政期には紀州に往来してゐたので当然の事ながら惟恒との面識があつた事であらう。(13)この傍証を爲泰の『歌日記』は果たしてゐる。また年齢については忠順は「五十あまり」と記してゐる。文化十三年の生まれをとると五十一歳、文化八年の生まれをとれば五十六歳となる。

(六)

以上紀州を遠く離れた雲州松江の藩士森爲泰の歌日記『小竹園雑記』から、長澤伴雄と西田惟恒に

関る記事を紹介してみた。爲泰にとつてこの二人は常に関心ある人物であつたと言へよう。この事は当時の類題の和歌撰集の撰者が、地方の歌人や歌壇から、それなりの注目を受けてゐた事の一端を示してゐるし、又一方で伴雄や惟恒もさういつた地方の歌壇を率ゐる中心的人物には配慮をしてゐた事を表はしてゐる。爲泰の記述中、伴雄と惟恒に関する事は全体から見ればわづかなものであり、他にも豊後の物集高世、三河刈谷の村上忠順、江戸の本居豊穎と言つた、爲泰が関つた類題の撰集の撰者の記事をはじめ松江藩での歌会やその動向など実に多忙の毎日が記されてゐる。まして世は幕末から明治と言ふ新しい時代となり、まさに激動の時代であつたと言つてよいのであらう。しかしながらここには紀州から遠く離れた雲州松江にあつて、その情報を入手すべく努めてゐる爲泰の姿が伺へ、一歌人の生涯が見え隠れするのである。

註

（1）伴雄のこの方面の著述には、君臣年表、官位位色沿革便覧　官位相当便覧、四季草校本、職源抄初学、山陵図考証皇居略記、古画通証、年中行事考などかあるが、出板されたものは少ない。（以上架蔵『鴨川集』三郎集付「長澤伴雄先生著述書目」による）なほ伴雄の伝記は『類題和歌鰒玉鴨川集』（朝倉治彦監修、中澤、宮崎編）の解題によられたい。

（2）例へば樋口一葉が父より歌道の教本として授けられたものがこの『鴨川集』でもあつた。

（3）『類題清渚集』熊代繁里刊、安政五年の刊記があるが繁里の日記『長寿録』によると安政七年上梓であつた事がわかる。
（4）『類題春草集』豊後の物集高世編、安政四年初編、万延元年二編が刊行される。惟恒は校合に当つた。
（5）三郎集には松江の歌人は細野安恭と竹矢信昌の二人が見える。嘉永四年刊。
（6）西尾市岩瀬文庫蔵。『森爲泰歌日記』とも言ふ（請求記号154の43）小竹園は爲泰の号　以下『歌日記』と記す。
（7）後に藩命により『出雲歌集』編輯に当る時に安恭は広瀬藩の分を担当協力した。
（8）台湾大学図書館には伴雄旧蔵の「長澤文庫」がある。そこに「装束図考其他　写四十一冊」「兵器図考證　写九十四冊」がある。（東京女子大「日本文学」五六　鳥居フミ子「台湾大学所蔵長澤文庫目録」による）また蔵書印（一説に刷り物で貼附してあるとも言ふ）に「ワレシナバウリテコガネニカヘナマシオヤノモノトテシミニクハスナ」の文字がある。なほ『絡石の落葉』（註（9））所掲の「著述目録」には、「装束図考証五十巻之内冠之部三巻此外ニ未成稿のもの兵器圖考証二百二十巻但惣目録一巻目録三巻総論上の巻一冊成稿」と見える。
（9）大正十五年刊架蔵四八頁。
（10）惟恒とともに内遠同門の出雲の富永芳久裔孫の富永虎佳氏のもとに、芳久旧蔵の惟恒の五十賀の歌を集める一枚刷が伝へられてゐる。「菱舎惟恒翁／五十賀／寄紀伊國名所祝／紀伊國名所略記」と題し、妹背山以下百十一箇所の歌枕を挙げてゐる。勧進元として紀藩の松平忠章、堀尾晴由、西田惟三の名が見える。惟恒の交遊が出雲の大社に及んでゐた事を示し、またこの様な一枚刷で歌を募つたことがわかる。
（11）惟恒の初名　惟恒はのち紀州の医家西田元洞の養子となる。

（12）三河刈谷の村上忠順と爲泰も交流があつた。爲泰はこのあと忠順が編む『類題玉藻集』に歌稿を送る様になる。その事は第五章一参照。

（13）富永芳久の活動については本書の至る所に述べた通りである。

付　なほ「和歌山地方史研究」四十八号の拙稿に西田惟恒の歿年を、忠順編の『元治元年千首』の忠順序文にある「去年」からこの序文年紀が慶応二年である事を見落して、書名の元治元年の一年前即ち文久三年としてしまつた事を訂正する。

三、紀州の本居豊穎と出雲　本居内遠豊穎の芳久宛書簡の一考察

㈠

宣長・大平の後の紀州本居家を支へえた内遠と、その男で大正初年まで長らへた豊穎父子の、幕末期の活動に就いてはなほ不明の点が多い。豊穎に就いては鈴木淳氏による詳細な伝記（「本居豊穎傳」『維新前後に於ける國學の諸問題』所収）があるものの、なほ幕末期の動向には不明のものがある。本稿はこの内遠、豊穎の父子より出雲の富永芳久に宛てた書簡から当時の状況を考察しようとするものである。

千家北島両国造家に通じた芳久をはじめ、千家尊澄をも門人として迎へた紀州本居家は、宣長が「格別の神迹」と称へた古い家柄の国造家との関係を宣長以来再び保つ事となり、また逆に俊信以来の国学の学統を継ぐ出雲の地に於ても、紀州本居家との関係をもつに至つたのである。芳久は文化十年生まれなので内遠門下となつたのは二十五歳であつた。(1) 大社の人々は宣長門下の千家俊信に就いて学び、宣長の後を襲つた大平も俊信を同門同列として扱ひ、大社の人々は宣長帰幽後も改めて大平に入門する事はなかつた。然してその後俊信が天保二年に、大平が同四年に帰幽した事は、出雲に於ても紀州若山に於てもその中心的指導者を失なふ事となつた。本居家には内遠が迎へられてゐてその統を継ぐ事となり、大社では内遠の門に入つた第一番が芳久であつた。その後幾多の出雲の人々が内遠の門に加はつたが、嘉永二年には国造尊孫の男尊澄が門に加はつた。(2) 宣長歿後五十年の年回りの前年の事であつたが、この尊澄が内遠に問ひ、その回答を記したものが『若の浦鶴』(『和歌の浦鶴』とも書く、十五冊『本居内遠全集』所収はその抄出)であり、お互ひの厚い関係が伺へる。(3)

芳久も入門後何度か若山に滞在した事があり、(4) 内遠、豊穎父子とは親しい関係にあつた。殊に豊穎は芳久が入門する数年前に生まれた者で、(5) 芳久はその成長を或は見守つてゐた事と思はれる。また豊穎も書状の宛名に「芳久雅兄」「富永様」「芳久兄」などと、或は親しみをこめつつ敬意を払つた記し方をしてゐる。

いま富永家には本居家からの書簡は二十一通存し、さらに内遠、或は豊穎に添削を願つた歌稿や文章稿、古典等の不審や疑問に対する問答録等かなりまとまつた形で見出された。但し年代の推定の難しいものがあり、また差出人も「藤垣内」とのみあつて、内容から内遠と推測できるものの決定を欠くものもある。(6) その様な中から本稿は年代が推考出来るもの及び差出人の明らかなものを翻字紹介すると共に、その書簡の出された前後の状況を考察してみたく思ふものである。

㈡

二十一通中内遠の書簡と思はれるものは四通存する。その中で次の一通が最古で興味深い内容が記されてゐる。

内遠一　（天保十五年二月十九日付）

（前文省略）抑去年ハ五月景樹物故　秋八月中山美石　妙玄寺義門も同様　閏九月平田厚胤《ママ》右病死残念當比ニては正月病死阿波の賀島安河など被申候古人ニ相成候　明師正夫よりもいと〳〵くちをしきは衣川廣滋去五月　病氣の□□症次第に衰弱終ニ當正月十六日帰泉いたし候段残懐無申斗候　高野山焼失煙上不残　只丹生四社と何とか申堂とのミ残り候　谷の坊舎ハ都て無別条ニ候御影堂の古文書等ハ辛而とり出申し候由ニ御座候（中略）信長公の無の心地ニなりよも想像せられ

申候　景樹忠友などの學風に□之事同様ならでは□□候　たゞしいづれ一変風可論事多く候　景樹さはいへど歌は上手にて一家をなし候　詞辞ニ悪弊ありて気の毒なる事あたらよミ口を例なき用ひさまなど英雄人を欺く歌にあらむ　忠友ハ歌はさつぱり下手ニて論ニ不及學事ハ続日本紀比をのみ執して穿鑿いたし候　先ハ好事家と申にて古學者とも申かたく藤貞幹なとの類ニ御坐候義門さし出の磯磯のすさき合刻出來のよし小翁ニ一昨年春序文を望候ニ付書遣し候　いまだ製本を見不申候ほどに死去いかになり候やらむ不存候　玉の緒くりわけハいまだ下稿のミのよし　月草といふ物　富士百首など一昨年春稿を見申候　哥ハ此人も下手ニて候　哥なる物ニてさばかりてにをはのくはしき人なれども歌つたなく道の手紙の文なとも甚わかりがたくむつかしき文面なりし也（後文略）

二月十九日　　　　　　　　　　本居彌四郎

富永多介知様

本書簡は天保七年入門の八年後の天保十五年のものである。前半は自分の病気の状況を長々と記し、随分と恢復した事を述べた後に続く当時の現存物故者の評が記されてゐて内遠の人物評の一端が思はれるのでこゝに挙げてみた。こゝに記されてゐる物故者については香川景樹（天保十四年三月二十七日歿）、中山美石（同年八月六日歿）、義門（同年八月十五日歿）、平田篤胤（同年閏九月十一日歿）、賀島安河（歿日不明、大平、内遠門『八十浦玉』下巻に歌あり）、衣川廣滋（衣川長秋養子桐林氏天保十五年一月十六日歿）等、その歿した情報を正確に記録してゐる。殊に廣滋は三十歳の若さであつた為か「いと〳〵くちおしき」と言つた表現をしてゐる。ついで高野山の火災の記事ののち、景樹、穂井田忠友（当時現存、弘化四年歿）、義門の評を書いてゐる。芳久がこれらの情報を希望したとも思へず、歿後の情報をあはせて記したものと思はれる。景樹を「あたらよミ口を例なき用ひさまなど英雄人を欺く歌」、忠友を「好事家と申にて古學者とも申かたく」と手厳しい。義門に就ても「歌は下手」と言ひ「てにをはのくはしき人なれども歌つたなく」と感想を綴つてゐる。内遠は斯様な人物評を好んだのであらうか。「歌學」一號（『國學者傳記集成』内遠記事による）所載の「内遠翁が近世歌人の評」はこれに近い口吻のもので、口惜しいとここで述べる衣川廣滋については「歌は穏やかにて、古風後世共によむ學は廣からねど、根つよく魂のたて所雄々し」とあり、内遠は歌と学の両立もしくはその為の努力を惜しまぬ人に対しては好意を抱いてゐた様である。同じ評に富永芳久も記されてあり、「うたは熟せず、學は熱心ながら業にさへられてすべて急迫にてのびらかならず」とある。この業とは大社の神職としての奉仕を言ふのだらうか。

さてこゝに記す義門の文法書『さし出の磯　磯の洲崎』は当時内遠はまだ見てゐなかつた様である。手元の刊本には「天保十四年八月」の刊記があり、板元は宣長の門人である京の城戸千楯こと蛭子屋市右衛門である。文政三年の大平の序歌につぎ、内遠の序文がある。その年の年紀は天保十三年三月であり、その折に義門が序文を乞うたといふ。曰く「こと事よりも辞のはたらきといふ事をあやにくはしく得たるほうしにて」先頃春庭翁の『やちまた』を見て文を通はしたり、てにをはの書を著はしたりした「此かたにはさうなき人なり」と称揚するのである。文法については並ぶ人のない人物と言ひ、この序文には決して「歌は下手で」などとは記されてゐない点が面白い。義門はこれなら満足であつたらう。なほ十四年八月刊の本が、著者の死と重なつた奇遇を思ふと、義門は果たしてこれを手にしたのであらうかが気かゝる。翌年二月に内遠はまだ手にしてゐないので、やゝもすると実際の刊行は少し遅れたのかもしれない。本書の書袋には「本居先生哥弁序」とあり、大平、内遠を一つに扱つてゐる。これは年代の推定出来うる書簡の最古のものだが、芳久はそれ以前にもこの様な書簡を受け取り、人物や著作の評を体得していつた事と思はれる。

内遠二　（嘉永二年二月八日）

〔米屋町大和屋武兵衛方芳久宛内遠書状〕

只今御用人衆切紙到來ニ而　出雲大社國造使者相勤候　富永多介知江相達候儀有之候間　明日四時比湊御殿江罷出候様　取斗可申旨申参候間　得其意御用意可奉成候　已上

二月八日

本書簡は内遠から富永芳久への呼び出し状である。米屋町大和屋武兵衛は若山の旅宿であり、幕末の浪花講の『諸國定宿帳』の若山にもその名が見える。富永多介知は芳久の事であり、「相達」するものがあるので明日四つ時に湊御殿へ来る旨を達してゐる。湊御殿は現湊御殿三丁目にあった藩主別邸で、十一代徳川齊順の折に増築改修され、こちらで政務を聴いてゐたと言ふ。このあと嘉永六年四月に、全ての政務を和歌山城で行なふ事となり廃殿となつた。これはまだ廃殿前で、そこへ芳久を呼びつけたのであるが、その肩書は個人ではなく「出雲大社國造使者」とある事に注目したい。

内遠三　（嘉永二年二月九日）

〔本居先生許状〕

本教古學道之儀兼々其許熱心ニ付多年之出精篤志之錬磨追歳成業ニ就而者兼而致教諭候趣ニ彌古學發揮興隆之志を相勵有志之輩者勿論諸方へも學頭勤犇専務心を無怠慢彌廣可被弘申事永々敬神之義忘却不可有之候以状

嘉永二年二月

本教古學所

本居彌四郎（花押）

出雲國杵築

富永多介知殿

二月八日の召しに応じて湊御殿に参上した芳久は、内遠よりこの様な許状を受けた。これは「本居先生許状」と記された包紙に入れられたもので、芳久の「本教古學道」への出精を誉め、今後も「古學發揮・興隆の志」を励まして、今後も古学を弘め、また敬神の念を忘れずに努めよと言ふやうなものであつた。内遠の肩書きに「本教古學所」とあり、湊御殿へ呼び出して、この許状を授ける以上、内遠は藩士として、また藩の「本教古學所」の頭と言ふ身位であつたと言へよう。紀州藩は寛政五年に藩校学習館を設け、また江戸には明教館を建て、藩士の教育を行なつた。中でも文化元年には飛地であつた本居家ゆかりの松坂に学問所を建て、国学をも教へる事にしたのだが、藩校に「國學所」を設けるのは更に時代の下つてからの事であつた。こゝに言ふ「本教古學所」とはどの様な組織であつたのかははつきりとしないものの、それに内遠が関与し、斯様な許状を出してゐた事はあまり知られてゐない事である。芳久は内遠の元に入つて十三年を経てゐた。芳久に届いた内遠の書簡についてはこの三通のみを紹介するに止める。(7)また内遠には『古學本教大意』と言ふ著作があるが、これより時の下つた嘉永七年の著である。内遠はこの許状を得た年の六月に出雲の北島家の学師となつてゐる。

(三)

嘉永三年は本居宣長が逝いて丁度五十年の年回りを迎へた。(8)京の鐸舎《ぬてのや》に連る人々は三月に京円山に於てその五十年の歌会と遺墨の展観を行つた。紀州本居家ではその年の秋、平素九月の祥月命日より一ヶ月早く八月二十五日に霊祭及歌会が行なはれた。(9)この年は各地の鈴屋門下に連なる人々は斯様な催しを行つたのであつた。時に当主内遠五十八歳、豊穎十七歳であつた。共に会つた事のない祖父、曾祖父の宣長の五十年霊祭を、どの様な心境で迎へたのかは興味ある所である。養子に入つた内遠は別にして、生まれた時に既にこの大任を任つてゆく事が嘱望されてゐた豊穎には、既に鈴屋の学統に対する深い理解と自覚があつた様である。次の豊穎の書簡は、その翌年のもので、豊穎十八歳の文面で芳久宛書簡の年次の推定出来得るものの最古のものとなる。若干十八歳とは言へ三十八歳の芳久の元にこの様な文面を送つてゐるのである。

豊穎一　（嘉永四年九月廿七日）

（前文略）名所集御草稿此程三子ゟ受取拝見仕候処未急ニハゆきがたく　かの吹上寺展観會廿三日廿四日霊祭會廿五日などにて中々寸暇も無之精を出し勉強仕居候事也　何分近日御帰りニも可有御座候間、其迄ニは何とか出來可申哉と奉存候　何分歌数少く口をしきわさニ御座候　先々御心を静め被下候段可然と存候　よき物の遅く出るとつたなきもの、早きといづれがまさり侍らん

私も追々出雲國名所歌よみ申候て五六首ニ相成候　袖師浦　杵築里　園長濱　三穂崎など也

眞彦　京河北《カハキタ》某

浦廻　萬葉ニウラマと此字御座候

普門　の命律師ニ相成候由也

負固苗字　不及力候
五十狭小濱（古事記上巻建御雷神御使之所伊那佐之小濱とアリ 日本紀二ノ巻同所ニ五十田挟之小汀トアリ）
右略答御免可被下候尚委曲拝顔之上可申述候（後文略）
九月廿七日　　　　　　　　とよかひ
芳久君

この時芳久は若山に滞在してゐたか、また書簡を受け取つたあと若山に向かつて出発する予定があつた様で、「尚委曲拝顔之上」でと断つてある。この年次の決め手は「吹上寺展観會」とある事による。宣長五十年霊祭の折に京の鐸舎社中が京で行なつたものの、本居家の所在地若山では行なへなかつた宣長等の遺墨の展観が翌嘉永四年九月二十三、四日に若山の吹上寺に於て行なはれた。これは盛大なものでその折の紀念の図録が、後に刊行された『錦の落葉』上下二冊であつた。本書簡はその行事の為に多忙である十八歳の豊穎の様子を記し留めてゐる。展観や霊祭で、「中々寸暇も無之」と断つてゐるのである。またこゝに言ふ「名所集御草稿」とは、芳久の撰になる『出雲國名所歌集』初編の事と思はれる。三子は堀尾三子（西田惟恒）の事であり、当時若山の内遠門人中では歌集編纂等に名のあつた人物である。(10) この後『安政年々歌集』の刊行に取り組んでゐる。この三子を通して豊穎は『出雲國名所歌集』初編の草稿を受け取り、見たものの展観や霊祭のためあまり時がないと言ひ訳をするのである。そして歌数の少い事を言ひ、また歌は心を鎮めて詠むべきだ等々、十八歳の口つきではない様な事を述べてゐる事に注目できよう。芳久は最後に五項目を質問した様で、その回答が記されてゐるが、「負固」に「不及力候」と自分の未熟を認めるものゝ、他は大方それなりの返答をしてゐるのである。歌集の草稿を年若い豊穎に送るほど、この二人の関係は親密であり、その事がわかる書簡となつてゐる。芳久は豊穎を幼児であつた時から知つてゐるのであり、後の当主の斯様な成長を心中何より喜んでゐた事であらう。病気がちな内遠に代つての堂々たる一面が知られるのである。豊穎にはさうした自覚が既にあつたのである。

豊穎二　（嘉永五年五月廿一日）

（前文略）鶯蛙集も漸製本出來今便四冊だけ坪内氏へ向差上候　何れあとより大次《ママ》郎　御地和泉屋へ向数部御送り可申候間可然御取扱可被下候　扨名所歌集直段間違之由ニ而別封差上呉候様大次郎持参頼候半則上候　金間違失念之由ニ承申候　且鶯蛙集二編も未取懸は得不仕候へとも御存知之通余程手廻し致置候上てハ事おくれ候間御地人ニ詠草急々御取集可被下候　且亦二編ニハ當國造尊孫様に御序頼度下心ニ御座候也　併是は未遠き事候故追而島重老主へでも頼上候心得ニ御座候　如何可有之候哉御心中伺度候　鈴屋五十回朝花之詠も上木了製本致居申候　書名ハ五十鈴川とつけ申し候　後便可贈上候（後付略）

豊穎

五月廿一日

芳久様（以下豊穎詠三首記載あり）

本書簡及び次の書簡からは『鶯蛙集』（『打聴鶯蛙集』とも）、『五十鈴川』と言つた二つの歌集の編者としての豊穎の姿がうかがへるものとなつてゐる。『鶯蛙集』、『五十鈴川』の刊行年といふ事で嘉永五年のものと推考してみた。この年豊穎十九歳。

『鶯蛙集』は鈴屋ゆかりの故人の詠と内遠の元に届いてゐた人々の詠を、豊穎が書きまとめた類題の和歌集であり、序文は紀国造で日前國懸宮宮司の紀尚長、跋文は内遠である。尚長の序文によると、内遠の手元にあつた宣長、大平翁ゆかりの人々の歌に、内遠の教へ子の歌をも併せ、それを豊穎が類題して歌集にしたと言ふのである。内遠も跋に「年比國々よりつどひ來し心をたねの言の葉どもを豊穎がかきつめたる」と記してゐる。この年豊穎十九歳であるが、編輯に着手した時はいま少し若年であつたことであらう。作者五百三十二人、歌数二千六百九十首、上下二冊の歌集で嘉永五年の三月に若山の書肆阪本屋喜一郎、同大二郎方から出板されてゐる。

豊穎は『鶯蛙集』の完成を告げ、四冊だけ坪内氏に向けて送ると言ふ。この坪内氏は昌成と言ひ千家尊澄に仕へてゐた。尊澄は国造尊孫の長男で、この四冊とは千家関係者へのものを指すのであらう。ついであとの分は大次郎（阪本屋大二郎）から直接出雲の和泉屋へ送ると言ふのである。和泉屋助右衛門は大社門前杵築にあつた書店でこの様に書物の取次をしてゐた事がわかる。芳久はこの時は出雲にゐたやうである。また大次郎より『名所歌集』の値段が誤つてゐたので別封を共に届けてゐる。この歌集は芳久編の出雲国の『名所歌集』か、嘉永四年になつた堀尾光久の『近世名所歌集』かの何れか不明であるが、芳久は歌集の値を問合はせてゐた事がわかる。

この書簡の重要な点は、初編が成つた早々に二編編輯の意志のある事を開陳してゐる所である。豊穎は十九歳であつたがこの志は確かなもので、序文を国造の尊孫に願ひたいと述べてゐる。まだ遠い事と遠慮した表現になつてゐるが、出雲の人々の詠草を二編用に取り集めて送つてほしいとも言ふの であつた。初編に尊孫の歌を初編の一丁、しかも巻頭の賀茂眞淵の次に記すと言つた配慮を示した豊穎である。尊孫序文を島重老に頼む予定などと言ひ、意見を芳久に聞くなどと、かなりの執着を示してゐる。出雲には宣長門人の俊信によつて齎された国学の学統は存したが、改めて嘉永三年に国造尊孫男尊澄が父内遠の門人となつた事を、宣長の門に国造弟俊信が入門した事と重ね合はせて、出雲国造家の権威にすがらうと思つた事であらう。自ら編む著書に国造尊孫が序文を寄せると言ふ事は、若き豊穎がこれから先の鈴屋の一統を任つてゆく上での大きな権威となつた事と思はれるのである。

また書簡は宣長五十年霊祭の折に諸国より集つた「朝花」の歌を一冊にまとめて『五十鈴川』と命名した事を告げ、後便で送ると記してゐる。『五十鈴川』は霊祭より二年経たこの年に刊行されたのであつた。

豊穎三　（嘉永五年六月廿二日）

（前文略）いつ〳〵よりも嘸《ママ》熱烈敷候貴地は如何候哉　當地は五月十一日少雷雨の後さみだれなど一向無之照つゝき當月に入まで半端□□□困窮さわがしく聞え候　雨乞祭などまちに候処本月三日四日少々雨しめり、此は伊太祁曾社雨乞祈之神霊験ありとき丶人々たふとび申候そのゝち夕立よほど両度斗有之候□□一流水を得申候へども遠処のみにて日高牟婁伊部邊ハやはり稀なるよし遠國も大抵同様ニて候　そののち又照上りたへがたく候

と、日照りの事を告げ、自分も暑気当りで五六日平臥し、難渋した旨を記してゐる。その近況の報告ののち、次の様に文は続く。

鶯蛙集五十鈴川は出來上り御坐候ほんの手本と□□、後製本に書林もおハれ近廻り漸配り終り、此前貴地へも両方とも仕出し候　うち鶯蛙出詠の御方々へは此方より配り候意圖ニ候間別封にして貴家へむけさし上候尊澄公より參候人々ニも有之候　御談じ合被成候夫々御配達可被下候　五十鈴川は必竟藏板ニて直段をたてず御志以外は忘れ候へとも出詠の外の人々も望人有之　直段なくては見當無之よしニ付書林ニ談じ一壹部三匁五分との心得ニて候間右打合て御取斗可被下候　さて鶯蛙集右之出詠配り本之外は書林坂大《ママ》よりおくらせ申候　遠國ニてそれはかの方より引直段などハ可申事と存候　當方よりのハ書林へかゝはらず定価ニて引直等無之つもり御心得可被下候

右混し不申候様ニわきて申入候　猶二編入之詠も追而集り候間早々申入度御記出可被成候　両種之本出詠人部数にハ別紙ニした丶めさせ候　先は右早々申入度如此御坐候已上

六月廿二日　　藤垣内執事

富永多介知様

「豊穎三」の書簡は差出主の名が「藤垣内執事」とあつて豊穎とはないが、内容やその筆蹟から豊穎のものと判断した。「藤垣内」は大平の号であるが大平歿後もそれを用ゐてゐた事が判る。但し内遠は「後藤垣内」を名乗つてゐたので、この「藤垣内」は紀州本居家を指す号であらうか。後述する『五十鈴川』の奥附けにも「藤垣内蔵板」と見える。

さて嘉永五年の夏は水不足で猛暑であつた様である。この夏には前便では未刊であつた『五十鈴川』も刊行され『鶯蛙集』ともに出詠者には配本した事がわかる。『鶯蛙集』は出雲の芳久の所にも届けられ、芳久より出詠者の各々に配達された様である。一方の『五十鈴川』は、宣長五十年霊祭の折りに集めた「朝花」を題とする歌集で、出雲の関係者は十七名出詠してゐる。こちらは本居家の蔵板であり、市販はしない予定でゐたものの、出詠者以外からの希望があつたと見え一冊三匁五分の値をつけたと告げてゐる。寄贈本以外は書林から直接届けると記してゐる。書林坂大とは先にも記した阪本屋大二郎の事である。『打聴鶯蛙集』も『五十鈴川』も、出詠者に配本したのは出雲関係者だけであらうか。それとも全員に送つたのであらうか。もつとも『五十鈴川』については「御志」とも記してあるので、五十年霊祭に「玉串料」と共に出詠したのかもしれないが、全員に配本するとなるとかなり入用の事であつたと思はれる。寄贈されても受取側は支払をした様でその事はまた後に述べる。

「豊穎四」の書簡はこの年の十一月のものと思はれるが、その中で芳久との関係を示す部分を次に挙げておく。

豊穎四　（嘉永五年十一月九日付）

（前文略）五元神傳本末歌解返上申候　満筆物之事何か伺候　探にも存候ことも両人共忘却如何なる事にて候しか一応承度候　先比坂《ママ》本屋ゟ一封慥ニ入手申候則御問條一通返上申候　五十鈴川壹部料銀三匁五分慥ニ入手申候　委曲面上と略候

貳朱相違候旨御印□□銀云々　右ハ如何なる事ニて有之候か覚え不申候　承度候

細木良郷等之短冊慥ニ入手申候

孫丸主へ返書差上候御序ニ御傳へ可被下候　これハ先比吉川乙吉と申人　入手致候時の返書也　來年月並題一枚差上候　（後文略）

（十一月九日）　　豊穎

（芳久兄）

豊穎は『五元神傳』と岩政信比古の『本末歌解』を借用してゐたらしく、この書簡と共に返却してゐる。『五元神傳』は誰の著作か不明であり、『國書総目録』にも著録してゐない。しかし芳久の草稿類の中に「五元神傳序」といふ文がある事より、芳久周辺の人物の著作と思はれる。板本で出た形跡もないので写本であつたのかもしれない。『本末歌解』は本居宣長の「本末歌」に信比古が註を付したものであり、嘉永三年に刊行されてゐる。[11] 信比古は俊信の門人で、千家国造家の学師として尊澄などを教へた身であつた。『五十鈴川』の値段の銀三匁五分は前にも記した通りである。また出雲歌人細木良郷[12]の短冊を豊穎は芳久を通して入手してゐる。良郷は『類題鴨川集』四編のほか、幾つかの類題の撰集に歌を採られてゐる。この短冊に対して豊穎は返事の短冊を贈つた様でこの事は後の書簡の所で述べることとする。また孫丸主へ返事を送つたと言ふ。孫丸は尊孫の子、尊澄の弟である俊栄である。俊信の子俊清のあとを嗣ぎ、梅の舎三代を称した。

そして文末に来年、嘉永六年の「月並題」一枚を送るとしてゐる。これもまた富永家に現存してゐて「嘉永六年藤垣内月並會題」と題する小さな刷物である。これによると紀州本居家では正月十三日の「詠初」と、九月廿五日の「鈴屋霊前、故藤垣内霊前」の歌会他は、毎月八日に漢字題二首、毎月十八日に仮名題一首の歌が兼題となつてゐた事がわかる。それを色紙、短冊、懐紙などに記して送つてゐた。前に藤垣内は大平の号だと記したが、歿後も藤垣内の名を用ゐてゐた事はここからもわかるのである。因みにこの年の詠初の題は「元日」「天」の二種、一月十八日の仮名題は「うれしきもの」であつた。また九月の「鈴屋霊前會」が「夕月」、「故藤垣内(大平)霊前會」が「擣衣」の歌題でもあつた。書簡中「委曲面上」とあるので、この時芳久は若山にゐたのであらうか。滞在中であれば積極的に歌会にも参加したであらう事は想像に難くない。

(四)

年が明けた嘉永六年は豊穎は数へ歳二十であつた。

豊穎五　(嘉永六年二月六日附　書状上書き「芳久雅伯豊穎」)

(前文略)　出雲名所哥集二篇愚序認候様承知ハ致居候へ共未卦紙御遣し無之見合居申候　出雲行問書十四篇一冊御労願度存候　併未書状ハ相認無之候付先右十四篇一冊さし上候　右は御一見も被成度事と存候故也　當状は近々御出候節御渡し可申上候
過日は毎々在問も當地御出之節も御状被下夫々御請も可申筈なれど何れ御意を得候時と諸事不申上候　過分御遣し之中御預りの一封則贈上申候
御問條二袋過日之分不残拙父一見濟返上候　廣伴紀行二冊返上候　此外別ニ西田ハ何も参り無之

候
細木良郷祝哥両人分幷ニ愚父別短冊一枚贈上候　宜敷御取扱可申候
今日御遣し候出雲一封其外御問條様之物等慥ニ入手候　此事ハ重而得御意候節可申候過日出雲千家孫丸主便有之兼而貴兄願置候鶯蛙集二篇尊孫君御序草稿出來御遣し御座候　貴兄にも彼是御世話被下候儀偏ニ平謝上候　至極之御名文彌々大慶御坐候　右返事も御頼み申上度候重而御渡し可申候
今日ハ昼前右拙父は若浦雲蓋院御法事物参ニ罷出候附留守中彼是不都合御察可下候　明日は帰宅今夜は一宿のよし可申候間明晩は閑暇ニ居可申存候　當地之儀ニは候へ共貴兄は元當國之御人ニも無之内々にて御出は不苦候事ニ御座候　貴使またせ置心せかれ委曲不申候何も得御意御節ともたし置候　先ハ早々　已上
二月六日
（以下欠）

この書簡が書かれた時、芳久は若山に滞在してゐた様で、豊穎の五、六、七、の書簡は使ひの者を通してすぐさま芳久の元に届けられたものの様である。
芳久は自編の『出雲國名所歌集』二編に豊穎の序文を乞うたのであつた。豊穎はまだ二十歳の青年であるが芳久にとつては本居家の後嗣として既に充分なる資格の持主と考へたからであらう。豊穎はその序文を承知したものの、印刷用の卦紙が届かないので見合せてゐる旨を答へてゐる。(13)ついで「出雲行問書」の十四篇一冊を御労願度く申し出てゐる。これは千家尊澄より下問のあった『若の浦鶴』(14)の十四篇の事と思はれ、それを出雲に持ち帰つてほしいと言ふのである。なほ尊澄宛の書状はまだ書いてゐないと記してゐる。

次の「御問條二袋」は芳久が送つた種々の質問で、この事は後に触れるが、二袋分もあり、それを内遠が一通り目を通したと告げてゐる。二袋とはかなりの量でまたその事は現在富永家にあるこれらの問答書や覚え書からも察せられるもので、芳久の勤勉ぶりが伺へるものである。

『廣伴紀行』二冊とは遠州浜名の国学者小栗廣伴(15)の紀行であらう。この本は『國書総目録』未著録でありその内容は不明だが、芳久の手許にあつた本を豊穎は借りてゐた事となる。芳久の編になる『出雲國名所歌集』二編は玉鉾社、園松原の二箇所を詠んだ廣伴の歌があるので、この紀行は出雲の紀行文で、芳久はこゝよりこの二つの歌を抜いたと考へられる。次の細木良郷については「豊穎四」の書簡で、豊穎はその短冊を入手した事を記したが、今度は返歌の短冊を自分と父内遠のものも併せて贈つてゐて、芳久にその仲介を頼んでゐる。ここに祝歌とあるが、この両人の良郷への祝歌を芳久は自編の『出雲名所集』二編に組み入れてゐる。内遠の題は「宇迦里」で、

うかの里の細木良郷が妻むかへたるよろこびに

との詞書がある歌であり、豊穎のものは「良郷が妻むかへたるに」と題し「むつまじく鶴こそ雪によ

めふなれこや萬代の口宇迦のさと」といふものである。豊穎に序文を頼みつゝ斯様に歌を採録してゐるのである。祝歌は婚礼の祝歌で本来はこの歌集用のものではない。また更に「御問條」が届いたと見え、この事はお会ひした後にと記してゐる。

さて豊穎が先に『打聴鶯蛙集』（初編）を編み、その二編の編輯にとりかゝつた事や、更に千家尊孫国造に序文を依頼する心づもりであるとの事は「豊穎二」の便りにも記されてゐたが、ここでは二編の序文草稿が届いたと告げてゐる。「至極の名文」であつた様で、豊穎の喜びが文面からも判る。仲介をとつた芳久へも「偏ニ平謝」してゐる。こゝにも名の挙がる千家孫丸は先にも記した千家俊栄である。豊穎は「千家孫丸主」の仲介にも感謝し、その礼状の返事も依頼してゐるのである。

内遠はこの日若浦雲蓋院(16)へ一泊で出掛けて留守中不都合な事が多いと述べ、明晩は時間があるのでおいで下されと誘ひの文を述べてゐる。この一通はなかなか種々の事を語る貴重な書状である。

これに対して芳久は返事を出したかは定かでない。風邪をひいてゐて豊穎の所には直接行けなかつたやうである。風邪の事は紀州の出板書店阪本屋大二郎から知らせが行つてゐた様であり、豊穎は二日後の八日附で芳久へ手紙を書いてゐる。

豊穎六　（嘉永六年二月八日附）

〔書状表書き〕

多介知様　　　　稲楠
別紙序文ひかへ明夕之便りニ御かへし可申候

拝見御風邪之由過日阪大方ゟ承り驚入申上候　御困窮之由嘸と察上候　春寒近比催候困入申候御自愛専一存上候　右ニ付今春今一度拝顔も出來兼致之由甚残懐存候
名所哥集拙序認候ニ付卦紙ハ今當地ニ無之ニ付初編之卦ニ合せ認候様の事承知　尤明夕迄ニ認可申候　過日差上候品々御入手被下候由安心候
尊孫公御序文之義ニ付筆者ハ誰孫丸主ニてハ如何との事承知候　併右ハ猶御自書尊孫公御認載度事十分也　右之段孫丸主へも今度申上置候也　初編當國造序も自書頼候へども折悪く江戸へ行候付無拠代筆ニ相成候也右御自書願度段貴兄ゟも御頼上可被下候右御序草稿御一見被成候由本紙ハ今度則別封ニ返し上候へ共當方控に写し置候分幸ニ御座候ニ付御目ニ懸候　併右ハ二編出板迄ハ先は秘物ニ候へば御一見後早々御反し可被下候　右写し上ニ直し有之候所々ハ拙父　孫丸主迄申上候也
鶯蛙集之事愚考申上候様承知候　右は近々御出と存候ニ付其節御面談いたし度と存居候也　右先達而　毎々之御細書熟覧尊兄ニも一入御困りの様子察上候　併昨年廿四部當方ゟ尊兄へ向名宛添贈上候分ハ皆詠草出し候人々ニて右出板ニ付當方右一部宛遣し候なれば先進物ニいたし候も同様

也　彼方人々も一匁ニても下直ニ手ニ入候方嬉しく思ふ心より七匁ニて注文も有之候なれどそハとまれかくまれ彼廿四部ハ早々當方ゟ遣し候事なれバ右之意ニて當方ゟ出板ニ付加入之人々へハ遣し度候と之意を御申傳可被下候　右ニて先方不平等候ハバ重而二編之時よりハ書林ゟ斗贈らせ候て當方ゟ一々ハ配り不申様いたし可申也　御状中彼方ゟ七匁ニて注文之処へ八匁ニ無理ニすゝめなされてハ貴兄おしつけ業ニ可相成との御案じ之由候へ共右ハ御安心可被成候
貴兄之御心ニて七匁を八匁ニなされ候ならバ悪く候へ共元右七匁ニて注文ありと云事ハ當方存ぜぬ中に廿四部は貴兄へ向出し候なればバ全貴兄出雲御在國ならバ何の間違もなき事を御出立後ニ付候斗は色々むつかしく相成候也　右故何分本居ゟ早く贈り候事なれバ今更せん方なくと御申なされて人々へ御傳被下候ハヽ、貴兄のおしつけわざには相成申間敷存候　もとより右之通り之事なればバ也　先日御遣し之鶯蛙集代篤と勘定等ハ得いたし不申候へ共其節早く坂大へ遣し候事なればバ今更とりかへし候事も少々出來かたく候御察可被下候
五十鈴川料勿論不苦候　両國造呈上本則二部贈上候　可然御取扱可被下候　右等委曲ハ寸楮ニ書取候事も出來かたくいつれ重而又拝眉之節可申候也大意のミ申上候　大凡是は分り可申存候
過日愚父方へ御肴料として壹封御恵忝仕候　拙父ゟも厚く御禮申上候様申傳候　拙父も此比ハ誠ニ繁多急□中御座候ニ付御返事も得上不申候　御問書則かへし上候
出雲行書状等上候間坪内行三通ハ若浦鶴十四篇と一シヨに籠へ入御遣し可申候　孫丸主行壱封ハ

貴兄へ頼上候いかやうとも可然御傳へ被下候　此余申上事多々候へ共略候春寒之中御道中随分御保泰ニ専一御安□ニ御帰國祈上候也　御帰國候ハ、尊孫公尊澄公初孫丸主其外へも宜敷御傳可被下候　細字御推覧可被下候

二月八日　　土餘嘉比

与新飛佐雅兄

本文中落し候　此度尊孫公御序文末年號月日之事ニ候　これハ今よりハいつと申上候事も出來がたくニ付先御清書にハ年號月日なく御認御願申上度候　追而校了候時年號月日だけ御認を願ひ申上候段加へ申し候　此事孫丸主へも申贈候へ共當委曲ハ不申述候間貴兄ゟも一言御傳聲可被下候

本書簡は先便にあつた『出雲國名所歌集』二編の序文を、初編の卦紙にあはせて明日夕方までに書く事を告げてゐる。ついで尊孫の序文について、自筆のものが戴きたいと願ひ、芳久へも助力を願つてゐる。この当時の類題の撰集では、紀州の熊代繁里編『類題清渚集』（安政五年　藤原顕平代筆、顕平は紀州田辺の人田所顕平、内遠門人）と姫路の秋元安民編『類題青藍集』（安政七年　尊孫自筆）の二種に尊孫の序文があるが、これはこの時より随分時代が下つてゐて、嘉永期ではこの二編序文が早かつた事と思はれる。芳久はその序文の草稿を見たいと思ひ、豊穎に願つたが、本物は返却したので写しを送ると述べてゐる。封書の表書きに「別紙序文のひかへ……」とあるのはこの事である。また初編の紀

国造尚長の序文も自筆ではなく（翠園福田和夫筆）その理由も江戸滞在中であつた事もこの書面からわかる。更に追ひ書きでは尊孫序文の年月日を欠いてほしいと書き加へてゐる。いつ出板になるか定かでなかつた為だが、遂にこれは尊孫序文とも世に顕れることなく空しくなつてしまつたのである。また前便にあつた「出雲行問書」が『若の浦鶴』十四篇であつた事がはつきりとする。十四編は仁徳天皇紀についてである。なほ『全集』本の十五編末には「子霜月十七日の夜　千家印」とあり、これは嘉永五年のことであるので、再問した可能性もあらう。

さてこの書状では昨年送つた『鶯蛙集』二十四部をめぐつての齟齬が記されてゐる。出雲杵築では『鶯蛙集』の出詠者は二十四人ゐて(17)その人たちに贈つたのであつて代金は不要といふのである。但し芳久は一冊七匁と思ひ込み、それを八匁で売つたので押売になつたと豊穎に告げてゐる。これは次の「豊穎七」の書簡を即日すぐに書き送つてゐる所からも本代の計算の不明を明らかにしたい豊穎の心情が表はれてゐる。時節によつて銀の相場が変はつたりして、その代金に変動が生じた様であり、宣長大平追福のためにと、十九歳の豊穎が編んだ『五十鈴川』は大損の歌集となつたのであつた。

普通一両は六十匁であるが、この時節昨冬には六十二匁二分、それが年末の勘定期には六十四匁八分となつたと言ひ、その相場違ひの差は身銭を切つて支払ふとの事の様である。三両で百八十九匁六分（一両六十二匁二分）で、残銀七十九匁なので、『鶯蛙集』一冊四匁六分少々の代価となる。『五十鈴川』は三匁五分なので十七人出詠者分は五十九匁五分で、残高は銀十九匁五分となり、それを返上するといふのである。この時代の出板の費用の支払ひについてはよくわからない点もあると言へる。

豊穎七 （嘉永六年二月八日付―その二）

拝見只今申上候返事被遣候ニ付鷲蛙廿四部ニて三両此冬被下候時の銀相場ニて百八十九匁六分ニて残銀七十九匁と申上候　承知いたし申候

右之内五十鈴川も冬年出し候　坂大《ママ》へ払遣し申候　右一部ニ付正味三匁五分宛人ニより参り候所ハ四匁も銀ニて二部ニて貳朱ニいろ〳〵有之候へとも申上候通正味銀三匁五分として十七部代五十九匁五分ニ候へバ右を引候而残り銀十九匁五分返上いたし候　御受取可被下候　何分も右年払ひ終候後なれば今受取斗は出來不申候　御推察可被下候　五十鈴川ハ誠ニ此方も大損物ニて困り入候共一こと今又致しかたも無之候　冬年ニ受取申候御節ハ何かなしにそのまゝニて皆払ひ遣し候へども節季には正金壹両六拾四匁八分にてその違も有之候へども夫々ハ時の相場故いたした事も無之御座候只今返上いたし候だけの□ハ別身銭を出すこゝちして迷惑いたし候へどもさし當り無之□ひろひあつめさし上候事御一笑被下候

二月八日

(五)

嘉永六年の秋には歌集の件とともに、長澤伴雄や江戸の仲田顯忠の話などを記して芳久の元に送つてゐる。

豊穎八　(嘉永六年七月十九日附)

(前文略)名所歌集愚序先便上候定而御入掌被下候事と察上候　名所愚詠はトント出來不申候　長野主馬之義色々御配慮被下難有存候相分り次第御申越可申候　鶯蛙集二編當時直々ニ撰出いたし居候　當年中ニは草稿出來可申と存居候事也
詠史歌集名所歌集二編等御尋、承知申候、名所歌集二編ハ追々草稿いたし居候様子ニ御座候未出來在ハ可申候　詠史集ハ板下いたし居候トカ出來候トカ承り申候へ共近比は委細承り不申候処長澤伴雄もけしからぬ事ニて先比　上〻被仰付ニて悪事等ニ組いたし候趣ニて養父ニ御あつけ長く押籠置候様トカ誠ニ驚入申候事也　此人も何ら山師めきたる事は御座候へども限りなき才子ニて学力も有之候処甚以残懐なる事ニ候　誠ニ當年は當地いかなる悪事か大変等打続き甚不静事ニ候　武蔵野も都となりてと詠出候事御問有之候段右は都と申候てハ先皇都の事と聞え候て少しはゞかりが有之歟　吉野の花の都などハ花とことはり候故宜敷候へども只打まかせて都とハ些申されず

か様存候併又詠様ニもより可申歟
仲田顯忠と云人景樹ノ門人トカ始而承り申候　江戸ニ景樹門はめづらしく存候
旅人のもたる方々の歌実ニ景樹之口つきと存候　先は右等御答迄略申上候（後文略）
七月十九日　　　　　　　　　　　　　本居豊穎
冨永芳久雅兄

本書簡は最初に三つの事を記してゐる。まづは『出雲國名所歌集』二編の豊穎の序文の件で、これは書き送つたのでお受取になつたかと言ふものである。芳久の草稿綴りの中に豊穎の序文の初案と再案と二種あるうちの初案の方で、これは不採用だつた方である。[18] ついで長野主馬の事が記されてゐるが、これは長野義言の事であらう。義言について芳久は何かを問うたのであらうが「相分り次第」と豊穎は答へてゐる。井伊直弼の若かりし日の国学の師義言を、二十歳の豊穎は知らなかつたのであらうか。[19] このあと安政期には世に言ふ安政の大獄があり、また直弼が桜田門外に斃れ、義言も文久二年五月には自刃するに至るのであつた。最後に『鶯蛙集』二編は今年中に草稿を書き上げると記してゐる。随分とまとまつてゐた事がわかるが、このあとの江戸行きに取り紛れてしまつたのであらう。

次に紀州で出板の長澤伴雄編『詠史歌集』、堀尾光久編『近世名所歌集』二編について芳久が問うた返事が書かれてゐる。『近世名所歌集』の初編は嘉永四年に刊行され、芳久を含め三十三人の出雲歌人の歌が採られてゐる。二編は嘉永七年に刊行され、(21) こちらは初編に加へること五十六人の出雲歌人の歌が採られてゐる。跋文は芳久が書き、為にその刊行が待たれたのも理解ゆかう。また『詠史歌集』はこの年の刊行だが、九月には出来てゐたとかゐないとか、豊穎も明確な答を出してゐない。『詠史歌集』には芳久の詠は採られてゐないが、それとともに興味深いのは、紀州藩士で『詠史歌集』の編者の長澤伴雄の情報である。伴雄はこの年の藩内の政変で座を奪はれ、養父方の座敷牢に押込と言ふ事となつた。その事を「誠ニ驚入申侯事」と告げてゐる。伴雄については「山師めきたる」所もあるが「限りなき才子ニて學力も有」と記してゐる。父内遠が嘗て伴雄を評して「元來麁漏なる質にて、何もかもと早のみこみに、當時の才子たちにて軽薄なり」(先掲「歌學」一)と記したのと重なるものである。一方江戸の仲田顯忠については初めて知つた様で、江戸の景樹門は珍しいと記すのである。実際に顯忠は景樹の歌風を尊んだものの、その門人ではない。顯忠編の『武蔵野集』初編は前年の嘉永五年に刊行されてゐて豊穎はそれに目を通したのであらうか。(22) 但し「旅人の」の歌はここには見えない。まさか二年後に自らが江戸に赴くとは夢にも思つてゐなかつたであらう。

㈥

嘉永七年(安政元年)秋には父内遠の江戸行といふ事態が起こつた。この事は豊穎にとつても重大な出来事であつた。

豊穎九　（嘉永七年九月十六日付）

拝見御安住賀上候　御預り申置候餌袋日記幷名所歌集稿共一覧返上　外ニ愚意認候壱冊も御入手可被下候　御急ぎは御尤之至存候へ共　上木後世之恥辱篤と御熟考可然奉存候　愚序文又々少々考改申候別紙認申候　此節真事ニ〳〵いとまなく思ひながら清書得不致候　不本意之至御海免可被下候　右ニ付誰々成共宜き方へ御かゝせ被下度平々任貴意候　前件いとまなくと申ハ不別儀此程申上候古學舘御取建一條門弟中江戸行一條取込中へ昨日又候左之通被仰付候

本居彌四郎

御用有之候間此節江戸表被罷越相勤可申候

二三年も相詰候心得ニ而可罷越事

九月十五日

右之通也　彌々曾祖父已來始而之事ニ而千萬難在本懐之至事ニ御坐候　併□夫而者種々の配慮夢中同様御察可被下候　いづれ暫　千家君へも御無音可相成候　御序文宜御傳可被下候　御帰國前ニは今一度懸御目候事歟　難斗候也　小生は命ハ不蒙ニ候へ共品々寄同道も可仕哉と存居候　已上

九月十六日

豊穎十（嘉永七年十月九日付）

近々寒く相成申候御安泰奉賀候　十月四日井田ゟとかく御書奉拝見いたし申候別紙御答返却御落手可被下候

愚序再案申度も存候へ共追々發足も近付大取込とても〳〵案ニ及ばず候　前に上候て御かゝせ可被下候　此状何処へ出し候而よきかか不知ニ付坂大方へ出し置候

十月九日　　本居豊穎

富永芳久伯

豊穎十一（同年十月十五日付）

別紙一見返上昨日は坪内ゟの一書慥ニ入手いたし候内壱通御届申上候御入手と察上候右坪内氏へ返事重老へ返事右御帰國之節御たのミ申上度候間御しらせ有之候　今日も御返事可申処昼前田邊ゟ田所顯豊到着其上いとまごひの人々遂ニ四五人参り大取込依而御返事申さず事不悪御推察可被下候　承久記　雅語訳解もし御覧済み候ハバ御返し可被下候　愚父送別之御歌頼候

十五日　　豊穎

芳久雅兄

豊穎十二（同年十月十五日付―その二）

承久記　雅語訳解　慥ニ入手申候　序文板下御預り申置候　いとまに校合申候　餞別御詠別而御長歌大悦奉謝申候　江戸へ持参申候ニ付御清書可被下候　鶯蛙集二冊さし上候

十五日□かち　豊かひ

よし久兄

別封ハ今朝認置候也　封し改めむ暇なく其儘上候最早すみたる事ハ御見流し可被下候

豊穎十三（同年十月十七日附）

御安泰珍賀申上候　發足為祝儀金一朱　御歌一ひら贈被下候　御懸志之至謝上候　鶯蛙集二慥ニ入手申候　序文一通り校合はいたし申候処一向書風心ニ不叶字形意ならず存候　依而昨日は繁事中々候へ共自筆ニ認可申とも存候書かけ御座候也（以下略）

嘉永七年九月十五日内遠は紀州江戸藩邸の古学館取立に関して召出され、江戸表へ罷越すやうに命ぜられた。豊穎は早速若山滞在中の芳久に一通を送り、その由を告げた。芳久宛の手紙を翌日に書いてゐることをはじめ、申し渡された文面をそのまゝ掲出してゐる所や「彌々曾祖父已來始而之事ニ而千萬難在本懐之至事ニ御坐候」との一文から、父の事ではありながらも宣長以来の古学の家が再び取立てられて世に出る事となつた栄誉と誇りがうかがはれるものである。二十一歳の若き豊穎は、自分は命を蒙なかつたものの同道して江戸へ行く心算のあつた事がわかる。内遠は脚気などの病中であつたが宣長以来の好機として江戸行を決めたのであつた。(23)

この時豊穎は『餌袋日記』の稿本と『名所歌集』の稿本とを送りかへしてゐる。後者は『出雲國名所歌集』二編であらうが、その序文をまた考へ改めて書くと告げてゐる。『餌袋日記』については一度上板してしまふと誤ちは「世之恥辱」になるので熟考したいとも言つてゐる。確かに『出雲國名所歌集』の二編の序文は、この嘉永七年の年紀をもつ(月日は欠く)再案が富永家にあり、実際上木されたものは更にこれを半分程度に削つたものであつた。『餌袋日記』は本居大平が若き安永元年に、宣長の伴をしてで大和地方を巡つた時の紀行文である。この刊行には千家尊澄が深く関与してゐたのである。この事は既に述べたし、『餌袋日記』の序文に千家尊澄が記す通りである。(24) 富永家に残る佐々鐵之丞が芳久に送つた書状には、その出板の事に関して細々と記されてゐるが、その日付が八月三日なので、九月十五日には校本として完成してゐて、それをいよいよ若山で本とすることになつたのである。芳久の若山滞在は「御帰國前ニ而今一度懸御目候」とあることからもわかる。次の十月の書簡なども若山滞在中の矢継早やの応答の様である。

内遠の若山発は十月二十九日であつた。十月九日付書簡「豊穎十」は出発前の繁忙を告げ、「豊穎十一」書簡も暇乞の人が集つてゐる様を告げ、また餞別の歌を求めてゐる。「豊穎十二」書簡は同日の即答らしく、芳久の詠んだ餞別の和歌と長歌を「大悦奉謝」してゐるのである。その多忙の間に、鈴木朗の『雅語訳解』と『承久記』の返却を乞ひ、また慥に入手したと告げてゐるのである。「豊穎十二」書簡はまた餞別の一首を『鶯蛙集』二編に入れると言ふのである。二編はこのあとの豊穎の江戸行きなどにより完成しなかつたが、もし出板なつてゐたら内遠江戸行に伴ふ餞別歌が入つた事であらう。また『出雲國名所歌集』二編の豊穎序文の文字が「心ニ不叶」であるが多忙で書かけであるとも言つてゐる。実際世に出たこの序文は別人の代筆となつてゐる。何れにしろ初めての江戸行で本居家内も取り込んでゐたやうである。

十月二十九日に若山を発つた内遠は、途中東海大地震などに見舞はれ、苦難を凌ぎつゝ十一月二十三日に江戸紀州藩邸に着いた。二十五日に藩命を受けて「和學」を教授することとなつた。[25]一息ついた十二月から講義が始つた事は「十二月よりはじめて夜となく日となくあるは古典よみときさとしあるは人のいぶかしみとふをこたへ給ひなどしてねもごろに道びき給ひけれ」と、後に豊穎が記した通りである。[26]この年十一月二十七日安政と改元、翌二年春には江戸の内遠からの便りを受け、豊穎は紀州からそのことを芳久の許に送つてゐる。

豊穎十四　（安政二年四月廿七日）

（封筒表書）

富永多計知様　　本居稲楠

（前文略）當方江戸愚父義小生無異御安意被下候　愚父儀御訪被下難有　未曾有之大地震ニ逢候へ共めづらしく無難ニ遠行参□合も相濟せ候も大慶之至安心致候事ニ御座候　彼地着随常府藩中一統へ皇國學教示致し候様別段命せられ常府家中一統へ触達候　□□近來異國船度々渡來ニ就而は皇國往古之形勢等弁別無之而は不都合故已來皇國學を勉強いたし候様との大意ゟ一統へ遍達有候而一統大ニ出精研究いたし候様子　他藩士も彼是入門有之候　當時ニ而入門人都合百余人と相成候由申越候　講尺は日々寸暇無之事ニ御坐候左之通

一ノ日　芝屋敷出張講尺　直日霊

二七ノ日　古事記講

三八ノ日　出張講同藩中重役ノ宅へ

四九ノ日　日本紀講

五十ノ日　令義解講

六ノ日　万葉集講

右の掟ニ御坐候由申來候　然処近比水野大監物殿内村田嘉門春野　當屋敷出入ニ相成扶持等出し

候而則愚父手傳ひ被申付候由右召在春野三八ニ罷出職原鈔を講じ候様子ニ御坐候　當地古學舘も近々出來候也

餌袋日記うるはしく御出來此度五部坪内氏ゟ贈被下御懸情之至難有奉存居候事ニ御序文中脱文有之候よし　小子へも彫刻一応校合は申越候而校合いたし候へども其節御草稿と引合候事脱候様とも存不申候をいかで落候ひけん　尊君も定而御校合ありけんをと不審之至ニ御坐候　何分脱候はせん方なく候　實ニ右ニ而はかく文意たらハぬ様ニ存られ候へ共今更彫入候事も見苦く候哉　愚父之意をも一応承候上委可申上候へ共試ニ此度坪内氏迄申贈上候ハ大平翁のト云処をこの書のと改め被遊候而はいかに末の此初花ト云此ト少しをり合候ハんか　何れ無據事ニハ御座候へとも右様相成候ハヽ文意ハよく聞え可申歟とも愚存いたし候事漸勘考猶可然御了簡も候ハヽ可然取斗あらまほしく候

昨冬異國船東海ニ而沈果候事愉快之至ニ候　右故か此節伊勢両宮参詣人へ余程こぞり候よし所謂御蔭詣の姿と被存候　在田邊騒動委可申上様御申越候へ共小子も委細は承不申候　全密柑運送の事より起候事の由勿論當時ゟは平穏相返候事ニ御坐候在田郡ト云而も何も一郡不残ニは無之いさゝかの事とも承及申候(中略)

愚父方への貴書は過日廿日公用便ニ遣し申候　八日振ニ而彼地着申候ハは此節はもはや入手と被存候　小島西田へ御傳聲申問遣候　西田右は別段書状上候様申居候　近世名所哥集二編追々出來

様子と承申候
昨年御かし被下候紅毛密和解は長々留置多謝　幸便なく留置候事難有返上申候御入手可被下候
此節大和法隆寺ゟ新撰字鏡古写本天治元年奥書十二冊有之候所一冊写取候トテ奈良人贈來候由承申候未見不申候　十二冊ならバ全部カ　あまり妙々に過候事却而あやしまれ候　何分一見致候ハ分明と存候事也但實物にまれ字鏡だけの事ニて強而重寶と云とも至りかね候　同じくハ日本後紀律書其外國史之一端ニも相成候古書あらハれ候ハ、如何斗か大悦事中候ニ存候事　さハいへど實物ならバうむかしき事ニ御坐候　何分皇國之大道開け行べき時節と雀躍本懐不□之事ニ御坐候
此度坪内氏へも粗申贈候へども猶前段委曲之儀松壺君御始御社中へも御傳聲被下候　中臣氏島氏佐草氏其外へも別段愚書上候筈候へど此節諸事一人して乍不及引受居候事公私繁多乍存御無さた打過候事乍恐御遠察被下候　不遠拝顔委御話申度（後文略）

四月廿七日　　　　　　本居稲楠

富永多介知様

署名の稲楠は豊穎の幼名と言ふ事だが、芳久宛の書簡を見ると二十二歳になつても用ゐてゐたり、また一方で豊穎を使つてゐたりしてゐてその統一性はない。

さてこの書簡は江戸の古学館での内遠の様子をよく把へて記してゐる。江戸での門人が百余人とな

つた事、また日を決めて『直毘霊』『古事記』『日本紀』『令義解』『萬葉集』を講じてゐた事、また赤坂の紀州邸のみならず、芝屋敷にも出張してゐた事がわかる。(27)更には村田春野(28)が手伝ひに来て三、八の日に職原抄を講じてゐると告げ、若山にも近いうちに古學舘が出来るとも記してゐる。(29)

ついで昨年来話題になつてゐた『餌袋日記』が上梓し、五冊、出雲の坪内昌成より送つて来たが、内遠の序文に誤脱があつた様で見苦しいと述べてゐる。結局は序文中「大平翁の」とある所を「この書の」と改めたいと申出たが、ここが直つてゐる板本はあるであらうか。架蔵のものはそのまゝである。この様にこの頃の本居家と千家家(紀州と出雲)は御互ひに序文を書いたり書かれたり、本を出したり出されたりの関係であつたと言へよう。また豊穎は法隆寺から『新撰字鏡』の古写本が出た事を記し、それにつけて「皇國の大道開け行べき時節」とし、時代の最先端を行く気概を謳つてゐるのである。尊澄はじめ中臣氏、島氏その他社中の皆々にもお伝へ下さる様に重々と申し述べるのであつた。

ところがこの年の七月以降江戸の内遠は体調を崩し、急遽八月二十九日豊穎は看病のために若山を出発することとなり、ついで九月十五日に江戸に着いた。(30)但し内遠の病は篤く、その上十月二日には安政の大地震に見舞はれ、紀州藩邸は倒壊は免れたものの、この痛手も加はり十月四日遂に内遠は赴任先の江戸で逝いたのであつた。父の最期を看取れた豊穎はそれでも幸せであつたのかもしれないがあまりにも急な出来事であつた。

(七)

父内遠の歿後、意気消沈として一度若山へ戻つた豊穎であつたが、母親の藤に励まされ、気を取り直して再び江戸に戻る事となつた。父に代つて江戸古学館の教員になるには、その自信がなかつたといふ悩みも、二十二歳の青年ゆゑやむを得ない事であつただらう。それでも豊穎は亡父の遺志をつぎ、古学教授に精励したやうである。翌安政三年八月には芳久の『出雲風土記假字書』の序文を古学館で書いた。そして同年十一月、豊穎は江戸の古学館から若山滞在中の芳久の許に手紙を通はしてゐる。二十三歳の豊穎の文は当時の江戸の様子を伝へるとともに、もはや一人前の国学者たる姿を今に示してゐる。「皇國學之隆」「大慶之至」と書き出すのである。

豊穎十五　安政三年十一月二十四日付

（前文略）當表屋形内新造古學舘引移後猶又多勢可成此節朝夕寸暇なく何か心さすふしも徒々のみに成　當惑歎息いたし候　併皇國學之隆可成事無此上大慶之至御座候　右多忙ニ付御返書等とかく延引　杵築も久々御無音心ニはかゝりながら不得寸暇折ふし歎息いたし居候　先比　尊孫翁之年賀之歌も十枚余集り居　贈り上度存ながら書状認候暇無之候　空敷日数つもり不本意至候出雲風土記かな文上木ニ付序文之儀承知いたし申候　併未勘考ニ能はず候間後便來月五日出ニ若

山へ相達可申候　さらば十二月十三四日若山着可申候　此度発端へ入候　又拝見ふとおもひよりたるふし〳〵少々書入見申候御覧可被下候
類字名義抄水野家ニ而上木之儀これは未上木出來不申不遠出來可申候
當地古學先盛ニ行ハれ候　人御罷合之処　小子はあまり下町邊へ廣くつき合不申候間世上之評判も承り不申候　但人々のをり〳〵はなし候をきけば夏蔭第一高名ながら此節蝦夷取調御用ニ而太多忙のよし　塙忠寶は和學講談所の頭ハ不承知　史料取調いたし居候由ながら性質古書古画好ミ而しひて學事研究も致さぬよし　平田鐵胤は亡父が著述もの上木ニのみかゝり居て會講尺等せぬよし　井上文雄　加藤千浪等下町邊ニては哥會けしからず盛なるよし但學事せず　其余瀬戸久敬　山田常典　林瓶雄　清水光房　仲田顯忠　小林哥城　岡部東平其外一家を立て門人引受候人々澤山有候よし　一々は記しあへず　鶴峯戊申もをり〳〵逢申候　村田春野は有識故實専一ニいたし候これは常々出逢申候　御中越之通大坂廣道は中風とか扨々をしき事也　近藤芳樹出雲へ御参り候よし　宋儒の論いかなる事か不承候　當地にては一向風説も不承候（中略）
北島國造家書状の事承知いたし候　右は彼御方出候御書と申は當方へ参り候にや覚え不申候　若山へ参り候事か返書名前はいかに書候て宜候はん承度存候
玉祖の神世の光のな□けにさる事にて申候ふしなくよろしかるべく候
亡父が終焉之記をもしるさまほしくおもひながら未得書ず候　昨年追悼會之節の祝文當年九月霊

前會之節の壽詞両種とも若山へ遣し置候　是にても大やうは分り申候　謚號は相談之上彌足功績道根大人《イヤタラシイサオミチネ》と稱へ申候左様御承知可被下候　墓所は品川東海寺中少林院なる縣居翁墓の側へ改葬いたし申候　猶種々申度ふし御座候へとも此便も数通之書状ニ而燈下甚むつかしく先こゝまで筆を留申候(後文略)

十一月廿四日夜　　本居豊穎

富永芳久雅伯

古學舘にてはしめて歌のまとゐしける時

うづもれし野中ふる道立かへり家つくるまでなれる御代かな

八月の歌のまとゐに月前遠情を

月みてもあづましのびしふるさとのこぞの秋空なほこひしけれ

亡父翁が一周の歌の會に歌書懐旧を

ふみゝてもゆゝしといひしよもつ路をことしも君がかへり來まさぬ

鈴屋翁の霊まつりに盛花を

君が世の春もさかりのをりにあひてとしふる花もいろはそふめり

歌のまとゐに寄小雪といふことを人々よみけるとき

なかむれはこゝろの底にひゞくな《きけ》りなくさのやまのいりあひのかね

安政三年に尊孫は六十歳の賀を迎へた。ここに言ふ年賀の歌はその祝歌であり、豊穎の手元に集まつてゐるものの送る暇がないと言訳をしてゐる。また芳久の『出雲風土記假字書』の序文を乞はれ、これは後便で出すので来月十三、四日頃に若山へ着くだらうとも記してゐる。この年から丁度『出雲風土記假字書』の出板作業が開始されてゐる。[31]また水野家は丹鶴城の水野忠央であらうか。

そののち江戸の学者評が続くが、豊穎は下町辺には「廣くつき合不申候」とあつて彼の性格の一端を示してゐる。ついで古学館に集まる人々の話題と断つた上で、前田夏蔭、塙忠寶、平田鐵胤、井上文雄、加藤千浪、瀬戸久敬、山田常典、林甁雄、清水光房、仲田顯忠、小林歌城、岡部東平、鶴峯戊申、村田春野を論じ、また大坂の萩原廣道、近藤芳樹に及んでゐる。近藤芳樹は、尊孫に自著『大祓詞執中抄』の序文を依頼してゐて、出雲に参つたのはこの年の八月であつた。そして文末には昨年逝いた父内遠の『終焉の記』を書きたく思ひつつなかなか書けぬことを述べ、昨年の追悼歌会の稿を若山へ送つた事を記し、父の謚號を挙げ、少林院の賀茂眞淵墓の脇に改葬した事を告げてゐる。内遠は最初深川の恵然寺に葬られたが、それを後日ここに改葬したのであつた。現在も内遠の墓はこゝにひそと建つてゐる。[32]手紙はその終りに五首の自詠を書きつけて閉ぢてゐるが、題に「古學館」「亡父翁一周」「鈴屋翁の霊まつり」等々鈴屋の道統をよく踏まへた、自負のよく表はれてゐる歌となつてゐるのである。

「うづもれし野中」の古道をたちかへり「家」を再び興すまでになつたと詠み、これからこの学統を負つていく二十三歳の豊穎の思ひのうかがへる一文となつてゐる。

(八)

宣長の曾孫としての豊穎の自負とその姿は以上の文面に如実に示されてゐるが、次の一文は短い乍らも豊穎のある一面を垣間見せてゐる。加賀の潜所(神の潜戸)にある洞窟(現松江市・旧島根町)の天井より落ちる水滴を飲むと、母乳の出がよくなると言はれてゐる。佐太の神の母、枳佐貝比売がこの水を用ゐたといふ伝説があり、その事を『出雲國名所歌集』二編に岡部東平が詠んでゐる。豊穎はその事を承知で出雲の芳久の許に送つたのであらうが「乳」が出ずに困つてゐると告げるのである。困つてゐたのは誰であらうか。豊穎は文久元年に子を幼いまゝ早世させてゐる。[33] 最初の妻信恵は乳の出が悪かつたのではないだらうか。この書状は乳の出を懇望する父親の哀しい程までの姿が伺へるのである。わからなかつたら誰かに聞いてほしいとまで言つてゐる所に切迫感が今に伝はり来るものとなつてゐる。

豊穎十六

（封書上書）

出雲杵築　　　　　　　　紀伊若山

富永多介知様　　　　　　本居稲楠

　坪内平大夫様行々添　　平安

逐信御地ニ而乳の石よりしたゝる所有之候よし　婦人乳なきも右之乳を紙ニしめたるを呑候へば必乳出候よし　右紙ニしめたるを届候人御座候　何卒右之石乳を漸くうつして御こし被下候様願上候　若分り兼候ハヽ、誰ぞに御聞合被下　八月御出之節ニ而も其迄ニ御便有之候節ニ而も御差越被下候様願上候　伏而追而申上候　已上

　四月廿八日　　　　　　　　豊穎

芳久雅英

安政五年春に豊穎は一度江戸を去り、紀州に戻つた後再び江戸へ行き、安政六年以降は紀州に定住し明治を迎へたのであつた。

㈨

以上紀州本居家の内遠、豊穎の書簡を通して、出雲の富永芳久との交流を考へてみた。實は書簡以上に豊穎(又は内遠か)との親しい間柄を示すものに、種々の疑問や歌文の添削を乞ひ、本居家側から朱を入れて戻して来た文書がある。先の書簡の折に「御問條」などとあつたものである。これは未整理の状況で量も多くまたいつの時代のものか判然としないものであるが、質問に対する回答などに興のあるものがあるので、その一端を次に示しておく。

芳久は父「通久」の肖像画を書き、そこに自詠を記し、中央に「美知比佐命」と書いた。それを本居家(内遠か豊穎か判然としないのでこの様に記す、以下同じ)に送つた。その時に次の様に願ひ出てゐる。

愚父ノ像ニ愚詠ヲ書添度奉存且又實名ヲモ書印シ置度奉存候処イカニシテヨカリヌベクヤ乍恐サトシ玉へ

又命①ト書テイカニゾヤ俗輩ハオモハメドモ尊ム子ノ身ノナスナレバナデフモアラジトハ思ヒ玉へドモ猶外ニヨキ書形ハ侍ラジヤ　通久翁②之像ナドカ、ンモアシカラジト思ヒ(以下欠、傍線筆者)

本居家の返書の書附はこれに対し、

命トハカクベカラズコハ高貴ノ人ノ称ナリ　紀ニ至貴曰尊自余曰命トアルモナホ人庶民ニハオヨバズ天稚彦香々背男ナドヲ命トイハヌヲモテモ知ルベシ

と反対の意見を日本書紀を参考にして記してゐる。また傍線①の所には「コレハカシコカルヘシ」、傍線②には「コレシカルベシカクテナメゲナリト思ハ、大人トカクベシ父ノヿ也」と傍書してある。

本居家としては「命」はよくなく「翁」か「大人」にすべきだと言ふのであつた。

これに就て芳久はまた後便に質問を記してゐる。これらの事が若山滞在中にあつたのか出雲と若山の往復なのか定かではないが、他の質問と共にかなり細かな内容である。

先便奉伺シ名ノ書ザマ通久翁之像トカキテ然ルベシ　カクテナメゲニ思ハヽ、通久大人トカクベシ父ノ〻也　命ノ字カクマジキヨリ委曲ニサトシ玉ヒ難有奉拝見候　サテ又左ニシルシ侍ル内何レカヨク侍ラン　像ト云字モ入テヨロシキニヤ　芳久ガ心ニハ朝夕マツルタメノ像ニ侍レバ他人ナドノ像ヲ模写シタルヤウニ某之像ナド書マジキニヤト思ヒ玉ヘ侍リイカ、

通久大人　源通久大人　冨永通久大人　源冨永通久大人　大人之像　通久大人眞像━眞影━眞容━肖像　イツレカヨク侍ラン

これに対し書附は、

像、影、容皆差別アルマジキ〻ニ思ヒ侍リイカ、　大意右ノウチ何レニテモ難ナシ字ニハ差別アレドカクカ、ンニハイヅレニテモ可ナリ　但眞影ハアマリコト〴〵シキカ　眞容ト肖像ハイヅレニテモ

と返答してゐる。更に芳久の問は、

因ニ問奉ル源阿曾美某ナドカ、ンハ遠祖ニ朝臣ノカバネヲ玉ハリシ人ナラデハカカレヌ〻ニゾ侍ルベキ　宣長翁ノカ、レタルハ本居判官平朝臣某ノ御裔ナレバナルベシ　サルヲ朝臣ト書ズ阿曾

美トモカキ玉ヒシハイカ、（後略）

と宣長の名前の表記を問ふのである。これに対し、姓名朝臣と書くのは四位以上、朝臣名と書くは五位の例と説明したのち「某ニマギレヌヤウニ阿曾美ト古キサマニ姓ヲツケテ祖父は書タリ」と説明してゐる。ここに宣長を祖父と書くゆゑに、この返答者は内遠である事がわかる。

ところで芳久は他の人々から序文を乞はれたり、また自編の著に記す自序自跋、また自編の著に送られて来た他者の序文等を、遂一本居家へ送つて添削をして貰つてゐる。葛根堅室と号した岡部東平(34)には『二葉抄』の著があるがこれに序文を乞はれた様である。その草稿には「大人ノリ玉ハクコレニテマヅヨカラウ」と記されてあり、また『五元神傳』（作者不明）の序文草稿には「コレヨリ別文長キ〻マタヨカラウ」と記されてゐる。刊本で世に出た『二葉抄』には芳久の序文がないので、これは成稿しなかつたのであらうか。

芳久は自署、『出雲風土記假字書』の爲に誰かに代つて序文を作つてゐる。この序文は刊本には見えないので、実際にはまた使はなかつた様だが、「某年某月某國某」と記した草稿が残されてゐる。これには頭註の形で、

豊穎ナラバイヨ、ト云語次ノアマネクノ上ニツヅクベキ也
聞エヌニハアラネド豊穎ハナホ先ノ方ガヨロシクハ思フ

と、豊穎の書附がなされてゐる。また自編の出雲の歌枕を集めた『出雲名所集』の錦江鷗史松本尺木

の序文草稿を全て挙げてゐる。この序文も刊本にないのでこれも成稿しなかつた様である。だがこの漢文序には「多計知富永君風流温雅最精于國學」と芳久が国学に精通してゐた事を述べる部分があり、これに対し「國學ヲ古學ニカヘマホシク存候へ共いまだ云人侍ラズイカガ侍ラン承引べクヤイカ、侍ラン何ゾ外ニヨキ　ハ侍ランカ」と書附けてある。これが芳久の問なのか、本居側の問(答)なのか判然としないが、何れにしろ嘉永の頃に「國學」と言ふ用語を使はぬように考慮してゐた事がうかがへるし、芳久の謙辞とも考へられる。

またこの歌集草稿の自序の最後に、

大神宮の御楯とつかへまつる百八十縫の楯舍芳久《に筆とる》源のとみなが芳久

とあり、これには符箋があり、芳久は言ふ、

奉問楯舍ト號ヲ書侍ルヿウケバリタル云ザマニテイサ、カナメゲニ思ヒ玉ヘラル、ヲ又按ニコハ哥集ナドトハタガヒテ名所ニシアレバ対スル人モナク随分ユルサルベキ心チシ侍リ　大神宮の御楯とつかひまつる源芳久ト云タラバヿモ侍ラジヲ猶コ、ノ文百八十縫の楯舍トイハマホシクナンイカ、侍ラン

と自署の記名に就て問てゐる。これに対し本居家は、

人ヲサス時ハシカリ　家ヲさす時には尊卑によらず家の名をさすも尚然可申也　號ヲ云カタヨロシキニヤ　姓名ヲ云べキニヤ尊ミテハ號ヲ云ヒ　サラズバ姓名ヲ云べシト思ヒ玉へ侍ルハイカヾ

と答へを書きつけてゐる。実際に刊本となつた『出雲名所集』の芳久自序文末は「大神宮の御杖代つかへまつらす君の御楯と代々つかへまつる源富永芳久　嘉永の五年といふとしの春　百八十縫の楯舎にしるす」と改つてゐる。大神宮の御楯ではなく、御杖代（国造家）の御楯と改め、また楯舎を自らの号にせず家をさす名として「楯舎にしるす」としたのであつた。ほゞ本居家の指摘と考へとを踏襲してゐるのである。

㈩

歌文の添削の他に細かな問答がどうであるかは凡そ次の様なものである。些か抄出する。

○先進繍像玉石雑志といふ書見侍りき（中略）柳菴栗原氏編ト侍りコノ人イカナル人ニヤ

栗原孫之丞信充トイフ人也

○海國兵談ト云書見侍りシニ林子平トカ侍りシカドモ何人ト云ヿヲシラズ願クハサトシ玉へ

林ハ氏ナリ子平ハ字ラシク思ハルレドモ地ノ名ヲシラズ仙臺ノ出生ニテ江戸へ出テ軍書一家ヲナセル人也

○貞永式ニ神ハ人ニ敬フニヨリテ威ヲマスト云アリ實ニコレハサルヿナルヲヨル処何ノ書ヨリ出タルニカ皇朝ノ書ニハサル意ノ語見侍ラズ

答出所コレヨリ古キハイマダオボエス三社託宣トイフモノ、一本ニモ此語アリシトオボユ

右三点を挙げてみたが、芳久の読書や興味が知られるとともに、内遠(豊穎)がそれなりの適宜な返答をしてゐる事が判る。次などは文字の誤りの指摘である。

落葉錦

四丁オ十一行末　もゝのふ之ト侍ルハイカナルヿニカ　モシクハものゝふ之ニ侍ルニカ

サルヿ也

又難波の片葉と侍リシヤウニソラオボエ侍りイカナル故事トモ侍ルニカサトシ玉へ

なにはの高津のあしの片葉もといふべきを芦のをおとせる也

『落葉錦』は嘉永四年、宣長五十年霊祭の翌年に若山吹上寺で行なはれた、鈴屋の書画展観の図録で、その四丁表の十一行末に「もののふの」とある所が「もゝのふの」と誤つてゐるとの指摘である。架蔵の同所も「もゝのふ之たけひあらひて」とあるので訂正はしてゐないことがうかがへる。これは宣長の長歌の一箇所である。この二点は鋭い指摘で、芳久が書物に細かに目を通してゐた証である。

さて次の問答は今日言ふ所の民俗学的な興味教養によつてゐると言へる。長文だが全てを引いておく。

紀伊國有田日高邊ニテ二月八日ニコトト云ヲ　小豆飯ヲコシラヘ神ニソナヘ　サテ家内新ナル箸斗所ニヨリテハヌロニテモコシラヘタヲコシラヘテ　其膳ニスワリ　イマダ自分タベヌウチノ椀中ノ飯ヲ少シバカリ苴ニ入

テ　ソレヨリ面々ニタベテ後ニソノ箸ヲ家内中ノ分ヲ縄ニハサミテソノ苴ト一緒ニシテ庭中ノ木ナドニカケテ神ヲ祭ル　コレヲコトト云ヘリ　若山近在ニテハ初午ト云日ニサルヿシテコトト云ヘリ　イカニモヨシアリゲナルヿナレドモヨリトコロヲシラヌコソクチヲシケレ　古神ヲ祭ルニ琴ヲモハラ用ヒシナレハ　二月八日ニモ琴ナドモテ祭ルヿノアリシが後ニハ琴ヲ用フルヿハ跡カタモナクナリシカドモ猶唱ノミ古琴ヲツクリテ祭リシトキノマヽニノコレルニヤ　ソノヨシコソキカマホシク侍レ

芳久の質問は二月八日の所謂「コトヨウカ」[35]の日の名称とその由縁を聞くものである。芳久はコトの名称を琴を神祭に用ゐた古事に因るかと推測してゐる。芳久は天保期よりたびたび若山に滞在してゐる経験から、出雲にないこの国の習俗に興味をもつて問うた様である。これに関しての本居側の答へがまた詳細である。

答　此コトクサ〳〵考アリ　マヅ十二月十三日ヲ所ニヨリテオコト、イフ　正月廿日ヲモ又其後所ニヨリテ日カハリテ又オコト、イフ　所々國々ニアリシカ追而少クナレリトゾ　コレニテ見ルニ正月ノヿヲシ始ル御事始ノ略ヲ十二月ニイフニテ　今ハ十三日ハ多ク煤払ノ日トナレリ　コレ新年ヲ迎フル始ノ意ハ残レルナリ正月廿日以後ハ又其御事納ノ略ニテ同称トナル　俗ニモ廿日正月　骨正月ナド云テ　元三ノ塩魚ノ骨ノ残リヲクフ　コレ事納ノ意ノコレリ　コレヲ便ニマカセテ二月中ニスルハ此木國ノミカ他ニモアルカハシラズ　オコトモコトモ元ハ同ジ　因幡ノ風俗ニモオコト、イフヿアリテ其サマヲ廣滋ニ聞タルヿアリ當國モ村々ニヨリテシカタカハレリ　多クハ餅ヲツイテ村中ノナラヒナリ　又ハ祈年祭ノ余風かとも思ハる　後のはつほをそなふるもその意か又は佛家の散飯よりうつりたるか　似たることはあるもの也

「こと八日」の返答中に廣滋とあるは衣川(桐林)廣滋の事で、「内遠一」の書簡中にその死を告げるものがあつた。そこより察するとこの返答主は内遠であり、内遠にこの様に民俗学的な教養のあつた事が言へるが、何にしろ質問する側にも答へる側にも習俗に対する興味や知識のあつた事を示してゐる。

これらの問答の綴りは、今は一括され、また区々に綴られてゐて、そのどこまでが一回分かは判然としないものの「十一月晦日　芳久　本居先生さぶらひ給ふ人々もとへ」「右御さとして　奉願上候以上　九月五日　富永芳久拝　藤垣内大人玉机下」「右乍恐宜敷奉願上候　源芳久拝　藤垣内大人玉案下」「右乍恐宜敷御添削奉冀候穴賢　十一月五日　芳久　本居先生玉案下」「右御繁用之所奉恐候得共宜御教諭奉願上候　正月十九日　源芳久拝　本居大人玉桐下」と、所々に見える事から、たびたび斯様に書を通はして質問をし　また歌文を添削して貰つてゐる事がわかる。芳久とも近しい所にゐた千家尊澄も内遠との問答を重ねそれが『若の浦鶴』となつてゐる事は既に述べたが、芳久との問答もまた同じ事で、紀州本居家の通信教育の実態がよく〳〵示されるものであるとも言へる[36]。

(十一)

以上出雲の富永芳久の、紀州本居家に関する内遠、豊穎二代の書簡及び問答の書き附けを通して、当時の本居家の活動の様子の一端が明らかになつて来よう。また芳久をはじめ門人となつた千家尊澄などを通じて千家国造家へも近づき、国造尊孫の序文を乞ふなど当時の全国歌壇に於ける名声を、幕末期の本居家の存在を示す一手段とし、また国造家でも俊信以来の学統を更に発展させ、紀州本居家と関ることで、出雲大社の御神威をも、世の国学者歌人に知らせる事となつたのである。ただ中心となる千家国造家に内遠、豊穎が直接書簡を送ることが出来たのかが不明であり、その解明の待たれる所である。何れにしろここに挙げた本居豊穎関係書類は、十七歳から二十歳台の若い日の姿を思はすに充分なものである。明治を生き大正初年まで八十の齢を保つた豊穎の学力の基礎は父内遠からの教へとして既にこの頃にあつたと言へよう。病弱の父を支へ、その父や芳久から厚く信頼されてゐた豊穎の責任感をこゝに見るものであり、幕末の自分についてあまり語らぬ若き日の姿である。

註

(1) 芳久の伝等に就ては、本書第四章一「富永芳久宛河内屋茂兵衛書簡」参照。

（2）『内遠翁門人録』の嘉永二年九月の條に「出雲杵築大社　千家國造尊孫世子　出雲宿禰杕代彦尊澄　四十才　坪内平太夫昌成ヨリ文通」と見える。なほ同書天保七年の條に「出雲　富永多介知芳久　廿五才」と見える。（東京大学本居文庫蔵）。

（3）例へば東京大学本居文庫には、この応答の残存と思はれるものがある。「出雲宿禰尊澄の問に答ふ」には「嘉永三年閏葉月着、十二月かへしつかはす」とあり、また「出雲千家松壺尊澄回状十一篇の答」には「嘉永五年九月出し候」といつた年次が記されてゐる。なほここでの書名『若の浦鶴』は豊穎書状の表記による。

（4）註（1）参照、芳久は入門した天保七年の五月六日より投宿をはじめてゐて、ここに紹介する書簡からも若山の滞在がわかる。

（5）豊穎は天保五年生まれなので芳久が入門した折には数へ三歳であつた。芳久はその意味で豊穎の成長を見て来た間柄となる。

（6）藤垣内は大平の号であるが、建物の名としてであらうか内遠も使用してゐた。岩本次郎「平城京研究の先駆者北浦定政伝（二）」帝塚山大学人文科学部紀要六にもこの頃の本居家の北浦宛て書簡が紹介され、そこにも同様の事が記されてゐる。

（7）『古學本教大意』一冊は東京大学本居文庫蔵。内遠の著だが「右之趣加納六郎安田長穂ニも見せ申候所異論無之趣申出候」とあるので、加納諸平、安田長穂も目を通してゐることがわかる。その著作年次は「嘉永七年甲寅九月」であり、既に藩内への古学教授を命ぜられてゐた様であり、その書き初めは「私方家業として弘く指南仰付られ候古學の大意根元は、天地開闢の始、天津神より次第に御傳遊され候て、全世界の始より神々の御定遊され候大道に候へば、本朝を始、全州萬國にわたりて障なく動なき正道の御制にて萬物萬事の始」と記すのである。本居派としてはあまり聞き慣れない「本教」の語については「皇國の傳を古事記に本教とも申、神代よりの道なれば…」と記してゐる。この語は『古事記』の安萬侶の序文から採つたのである。本書は藩主に献上されたと言ふ。

（8）享和元年九月歿。

（9）大平の十七年霊祭も兼ねて行なはれた。なほ一月繰り上げたのは祥月命日には内遠の松坂行きがあつた為。

（10）西田惟恒については第二章一註(29)参照。なほ惟恒の芳久宛書簡は数通富永家にあるが、歌集『三熊野集』二編編纂に関しての一通を次に挙げておく。

高階三子（西田惟恒）書状　十一月廿七日附

廿五日御染筆参拝見仕候　時は大寒之節御座候（時候前文略）扨鶴山社中右之紙包慥拝受仕候　此段奉謝申候　右紙包ニ書状在中　上封御座候得共　開封致候へば書状無御坐候又外ニ相添御座候哉承度　御序文之義は何分宜敷御取斗奉願申候　二編歌者不残題書入申積りニ御座候　御詠題御記可被下候早々坂大迄御遣し可被下候間本□□□何分宜御國許へ御頼置被下候　阿波國田宮神明宮神主新庄因幡正方より出雲名所集料参り申し候間差使申候（後文略）。

（11）原稿は文化十四年に成つてゐた。

（12）細木は出雲楯縫郡口宇迦村の農、芳久及び千家尊澄の門下である。

（13）板本を作る時には一丁に何行書くかを前もつて定めておく必要があつた。卦紙はその事を言ふのであらうか。

（14）本居内遠と千家尊澄との間で交はされた応問録。『本居内遠全集』には抄文所収、内遠が目を通したあと豊穎が発送などをしてゐたやうである。

(15) 小栗廣伴は遠州の人、大平、石塚龍麿、竹村尚規の門と言ふ。(『和學者総覧』による)現存する著述はそれほどない。

(16) 雲蓋院は若浦に現存、紀州徳川家累代の信仰の厚い寺院である。

(17) この出詠者二十四人は大社の膝下の杵築のみの人数で、松江他出雲国内歌人を併せると四十一人となる。この人数は国別で見ると紀伊百四十六人、伊勢四十五人に次ぐ多さであり、伊予三十七人阿波二十八人京二十三人と続く。これは本居派の歌人の分布を見る上で興味深いものである。

(18)『出雲國名所歌集』二編の序文の作成に当つて豊穎は随分と苦労をして書き直し、結局初案、二案を作つたものの、共に使用される事はなかつた。よつて芳久の綴りの中より次に掲げておく。

出雲國名所歌集二編序文(初案)

書はいにしへのことのあとをしるべく歌はその世の人の心ばせをしるべければふみうたともにあぢはひてこそ古こと學びはすべかりけれ　八雲たつ出雲國はかけまくもかしこき須佐之男大神の御哥よみはじめたまへる國にして　神世のことのあとしるくはたいと古き世の國ぶりの書しも傳はれるはいとたふとく　おのづから大神のしづまりいませるゆゑなりけらしさればにやあらむふるき名どころさへおほく傳はり來にたるは　くすしきかなめでたきかなかくすぐれたるくになれや又その學びにいたづく人のつぎ〳〵にしも出くらむ　同じ國の大社につかへまつる富永芳久はとし比ふること學びにいそしくて　しばし父の教をうくと此國にも來りて何くれと心深くかたらふはしに　かの國の風土記のいともふるきをたふとびていかで此ちゆうさくをか丶まほしくはいひわたるものから　それいとかたきわざにてはた家の業さへしげければさてのみ過わたるを　い

そしき心にはいとくるしく心いられさへせらるゝまに〳〵そのかけはしにだにとてかねて書つめおけるその國の名所の哥どもをバ　とり出て此初の集ハいで來にけりとぞ、かくてつぎ〳〵出來なばおのづからその古き名所も耳なれしるべく　はた歌學びのよすがともなりぬべくこれやがて古ことまなびのはしなればとにかくに捨てがたき書にぞありぬべき

嘉永五年九月　　　本居豊穎

出雲國名處哥集二編序（再案）

千とせ余りも埋れて世に明ならざりし古こと學びの　かく近き世に顯れてそを學びいそしむ人の多くいでくるハおのづから神の御心なるべくたふとしともたふときことなりかし　されどその神世のことは世々のふることども考へ明めむハいと〳〵かたきわざなれバにや　やう〳〵この比になりては又古こと學に心ざす人もさるかたに深くいたづくはすくなくてただ哥をのみまなびよめるがおほきハ　いり立べき山口のみゆきかへりて高ねのしみゝにすぐれたるをわけ見ぬ心ちして口をしくあかねことにはあるものから　それはたいにしへの手ぶりをならひいうにゆたかなるその世の心ばえをわきまへず　霊のくすしく妙なるくまをもわきまへしるわざにしあれバやがていにしへの大道にもりて出ぬべきはしにていたうにくむべきことにハあらずかし富永の芳久が思ひおこせる此書も同じすぢにてかの國の風土記の神世のことのあとふるき名所どもの多くのこりてたふときを　いかで世にひろくしらしめむと思ふものから初學びのともハひたすすめにすゝめたらむとてもかひなきわざなれば　まづその國の名所のかの書に出たるをよめる哥ども、さらに人々によませてつぎ〳〵世に出さバその名處のうたよみ出むとてハおのづからかの本つ書をもよみわきまふべく、さてぞ初學のそも〳〵かのたふとさはしるべからんと深き心しらひになれる君とぞ

かくてかの書よくよみあきらめさとりえたらむにハ　やう〳〵神世のこと〻も〻さとりゆくべく　やがて古こと學のはしにておのれが常におもへるすぢにも違ハずいとおむかしくよろこばしく　此人もとより父が教子にしてかく古こと學の道をいそしミたすくるがうれしくて　たゞうちおもふま〻に書そへつるなりけり

嘉永七年　月　日　　　　　　　　　平の豊穎

(19) 義言の学統は不明であるが鈴屋の学統にひかれ近江北志賀谷に宣長を祀る桜根神社を建ててゐる。弘化三年には歌論である『歌の大武根』を刊行、また文法書である『活語初のしをり』をこの嘉永三年に出してゐる。『五十鈴川』には平義言の名で出詠してゐるし、その序文に内遠も彦根で義言が宣長五十年霊祭をした事が記されてゐるので知つてゐた筈である。

(20) 直弼は嘉永三年襲封、安政五年に大老就任、万延元年に横死。

(21) 二編の題名は『名所歌集』である。編者堀尾光久は先に記した西田惟恒の同族。

(22) 顯忠独自の歌集は刊行されてゐないが自編の『武藏野集』に自詠を多く載せてゐる。また『類題鰒玉集』には三、四、六、七編に歌を採られてゐる。「旅人の」歌はどこにあるのか。

(23) 豊穎は結局家族の世話をする為に残ることとなつた。

(24) この事の詳細は第四章二の「本居大平著『餌袋日記』の出板」参照。

(25) 『南紀徳川史』第十七巻一一九頁。この時初めて国学の教授が正式に認められた。藩校での講義は慶応二年からである。藩主に対しては進講といふ形を宣長以来とつてゐて、藩として国学を認めてゐたわけではないやうだ。

(26) 『藤垣内翁終焉の記』東京大学本居文庫蔵。

(27)紀州藩芝屋敷は今日の芝離宮恩賜公園。そこへ出張講義をしてゐた。
(28)村田嘉門は春野の別号　春野は春門の二男。父春門は宣長門。
(29)若山の古学館は安政三年に設立。加納諸平が建議し諸平が総裁となつた。安政六年に諸平の歿後に豊穎がその職をついだ。
(30)先掲『藤垣内翁終焉の記』の既述による。
(31)この詳細は第四章参照。
(32)和歌山吹上寺にも分骨。
(33)富之助文久元年歿。次男の繁彦は後妻雪子の子で慶応二年歿。その何れであらうか。
(34)岡部東平は春平とも書く。『二葉抄』は歌に詠む語について解説をした本である。刊本には東平の自序はあるが芳久のものはない「大人ノリ玉ハク」と記したのは、内遠の意見を豊穎が記したのか、それとも、芳久がこの様に記して東平に見せたものか判然としない。
(35)コト八日は十二月八日、または二月八日。両日行ふ地域もある。関東から関西にかけて広く見られる行事で、正月行事に関するものであつたと言ふ。関東では一つ目小僧が来るとされ目籠を外に立て掛けたりした。何れにしろ何か物忌を行ふ日であつたと言ふ。『日本民俗学事典』(弘文堂)、『年中行事辞典』(東京堂)等参照。
(36)通信教育の宛先が全て本居家ではなく、時に加納諸平や中村良臣に宛てたものもある様子で今後の調査が待たれる。

初出一覧

（但しいづれの稿も補筆改稿を施してある。掌編を纏めたものはイロハの記号を付した。また紙数の関係で大幅に削除したものもある。）

第一章　出雲の和歌史と千家俊信
一、出雲の和歌と国学の導入　新稿
二、千家俊信『延喜式祝詞古訓』について　「神道史研究」第五十三巻一号（平成十七年六月）
第二章　出雲歌壇の成立と展開
一、千家尊孫と『類題八雲集』　原題「出雲歌壇をめぐる歌人群」「大社町史研究紀要」第五号（平成十六年三月）
二、出雲歌壇をめぐる歌書と人物　原題「出雲歌壇をめぐる歌集と歌書と人物」　右同第六号（平成十七年三月）
資料、『類題八雲集』作者姓名録　右同第五号を元に整理
第三章　千家尊澄と国学
一、千家尊澄の著作解題　原題「千家尊澄の著作について」「鈴屋學会報」第十三号（平成

八年十二月）

二、千家尊澄をめぐる人々　各々「國學院大學日本文化研究所々報」に掲載　イ第二百八十四号平成十八年一月、ロ第二百三十九号平成十六年七月、ハ第二百四十五号平成十七年七月

第四章　富永芳久と出板活動

一、富永芳久宛河内屋茂兵衛書簡　「大社町史研究紀要」第七号（平成十八年三月）

二、富永芳久と出板書肆（紀州と京都）　各々「書籍文化史」に掲載　イ第七巻平成十七年十二月、ロ第八巻平成十八年十二月

第五章　地方の国学者から見た出雲歌壇

一、森爲泰と三河の村上忠順　「國學院大學日本文化研究所紀要」第九十五輯（平成十七年三月）　松江歌人資料（森爲泰書状）「大社町史研究紀要」第六号付載

二、森爲泰と若山の長澤伴雄、西田惟恒　「和歌山地方史研究」第五十一号（平成十八年七月）

三、紀州の本居豊穎と出雲　「國學院大學日本文化研究所紀要」第九十九輯（平成十九年三月）

＊なほ初出にある図版及び詳細な人物名等の一覧表は削除した。各々初出の論文をご覧頂きたい。

あとがき

ここに『徳川時代後期の出雲歌壇と國學』を世に送る。いま本書のなるに及び、人と人との出会ひと言ふ、不思議な神縁を有難くかしこむものである。出雲の歌壇や国学について自分が一冊の研究論文を纏めるなどとは思つてもゐなかつたからである。それ故にこの書の成立について些か一文を書いておく。

そもそも私は中学生の頃から神田の古書店や、古書会館に出入りして、明治以前の、所謂「和本」と言ふものへの、愛着を身に付けてしまつたのである。それが早い頃から我が国語国文への興味と相俟つて、いつの間にか国学関係の著書を集めるやうになつていつた。『類題八雲集』や『類題作舎集』もその過程にあつたのだが、殊更出雲を意識して集めた訳ではなく、いつもの、さうして今日まで続いてゐる書痴とまで言はれる程の「和本」蒐集の一つにすぎなかつた。今まで書いてきた私のこの他の国学に関係する拙稿なども、古書店などでその折々に求めた書物の中から、なんとなく興味を引く事柄を見出し、それにより筆を執るに至つたものであり、最初からある物事の研究などと決めてかかつたものでもなく、ただただ古人を懐かしく思ふ心情から記したものにすぎない。それ故に拙稿などはどれも折々のすさびごとであり、研究論文としては共通する主題のないものだと蔑まれてきた。だが私はそれもまたよしとしてきたのである。

不思議な縁と言ふのも、私が出雲を意識したのは、國學院高校に入学した時に、社会科の恩師に瓊《たま》之舎《のや》千家和比古先生がいらしたことが始まりであつた。國學院高校に入ると言ふことからも判るやうに、古書を蒐集して、古典の世界に遊んでゐた私は既に千家國造家の事は承知してゐたし先生が出雲大社の宮司家の御連枝であることも伺つてゐた。更に國學院大學に進んだ私は、文學科の講義に飽き足りずして時間と単位の許す限り、神道學科の講義をも聴講した。そんなある日、高校時代にお見かけした千家先生のお姿が教室にあつた。聞けば神職の資格をお取りになるため退職されて、いま専攻科に入学されてゐると言ふ。今思へばここに神縁があつたやうである。

その後、私は教職に就き、千家先生は出雲にお帰りになり、ご縁もそれまでと思つてゐたのも束の間、後輩の堀光夫君が出雲大社に奉職し、また大社國學館卒業後國學院の博士課程在学中の西岡和彦兄とも親しくなり、出雲を始め先生との繋がりがさらに深まつていつた。参拝の折りにお目にかかるたびに先生から「古書会館で和本を抱へてゐた姿が忘れられない」などと言はれ、出雲について何か書かねばと心に決めたのであつた。『類題八雲集』について書いたのがその始めであり、千家國造家所蔵の『八雲集作者姓名録』を参考にさせていただき、手元にあつた出雲関係の古書が幸ひした。人との出会ひと共に古書が自然と集まつてくるのも不思議なものであつた。

また今一つ出雲に関しては森田康之助先生との出会ひがあつた。私は國學院大學の在学中に森田教授の研究室に通ひ、先生から懇切に神道思想についてのまた出雲の梅之舎千家俊信を初めとする出雲国学の教へを受けた。先生は熱心な出雲大社への信仰をお持ちであり大社で刊行してゐた「神道學」と言ふ研究雑誌の編輯をなさつてゐた。私の出雲への思ひは、二十数年に及ぶ先生の教へによるものでもあつたが、平成十七年六月病篤き先生の病床を見舞ひ俊信の祝詞について御報告申し上げた事が最後となつてしまつた。先生は私の出雲国学の拙い研究を高く評価され、その大成を期されたのであつた。この書を編まうと考へたもののすでに先生亡き後であり、これをもとに鶏のゐる先生のお宅で出雲国学のお話を承ることは、もはや叶はぬ事となつてしまつた。なんとも無念であるがそれ故に本書を纏めることは義務でもあり、亡き先生とのお約束ごとともなつた。

そのやうに出雲への思ひを抱いてゐた折りに西岡兄から『大社町史』の中巻に、是非出雲の歌壇と国学について筆を執つてほしいと懇望された。我が任にあらずと思つたものの、これもご縁と二つ返事でお引き受けした。爾来五年ほどをかけてその刊行の為に出来る限りの協力をさせて戴いた。町史はこの秋に刊行されるが、それに関連して富永家の資料などの貴重なもののご提供を受け、私の研究興味は更に高まり、いくつかの拙稿を、「町史紀要」や「國學院大學日本文化研究所紀要」、「同所報」などに載せていただいた。ここに収めた論考は主にこの産物である。またいろいろと村上忠順翁顕彰會で日頃お世話いただいてゐる三河の国学者村上忠順の御子孫に当たる村上斎氏からも貴重な資料のご提供を受けた。村上氏との出会ひも不思議な神縁であつた。このやうに考へると過去の古人が私と人とを結びつけ、更なる研究を促してゐるやうに思へてならない。人は自分で生きてゐるのではなく、このやうに生かされてゐるものだと実感するものである。不思議であるが故に有難いのものだ。

さてこれを一本に纏め出版するに当り、森田先生とのご縁のある、錦正社の中藤社長には一方ならぬお世話になつた。今日の出版界の状況からして、このやうな図書を出版することは、出版社にとつて死活問題に関はることともなる。その事をも充分にご承知の上で、錦正社の国学研究叢書の一冊に加へてくださつたのである。この叢書には森田先生の御著もあり、恩師の著書と並ぶことは畏れ多く、また誉れのことでもあるが、出雲歌壇の研究の深化を期待された先生はたぶんそれをお許しになられるのではと思つてゐる。錦正社については朝倉治彦先生の御推挙による。

何にまれこの神縁に思ひを致せば、疎かには出来ない。これが一つの励みになつて旧稿を整理し何とか全体の打ち込みも終はり、いよいよ世に送ることとなつた。ただ紙数の都合で削除した原稿や図表があつたのは残念であつた。出雲は神の国であり、そのことは出雲大社に参拝するたびに実感するものである。その神の国の大神にお仕へした歌人たちの事どもを神々のお導きのままにこのやうな形で記しえたことに深い感謝と感慨を抱くのである。更に一言すれば私は平成十四年春に都教委の計画的人事異動により夜間大規模定時制高校に赴任した。担任として卒業生も送り出した今日迄の六年間の経験と苦労は、私に教育に対する幅を持たせる事ともなつた。そして、どんなに遅く帰らうとも、また疲れてゐても翌日は小中学生の我子と朝食を共に摂つた。それはその後の午前中を読書や資料の調査研究等に有意義に使ふためでもあつた。体調を崩した事もあつたが、私の場合この激務が却つて次のものを生み出す力となつたのかもしれないし、それは、今後も続いてゆくのであらう。

本書のなるにあたりただただ感謝の念が一方ならない。まづ出雲大社の大神の御神慮を恭み奉り、恩師森田康之助先生の長きに亘る御恩顧に幽顕隔ててしまつた今ここより御奉告旁々お礼を申し上げます。その上で國造家御連枝の千家和比古先生、出雲の富永佳虎氏、三河の村上斎氏、また西尾市立岩瀬文庫の皆さんを始め、諸研究機関の方々、これらの資料をご提供頂いた方々への謝辞をここに合はせて厚くお礼申し上げます。別けても大社町史編纂室の皆さん、殊に山下和秀兄には職務とは言へ格別にお世話になり、また私を陰に陽に引き立ててくださる、國學院の西岡和彦兄には深甚の感謝を申しあげたい。出版に当つては錦正社の中藤社長のお世話になつた。また好き勝手に古書を買ひあさり本ばかり読んでゐる私を、諦念の眼差しで見る老いた父と母、そつと大事にしてくれる細君と三人の子供たちにも感謝したい。

平成十九年　初秋

柿之舎　中澤伸弘

著者略歴

中澤　伸弘（なかざわ　のぶひろ）

昭和三十七年東京生まれ、國學院大學文学部文学科卒　そののち都立高校教諭勤続二十余年　教科は国語科　現在都立足立高校に在職　その間國學院大學文学部神道学科兼任講師　同大學日本文化研究所共同研究員など歴任　専攻は国語教育（古典分野）　国学史日本文化及び思想史　書誌学などに及ぶ　柿之舎（かきのや）と号す

主な著作

『全訳古語辞典』旺文社　協力執筆
『図解雑学日本の文化』ナツメ社
『やさしく読む国学』戎光祥出版
『毀誉相半書　児の手がしは』校註　平田鐵胤翁顕彰會
『近世和歌研究要集』共編　クレス出版
『類題和歌鰒玉鴨川集』朝倉治彦監修　共編　クレス出版
『大社町史』中巻　島根県出雲市（旧大社町）　部分執筆
右の他に國學院雑誌、皇學館論叢、鈴屋学会報、神道宗教などに小論を発表
また私家版として『考證随筆柿の落葉』『歌集柿のしづ枝』がある。

〈国学研究叢書〉　徳川《とくがわ》時代《じだい》後期《こうき》出雲《いずも》歌壇《かだん》と國學《こくがく》

平成十九年九月三十日　印刷
平成十九年十月十七日　発行

※定価はカバーなどに表示してあります。

著者　中澤伸弘
装幀者　吉野史門
発行者　中藤政文
発行所　錦正社
〒一六二―〇〇四一
東京都新宿区早稲田鶴巻町五四四―六
電話　〇三（五二六一）二八九一
FAX　〇三（五二六一）二八九二
URL　http://www.kinseisha.jp/

印刷所　㈱平河工業社
製本所　㈱ブロケード

ISBN978-4-7646-0278-6

『国学研究叢書』刊行の辞

人間疎外から人間性の回復が叫ばれて年すでに久しい。人間性の回復とは、われわれ日本人が日本人らしく生活するということをさす。これは生命の畏敬から発し、相互信頼の上に立って、人類社会を結ぶ共通の紐帯となるものである。

人間疎外の原因は、西欧文明がもたらした必然の「公害」であるが、とくに科学至上主義の信仰があずかって力がある。人間に奉仕すべき科学が人間の王座にすわって、人間を駆使しているからである。未来学は流行するも、脚下を照顧し、自己をみつめて今後に処する工夫を知らない。こうして「魂なき繁栄」の病める社会が発生し、人間同志の不信が増大しつつある。教育の不在時代といわれるゆえんである。

人間の回復は、心の糧をとって自立の姿勢をとりもどすことに始まる。それはまず「まつり」の精神から発し、それの社会化にある。祭政一致の文明の伝統こそ、わが国のよって立つ基盤であり、これを「日本の学」あるいは「国学」といって差支えない。それはわれらが、われらの祖先と対面することによって、真実の自己を確かめ、生きる活力を与えられるものにほかならぬ。したがって、ここにいう国学とは、ひろく日本文化を育て、それに貢献のあった諸学をさすのであって、限定された狭義の国学とは違うものである。

こうした意図の下に、小社はここに「国学研究叢書」の企画を発表し、俗流マスコミとはなれて、真に心の糧となるべき良書の刊行にふみ切った。願わくは、小社の出版報国の微志をくみとられ、心からなるご支持ご援助を期待してやまない。

昭和四十四年七月

錦正社
敬白